Agatha Christie
(1890-1976)

Agatha Christie é a autora mais publicada de todos os tempos, superada apenas por Shakespeare e pela Bíblia. Em uma carreira que durou mais de cinquenta anos, escreveu 66 romances de mistério, 163 contos, dezenove peças, uma série de poemas, dois livros autobiográficos, além de seis romances sob o pseudônimo de Mary Westmacott. Dois dos personagens que criou, o engenhoso detetive belga Hercule Poirot e a irrepreensível e implacável Miss Jane Marple, tornaram-se mundialmente famosos. Os livros da autora venderam mais de dois bilhões de exemplares em inglês, e sua obra foi traduzida para mais de cinquenta línguas. Grande parte da sua produção literária foi adaptada com sucesso para o teatro, o cinema e a tevê. *A ratoeira*, de sua autoria, é a peça que mais tempo ficou em cartaz, desde sua estreia, em Londres, em 1952. A autora colecionou diversos prêmios ainda em vida, e sua obra conquistou uma imensa legião de fãs. Ela é a única escritora de mistério a alcançar também fama internacional como dramaturga e foi a primeira pessoa a ser homenageada com o Grandmaster Award, em 1954, concedido pela prestigiosa associação Mystery Writers of America. Em 1971, recebeu o título de Dama da Ordem do Império Britânico.

Agatha Mary Clarissa Miller nasceu em 15 de setembro de 1890 em Torquay, Inglaterra. Seu pai, Frederick, era um americano extrovertido que trabalhava como corretor da Bolsa, e sua mãe, Clara, era uma inglesa tímida. Agatha, a caçula de três irmãos, estudou basicamente em casa, com tutores. Também teve aulas de canto e piano, mas devido ao temperamento introvertido não seguiu carreira artística. O pai de Agatha morreu quando ela tinha onze anos, o que a aproximou da mãe.
A paixão por conhecer o m
até o final da vida.

Em 1912, Agatha conheceu Archibald Christie, seu primeiro esposo, um aviador. Eles se casaram na véspera do Natal de 1914 e tiveram uma única filha, Rosalind, em 1919. A carreira literária de Agatha – uma fã dos livros de suspense do escritor inglês Graham Greene – começou depois que sua irmã a desafiou a escrever um romance. Passaram-se alguns anos até que o primeiro livro da escritora fosse publicado. *O misterioso caso de Styles* (1920), escrito próximo ao fim da Primeira Guerra Mundial, teve uma boa acolhida da crítica. Nesse romance aconteceu a primeira aparição de Hercule Poirot, o detetive que estava destinado a se tornar o personagem mais popular da ficção policial desde Sherlock Holmes. Protagonista de 33 romances e mais de cinquenta contos da autora, o detetive belga foi o único personagem a ter o obituário publicado pelo *The New York Times*.

Em 1926, dois acontecimentos marcaram a vida de Agatha Christie: sua mãe morreu, e Archie a deixou por outra mulher. É dessa época também um dos fatos mais nebulosos da biografia da autora: logo depois da separação, ela ficou desaparecida durante onze dias. Entre as hipóteses figuram um surto de amnésia, um choque nervoso e até uma grande jogada publicitária. Também em 1926, a autora escreveu sua obra-prima, *O assassinato de Roger Ackroyd*. Esse foi seu primeiro livro a ser adaptado para o teatro – sob o nome *Álibi* – e a fazer um estrondoso sucesso nos teatros ingleses. Em 1927, Miss Marple estreou como personagem no conto "The Tuesday Night Club".

Em uma de suas viagens ao Oriente Médio, Agatha conheceu o arqueólogo Max Mallowan, com quem se casou em 1930. A escritora passou a acompanhar o marido em expedições arqueológicas e nessas viagens colheu material para seus livros, muitas vezes ambientados em cenários exóticos. Após uma carreira de sucesso, Agatha Christie morreu em 12 de janeiro de 1976.

Agatha Christie
sob o pseudônimo de
Mary Westmacott

RETRATO INACABADO

Tradução de LÚCIA BRITO

www.lpm.com.br

L&PM POCKET

Coleção **L&PM** POCKET, vol. 980

Texto de acordo com a nova ortografia.
Título original: *Unfinished Portrait*

Primeira edição na Coleção **L&PM** POCKET: outubro de 2011
Esta reimpressão: dezembro de 2024

Tradução: Lúcia Brito
Capa: designedbydavid.co.uk © HarperCollins/Agatha Christie Ltd 2008
Preparação: Lívia Schleder de Borba e Viviane Borba Barbosa
Revisão: Patrícia Yurgel

CIP-Brasil. Catalogação na Fonte
Sindicato Nacional dos Editores de Livros, RJ

C479r

Christie, Agatha, 1890-1976
  Retrato inacabado / Mary Westmacott (Agatha Christie); tradução de Lúcia Brito. – Porto Alegre, RS: L&PM, 2024.
  320p.   (Coleção L&PM POCKET; v. 980)

  Tradução de: *Unfinished Portrait*
  ISBN 978-85-254-2360-3

  1. Romance inglês. I. Brito, Lúcia. II. Título. III. Série.

11-5853.	CDD: 823
	CDU: 821.111-3

Unfinished Portrait © 1934 The Rosalind Hicks Charitable Trust. All rights reserved
AGATHA CHRISTIE is registered trade mark of Agatha Christie Limited in the UK and/or elsewhere. All rights reserved.
www.agathachristie.com

Todos os direitos desta edição reservados a L&PM Editores
Rua Comendador Coruja, 314, loja 9 – Floresta – 90220-180
Porto Alegre – RS – Brasil / Fone: 51.3225.5777

Pedidos & Depto. Comercial: vendas@lpm.com.br
Fale conosco: info@lpm.com.br
www.lpm.com.br

Impresso no Brasil
Primavera de 2024

Sumário

Prefácio 7

LIVRO UM – A ILHA
Capítulo 1 – A mulher no jardim 13
Capítulo 2 – Chamado para ação 17

LIVRO DOIS – A TELA
Capítulo 1 – Em casa 29
Capítulo 2 – No exterior 52
Capítulo 3 – Vovó 73
Capítulo 4 – Morte 94
Capítulo 5 – Mãe e filha 108
Capítulo 6 – Paris 128
Capítulo 7 – Vida adulta 140
Capítulo 8 – Jim e Peter 160
Capítulo 9 – Dermot 178
Capítulo 10 – Casamento 195
Capítulo 11 – Maternidade 217
Capítulo 12 – Paz 232
Capítulo 13 – Companheirismo 237
Capítulo 14 – Hera 244
Capítulo 15 – Prosperidade 256
Capítulo 16 – Perda 266
Capítulo 17 – Desastre 270
Capítulo 18 – Medo 292

LIVRO TRÊS – A ILHA
Capítulo 1 – Rendição 303
Capítulo 2 – Reflexão 306
Capítulo 3 – Fuga 310
Capítulo 4 – O começo 317

Prefácio

Minha cara Mary,

Envio-lhe este material porque não sei o que fazer com ele. Na verdade, acho que quero que se torne público. É o que qualquer um faria. Suponho que um verdadeiro gênio mantenha suas pinturas amontoadas no estúdio e jamais as mostre para ninguém. Jamais fui assim, mas também nunca fui um gênio, apenas o senhor Larraby, o jovem retratista promissor.

Bem, minha cara, *você* sabe melhor do que ninguém o que é ser separado daquilo que amava fazer e fazia bem porque amava fazê-lo. É por isso que somos amigos, você e eu. E você entende desse negócio de escrever; eu não.

Se você ler este manuscrito, verá que segui o conselho de Barge. Você lembra? Ele disse: "Experimente um novo meio". Este é um retrato e, provavelmente, um retrato muito ruim porque não conheço esse meio. Se você disser que não presta, vou acreditar; mas, se você achar que tem, mesmo que em menor grau, aquela forma significativa que ambos cremos que seja a base fundamental da arte, então não vejo por que não deva ser publicado. Coloquei os nomes verdadeiros, mas você pode trocá-los. Quem vai se importar? Michael não. Quanto a Dermot, ele jamais se reconheceria! Ele não é desse tipo. De qualquer forma, como Celia mesmo disse, a história dela é muito comum. Poderia acontecer com qualquer um e, de fato, acontece com frequência. O meu interesse não era na história dela. O tempo todo estive interessado em Celia. Sim, em Celia...

Veja, eu queria prendê-la com tinta em uma tela; como isso não será possível, tentei tê-la de outra maneira. No entanto, estou trabalhando com um meio que não me é familiar. Essas palavras e frases e vírgulas e pontos não são o meu ofício. Você vai comentar, ouso dizer, *que ça se voit!*

Eu vi Celia por dois ângulos, sabe? Primeiro, do meu próprio. E segundo, graças às peculiares circunstâncias que duraram 24 horas, tive condições de entrar na pele dela em certos momentos e vê-la a partir de si mesma. E os dois ângulos nem sempre concordam: e isso é tão tentador e fascinante para mim! Gostaria de ser Deus e conhecer a verdade.

Mas um escritor pode ser Deus para as criaturas que cria. Ele as tem em seu poder para fazer com elas o que quiser, ou nisso ele acredita. Mas suas criaturas propiciam-lhe surpresas. Pergunto-me se o verdadeiro Deus concorda com isso. Sim, me pergunto...

Bem, minha cara, não vou divagar mais. Faça o que puder por mim.

Sempre seu,
J.L.

LIVRO UM

A ILHA

Existe uma ilhota solitária
Isolada
No meio do mar
Onde os pássaros repousam por um tempo
Em seu longo voo
Para o sul
Eles repousam por uma noite
Lançam-se ao ar e partem

Para os mares do sul...
Sou uma ilha isolada
No meio do mar
E um pássaro do continente
Repousou em mim...

Capítulo 1

A mulher no jardim

Sabe quando você tem aquela sensação de que conhece algo muito bem e, ainda assim, por mais que tente, não consegue se lembrar de onde?

Tive essa sensação ao longo de toda a descida pela estrada sinuosa até a aldeia. Ainda me sentia assim quando deixei a beira-mar nos jardins da Villa. E, a cada passo que dei, a sensação ficou mais forte e de algum modo mais urgente. Por fim, no ponto em que a avenida de palmeiras desce para a praia, parei. Eu sabia que era agora ou nunca. Essa coisa espectral que se movia furtiva no fundo de minha mente tinha que ser puxada para fora, tinha que ser sondada, examinada e desmascarada, eu tinha que saber o que era. Eu tinha que encurralar essa coisa; do contrário, seria tarde demais.

Fiz o que sempre se faz ao se tentar lembrar algo. Repassei os fatos.

A caminhada desde a aldeia, com a poeira e o sol na minha nuca. Nada ali.

O terreno da Villa, fresco e revigorante, com os grandes ciprestes erguendo-se escuros contra a linha do horizonte. A trilha de grama verde que levava ao jardim onde ficava o banco com vista para o mar. A surpresa e a frustração ao encontrar uma mulher ocupando esse banco.

Por um momento, me senti estranho. Ela tinha se virado e me olhava. Uma inglesa. Senti necessidade de dizer algo, algo para disfarçar meu isolamento.

– Vista linda essa aqui de cima.

Foi o que eu disse, apenas um comentário convencional, comum e tolo. Ela respondeu com as palavras e a entonação exatas de qualquer mulher bem-educada:

– Encantadora – disse ela. – E que dia lindo.

– Mas é um longo trajeto daqui até a aldeia.

Ela concordou e disse que *era* também uma caminhada poeirenta.

E isso foi tudo. Apenas a troca de banalidades polidas entre dois ingleses no exterior, que não se conheciam e não esperavam se encontrar de novo. Retornei, dei uma ou duas voltas em torno da Villa, admirando as berbéris alaranjadas (se é que é esse o nome da coisa), e então decidi voltar para a aldeia.

Isso foi absolutamente tudo o que houve ali. Não obstante, de algum modo, não foi. Havia a sensação de conhecer algo muito bem e não conseguir lembrar.

Teria sido algo nos modos dela? Não, seus modos haviam sido perfeitamente normais e agradáveis. Ela havia se comportado exatamente como 99 por cento das mulheres.

Exceto que... ela não tinha olhado para as minhas mãos.

É isso! Que coisa estranha de se escrever. Me espanto quando olho. Que paradoxo absurdo, se é que se pode dizer tal coisa. Contudo, colocar de forma correta não expressaria o que quero dizer.

Ela não tinha olhado para as minhas mãos. E, você sabe, estou acostumado com as mulheres fazendo isso, elas são muito espertas. E são tão ternas que me acostumei com a expressão que aparece em seus rostos... Benditas e malditas sejam elas! Simpatia, discrição e determinação em não mostrar que perceberam. E a mudança imediata em suas maneiras. A gentileza.

Mas aquela mulher não tinha visto ou percebido.

Comecei a pensar nela mais detalhadamente. Algo estranho... No instante em que dei as costas, já não conseguiria descrevê-la. Diria que tinha uma beleza mediana e uns trinta e tantos anos; e isso era tudo. Mas ao longo de todo caminho morro abaixo a imagem dela foi se ampliando, ampliando. Algo similar a uma chapa fotográfica que se revela em um porão escuro.

(Essa é uma de minhas primeiras lembranças: revelar negativos com meu pai em nosso porão.)

Jamais esqueci aquela emoção. A imensidão branca e vazia encharcada de revelador. E então, de repente, o pontinho minúsculo que aparece, escurecendo e se ampliando rapidamente. A emoção e a incerteza daquilo. A chapa escurece rapidamente, mas você ainda não consegue ver com precisão. É apenas uma mistura de sombra e luz. E, então, o reconhecimento: você sabe o que é, você vê que aquilo é o galho da árvore, o rosto de alguém, o encosto da cadeira, e sabe se o negativo está ao contrário ou não, e o desvira se está. Você observa toda a imagem emergir do nada até começar a escurecer e perder-se de novo.

Bem, essa é a melhor descrição que posso dar do que aconteceu comigo.

Ao longo de todo o caminho para a aldeia, vi o rosto da mulher mais e mais nitidamente. Vi suas orelhas pequenas, posicionadas bem rente à cabeça, os brincos compridos de lápis-lázuli que delas pendiam e a massa ondulada de cabelo intensamente loiro assentada no topo da orelha. Vi o contorno de seu rosto, a distância entre os olhos... olhos de um azul-claro muito pálido. Vi os cílios marrom-escuros, curtos e muito espessos, e a suave linha das sobrancelhas traçada a lápis e com um leve indício de surpresa. Vi o pequeno rosto quadrado e a linha um tanto dura da boca.

As feições vieram a mim não de súbito, mas pouco a pouco, exatamente, conforme eu disse, como a revelação de uma chapa fotográfica.

Não sei explicar o que aconteceu a seguir. A revelação da superfície estava encerrada. Cheguei ao ponto em que a imagem começa a escurecer.

No entanto, veja bem, não era uma chapa fotográfica, mas um ser humano. E assim a revelação prosseguiu. Da superfície, foi *para trás*... ou *para dentro*, como você preferir. Isso é o mais próximo que consigo chegar de uma explicação.

Eu sabia a verdade, suponho, o tempo todo, desde o instante em que a vi. A revelação estava ocorrendo em *mim*. A imagem estava vindo do meu subconsciente para o meu consciente...

Eu *sabia*, mas não sabia o que é que eu sabia, até aquilo surgir de repente! Brotar com estrondo da alvura negra! Um ponto e, a seguir, uma imagem.

Dei a volta e subi correndo por aquela estrada poeirenta. Eu estava em ótima forma, mas me pareceu que não ia rápido o suficiente. Através dos portões da Villa, passei pelos ciprestes e ao longo da trilha de grama.

A mulher estava sentada exatamente onde eu a havia deixado.

Eu estava sem fôlego. Arfando, me atirei no banco ao lado dela.

– Olhe aqui – eu disse. – Não sei quem você é, nem sei nada sobre você. Mas você não deve fazer isso, está ouvindo? Não deve.

Capítulo 2
Chamado para ação

Suponho que o mais estranho (mas apenas quando refleti sobre isso mais tarde) foi a forma como ela não tentou apresentar nenhuma justificativa convencional. Ela poderia ter dito "Mas afinal de contas o que você quer dizer com isso?" ou "Você não sabe o que está falando". Poderia apenas ter *olhado*. Me congelado com um olhar.

Mas ela estava além disso. Ela se detinha no que era essencial. Naquele momento, nada que qualquer um dissesse ou fizesse poderia surpreendê-la.

Ela estava bastante calma e sensata. E isso é que era tão espantoso. Você pode lidar com um estado de espírito, um estado de espírito está fadado a passar e, quanto mais violento, mais completa será a reação a ele. Mas uma determinação calma e sensata é muito diferente, pois chega-se a ela lentamente e não é provável que seja deixada de lado.

Ela olhou para mim pensativa, mas nada disse.

– Em todo caso – falei –, você vai me contar por quê?

Ela inclinou a cabeça, como que reconhecendo a justiça disso.

– Simplesmente – disse ela – parece de fato o melhor.

– É aí que você se engana – eu disse. – Está completamente enganada.

Um tom mais enérgico não a exaltava. Ela estava calma e distante demais para isso.

– Pensei muito a respeito – disse ela. – E *é* realmente o melhor. É simples e fácil e... rápido. E não será... inconveniente para ninguém.

Percebi pela última frase que ela tinha sido o que se chama de "bem-educada". A "consideração pelos outros" havia sido incutida nela como algo desejável.

– E quanto ao... depois? – perguntei.

– É preciso correr o risco.

– Você acredita em um depois? – perguntei, curioso.

– Temo – disse ela lentamente – que não. Simplesmente nada... seria quase bom demais para ser verdade. Apenas ir dormir... em paz... E apenas... não acordar. *Isso* seria adorável.

Seus olhos semicerraram-se, sonhadores.

– Qual era a cor do papel de parede do seu quarto de criança? – perguntei de repente.

– Íris cor de malva, enroscando-se em volta de uma coluna. – Ela se sobressaltou. – Como você sabia que eu estava pensando nisso agora mesmo?

– Apenas achei que estivesse. Só isso – prossegui. – Qual era a sua ideia de Paraíso quando criança?

– Pastagens verdes, um vale verdejante, com ovelhas e um pastor. Aquele cântico.

– Quem lia para você, sua mãe ou a ama?

– Minha ama... – Ela riu um pouquinho. – O Bom Pastor. Sabe, acho que nunca vi um pastor. Mas havia duas ovelhas em um campo aqui perto. – Ela fez uma pausa e acrescentou: – Agora há uma construção ali.

Pensei: "Estranho. Se aquele campo não tivesse uma construção, bem, talvez *ela* não estivesse aqui agora". E eu disse:

– Você era feliz quando criança?

– Ah, *sim!* – A certeza ávida da afirmação não deixava dúvidas. E prosseguiu: – Feliz demais.

– Verdade?

– Acho que sim. Veja, nunca se está preparado para os acontecimentos. Você jamais imagina... que possam acontecer.

– Você teve uma experiência trágica – sugeri.

Mas ela sacudiu a cabeça.

– Não, acho que não. Não mesmo. O que aconteceu comigo não é nada fora do comum. É algo corriqueiro, banal, que acontece com muitas mulheres. Não fui particularmente desafortunada. Fui... Sim, apenas ingênua. E realmente não há lugar no mundo para gente ingênua.

– Minha cara – eu disse –, escute. Eu sei do que você está falando. Eu estive onde você está agora; senti, como você sente, que a vida não vale a pena ser vivida. Conheci o desespero cegante que só consegue ver uma saída, e lhe digo... isso *passa*. O desgosto não dura para sempre. Nada dura. Só uma única coisa consola e cura de verdade: o tempo. Dê uma chance ao tempo.

Falei com sinceridade, e na mesma hora vi que tinha cometido um erro.

– Você não entende – ela disse. – Sei o que você quer dizer. Eu *senti* isso. De fato, fiz uma tentativa... não deu certo. Depois fiquei feliz por não ter dado. É diferente.

– Conte-me – eu disse.

– Começou muito lentamente. É difícil saber com clareza. Tenho 39 anos, e sou muito forte e saudável. É provável que eu viva pelo menos até os setenta, talvez mais. E não posso encarar tal ideia, só isso. Outros 35 anos, longos e vazios.

– Mas não serão vazios, minha cara. É aí que você se engana. Algo vai florescer de novo para preenchê-los.

Ela olhou para mim.

– É *isso* o que eu mais temo – disse ela num sussurro. – É uma possibilidade que não consigo encarar.

– Na verdade, você é uma covarde – falei.

– Sim. – Ela assentiu na mesma hora. – Sempre fui covarde. Às vezes achava engraçado que as outras pessoas não tivessem visto isso tão claramente quanto eu. Sim, tenho medo. Muito medo.

Houve um silêncio.

– Afinal – ela disse –, é natural. Se uma brasa salta da fogueira e queima um cachorro, ele passará a ter medo de fogo. Ele nunca sabe quando outra brasa pode aparecer. Na verdade, é uma forma de proteção. O tolo completo acha que uma fogueira é apenas algo bom e quente. Para ele, não existem queimaduras ou brasas.

– Então, realmente – eu disse –, o que você não quer encarar é a possibilidade de ser feliz.

Aquilo soou estranho quando falei, e, contudo, eu sabia que não era realmente tão estranho quanto soava. Eu sabia alguma coisa sobre estresse e distúrbios psicológicos. Três de meus melhores amigos tiveram neurose de guerra. Sei por mim mesmo o que significa para um homem ser fisicamente aleijado, sei exatamente o que isso pode fazer com ele. Sei também que se pode ser mentalmente aleijado. Não se vê o dano quando a ferida é curada. Mas está lá. Existe um ponto fraco, uma falha. Você não está inteiro, está em pedaços.

Eu disse a ela:

– Tudo isso vai passar. – Mas falei sem convicção, pois uma cura superficial de nada serviria. A cicatriz tinha sido profunda demais.

– Você não vai correr um risco – prossegui. – Mas vai correr outro, um simplesmente colossal.

Ela disse com um pouco menos de calma, com um toque de ansiedade:

– Mas é totalmente diferente. Totalmente. Você não se arrisca quando sabe como é uma coisa. Um risco desconhecido... existe algo muito tentador nisso, algo aventuresco. Afinal, a morte pode ser qualquer coisa...

Era a primeira vez que a palavra em si havia sido pronunciada. Morte...

E então, como se pela primeira vez a curiosidade crepitasse dentro dela, ela se virou para mim e perguntou:

– Como você soube?

– Não posso afirmar que realmente seja capaz de dizer – confessei. – Eu mesmo passei por... bem... algo. E suponho que saiba como é.

Ela disse:

– Entendo.

Ela não mostrou interesse por qual poderia ter sido minha experiência, e creio que foi naquele momento que me coloquei a seu dispor. Você sabe, eu conheço muito bem o outro lado. Simpatia e ternura femininas. Minha necessidade, embora eu não soubesse, não era receber, mas dar.

Não havia ternura alguma em Celia, simpatia alguma. Ela havia esbanjado tudo. E esgotado. Ela havia sido, conforme sua visão de si, estúpida quanto a isso. Havia sofrido demais para ter qualquer piedade de sobra pelos outros. Aquele novo traço rígido em sua boca era um tributo à quantidade de sofrimento que ela havia enfrentado. Ela era perspicaz, num instante percebeu que comigo também "haviam acontecido coisas". Éramos iguais. Ela não tinha pena de si e não sentia pena alguma de mim. Para ela, o motivo de eu ter adivinhado algo que, à primeira vista, parecia impossível de se adivinhar foi meu infortúnio.

Vi naquele momento que ela era uma criança. Seu mundo real era o seu mundo interior. Ela havia voltado deliberadamente para um mundo infantil, lá encontrando refúgio para a crueldade do mundo.

E aquilo era extremamente estimulante para mim. Era disso que eu havia necessitado nos últimos dez anos. Foi um chamado para ação, se é que você me entende.

Bem, eu agi. Meu único medo era deixá-la só. Mas não fiz isso. Agarrei-me nela como uma sanguessuga, por assim dizer. Ela desceu para a aldeia comigo de modo bem amável. Tinha bastante bom-senso e percebeu. Percebeu que seu propósito, de momento, havia sido frustrado. Ela não o abandonou, apenas o adiou. Soube disso sem que ela dissesse uma palavra.

Não vou entrar em detalhes, esta não é uma narrativa desse tipo. Não há necessidade de descrever a graciosa aldeiazinha espanhola, ou a refeição que fizemos juntos em seu hotel, ou a forma como secretamente levei minha bagagem do hotel em que eu estava para o que ela estava.

Não, estou tratando apenas do essencial. Eu sabia que teria de ficar grudado nela até acontecer alguma coisa. Até ela sucumbir de alguma forma e se render.

Como disse, fiquei com ela, grudado. Quando ela foi para seu quarto, eu disse:

– Vou lhe dar dez minutos e então entrarei.

Não ousei dar-lhe mais tempo. Veja bem, ela estava no quarto andar e poderia passar por cima da "consideração pelos outros", que fazia parte de sua criação, e embaraçar o gerente do hotel saltando pela janela em vez de pular do penhasco.

Bem, voltei. Ela estava na cama, sentada, com o cabelo louro-claro penteado para trás. Não sei se ela viu algo de estranho no que estávamos fazendo. Tenho certeza de que eu não vi. O que o pessoal do hotel pensou eu não sei. Se soubessem que entrei em seu quarto às dez horas da noite e saí quando eram sete da manhã seguinte, teriam chegado, suponho, a uma só conclusão. Mas eu não podia me preocupar com isso.

Eu estava agindo para salvar uma vida e não podia me preocupar com uma mera reputação.

Bem, sentei lá, na cama dela, e conversamos.

Conversamos a noite inteira.

Uma noite estranha, jamais tive uma noite como aquela.

Não falei sobre o problema dela, fosse ele qual fosse. Em vez disso, começamos do princípio: os íris cor de malva do papel de parede, as ovelhas no campo, o vale junto à estação onde havia prímulas...

Depois de um tempo, foi ela que falou, não eu. Eu havia deixado de existir para ela, a não ser como uma espécie de gravador humano que estava ali para que ela tivesse com quem conversar.

Ela falou como alguém falaria consigo mesmo ou com Deus. Sem qualquer ardor ou paixão, entende? Apenas a pura recordação, passando de um incidente desconexo para outro. A construção de uma vida, uma espécie de ponte de acontecimentos significativos.

É um tema estranho, quando se pensa nisso, o porquê de se lembrar de certas coisas e não de outras. É uma escolha, por mais inconsciente que seja. Relembre você mesmo, pegue um ano qualquer de sua infância: você vai se lembrar talvez de cinco, seis incidentes. Provavelmente não foram importantes. Por que você justamente lembrou desses em meio àqueles 365 dias? Alguns sequer significaram muito para você na ocasião. Contudo, de alguma maneira, persistiram. Permaneceram com você até hoje...

Foi a partir daquela noite que tive a visão da verdadeira Celia. Posso escrever sobre ela a partir do ponto de vista, como eu disse, de Deus... Vou me esforçar para fazê-lo.

Ela me disse, veja bem, todas as coisas que importavam e as coisas que não importavam. Ela não estava tentando criar uma história.

Não. Mas eu sim! Captei relances que *ela* não conseguia enxergar.

Eram sete da manhã quando a deixei. Ela, enfim, havia se virado de lado e adormecido como uma criança... O perigo havia passado.

Foi como se um fardo tivesse sido retirado de seus ombros e colocado sobre os meus. Ela estava a salvo...

Mais tarde naquela manhã eu a levei até o barco e a vi partir.

E foi quando aconteceu. Quero dizer, a coisa que me parece corporificar o todo...

Talvez eu esteja errado... Talvez tenha sido apenas um incidente trivial...

De qualquer modo, não vou escrever sobre ele agora.

Não até ter feito minha tentativa de ser Deus, e fracassar ou ser bem-sucedido.

Tentar colocá-la na tela nesse novo meio não familiar... Palavras...

Palavras que se encadeiam...

Nada de pincéis, nada de tubos de tinta, nenhum dos velhos e queridos instrumentos.

Retrato em quatro dimensões, porque em seu ofício, Mary, há o tempo, bem como o espaço...

LIVRO DOIS

A TELA

"Prepare a tela. Eis aqui um objeto à mão."

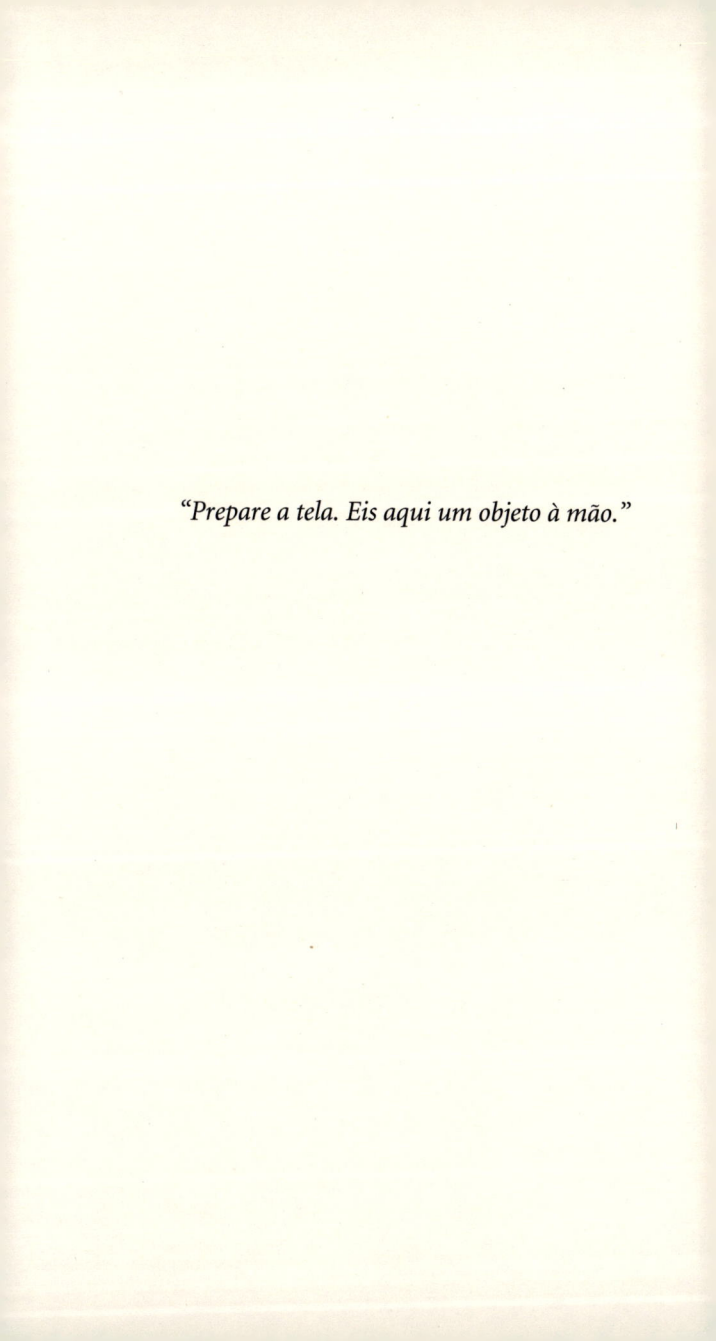

Capítulo 1

Em casa

I

Deitada no berço, Celia olhou para os íris cor de malva na parede do quarto de bebê. Sentia-se feliz e sonolenta.

Havia um biombo em torno do pé do berço. Servia para bloquear a luz da lamparina da babá. Invisível para Celia, atrás do biombo, a babá lia a Bíblia sentada. A lamparina da babá era especial, imponente, de bronze com pantalha de porcelana cor-de-rosa. Estava sempre limpa porque Susan, a empregada, era muito minuciosa. Susan era uma boa moça, Celia sabia, embora às vezes culpada do pecado de "mover-se bruscamente". Quando movia-se bruscamente, ela quase sempre derrubava alguma coisa. Era uma moça grande, com cotovelos cor de carne crua. Celia associava-os vagamente com as misteriosas palavras "trabalho pesado".

Havia um tênue som sussurrante: a babá murmurando as palavras para si mesma enquanto lia. Aquilo tranquilizava Celia. Suas pálpebras caíram...

A porta se abriu, e Susan entrou com uma bandeja. Ela se esforçou para não fazer barulho, mas o ranger de seus sapatos a impediu.

Ela disse em voz baixa:

— Desculpe-me por estar tão atrasada com o seu jantar, ama.

A ama disse apenas:

— Silêncio. Ela está dormindo.

– Certamente eu não a acordaria por nada neste mundo.

Susan espiou pelo canto do biombo, respirando pesadamente.

– Que gracinha, não é? Minha sobrinha pequena não tem nem a metade da esperteza.

Voltando para trás do biombo, Susan esbarrou na mesa. Uma colher caiu no chão.

A ama disse em tom brando:

– Você deve tentar não se mover de modo tão brusco, Susan querida.

Susan disse com pesar:

– Foi sem querer.

Ela saiu do quarto na ponta dos pés, o que fez seus sapatos rangerem ainda mais.

– Babá – disse Celia com cautela.

– Sim, minha querida, o que é?

– Não estou dormindo, babá.

A babá recusou-se a aceitar a deixa. Apenas disse:

– Não, querida.

Houve uma pausa.

– Babá?

– Sim, querida.

– Sua janta está boa?

– Muito boa, querida.

– O que é?

– Peixe ensopado e torta de melado.

– Ah! – suspirou Celia extasiada.

Houve uma pausa. Então a babá apareceu por detrás do biombo. Uma velhinha com uma touca de algodão amarrada embaixo do queixo. Trazia um garfo na mão, e na ponta havia um pedacinho da torta de melado.

– Agora você vai ser uma boa menina e dormir de uma vez – disse a babá em tom de advertência.

– Sim! – disse Celia com fervor.

O Paraíso! O Céu! O pedaço de torta de melado estava entre seus lábios. Delícia inacreditável.

A babá desapareceu outra vez por trás do biombo. Celia aninhou-se de lado. Os íris cor de malva dançaram à luz da chama. A torta de melado provocou uma sensação agradável. Sons tranquilizadores de alguém no quarto. Contentamento total.

Celia dormiu...

II

Era o terceiro aniversário de Celia. Estavam tomando chá no jardim. Havia bombas de chocolate, mas Celia só pôde comer uma. Cyril, seu irmão, ganhou três. Era um garoto grande, de onze anos de idade. Ele queria mais uma, mas sua mãe disse:

– Já chega, Cyril.

Então sucedeu-se o tipo habitual de conversa. Cyril perguntou "por quê?", interminavelmente.

Uma pequena aranha vermelha, uma coisinha microscópica, correu pela toalha de mesa branca.

– Olhem – disse a mãe –, é uma aranha da sorte. Está indo até Celia porque é o aniversário dela. Isso significa muito boa sorte.

Celia ficou entusiasmada e sentiu-se importante. Cyril levou sua mente inquiridora para outro ponto.

– Por que aranhas dão sorte, mãe?

Então finalmente Cyril foi embora, e Celia ficou com a mãe. Tinha a mãe só para ela. A mãe sorriu para ela do outro lado da mesa; um sorriso amável, não o sorriso de quem pensava que ela era uma garotinha engraçada.

– Mamãe – pediu Celia –, conte uma história.

Ela adorava as histórias da mãe. Não eram como as histórias das outras pessoas. As outras pessoas, quando solicitadas, contavam sobre Cinderela, João e o Pé de Feijão, Chapeuzinho Vermelho. A babá contava sobre José e seus irmãos, e Moisés nos juncos. (Celia sempre imaginava os juncos como abrigos de madeira contendo touros imensos.) Ocasionalmente ela contava sobre os filhos pequenos do capitão Stretton na Índia. Mas mamãe era diferente!

Para começar, nunca se sabia, nem se fazia ideia, sobre o que seria a história. Poderia ser sobre ratos. Ou sobre crianças. Ou sobre princesas. Poderia ser qualquer coisa... O único inconveniente das histórias de mamãe é que ela nunca as contava duas vezes. Ela dizia que não conseguia lembrar (algo completamente incompreensível para Celia).

– Muito bem – disse mamãe. – Sobre o que será?

Celia prendeu o fôlego.

– Sobre Olhos Brilhantes – ela sugeriu. – E Cauda Comprida e o queijo.

– Ah! Esqueci tudo sobre eles. Não. Teremos uma nova história.

Ela fitou a mesa, absorta por um momento, os olhos cintilantes cor de avelã dançando, o delicado rosto comprido e oval muito sério, o narizinho arrebitado erguido. Toda ela tensa no esforço da concentração.

– Já sei – disse ela voltando de longe de repente. – A história chama-se A Vela Curiosa...

– Ah! – Celia tragou o ar enlevada. Ela já estava intrigada... encantada... A Vela Curiosa!

III

Celia era uma garotinha séria. Ela pensava um bocado sobre Deus e sobre ser boa e pura. Quando puxava um ossinho da sorte, sempre desejava ser boa. Celia era sem dúvida uma puritana, mas ao menos guardava seu puritanismo para si.

Às vezes tinha um medo horrível de ser "mundana" (palavra misteriosa e perturbadora!), e em especial quando toda vestida de musselina engomada e com uma grande cinta amarelo-ouro, pronta para descer para a sobremesa. Mas no geral vivia complacentemente satisfeita consigo mesma. Ela era uma das eleitas. Estava *salva*.

Mas sua família causava-lhe apreensão. Era terrível, mas ela não estava bem certa a respeito da mãe. E se mamãe não fosse para o Céu? Pensamento agoniante, atormentador.

As leis estavam formuladas com clareza. Jogar croquet no domingo era feio. Tocar piano também (a menos que fossem cânticos). Celia teria morrido, uma mártir voluntária, antes de tocar em um taco de croquet no "Dia do Senhor", embora ter permissão para brincar com bola a esmo pelo gramado nos outros dias fosse seu principal deleite.

Mas a mãe e o pai jogavam croquet no domingo. E o pai tocava piano e cantava canções do tipo: "Ele visitou a sra. A e tomou uma xícara de chá quando o sr. A tinha ido à cidade". Com certeza *não* era uma canção sacra!

Isso preocupava muito Celia. Ela questionava a babá, ansiosa. A babá, mulher boa e sincera, ficava em um certo dilema.

– Seu pai e sua mãe são seu pai e sua mãe – dizia a babá. – E tudo que eles fazem é certo e apropriado, e você não deve pensar o contrário.

– Mas jogar croquet no domingo é errado – dizia Celia.

– Sim, querida. É não manter o dia de descanso sagrado.

– Mas então... mas então...

– Você não tem que se preocupar com essas coisas, minha querida. Apenas continue fazendo o seu dever.

Assim, Celia seguiu balançando negativamente a cabeça quando a convidavam para jogar para agradá-la.

– Mas por que isso? – perguntava o pai.

E a mãe murmurava:

– É a ama. Ela disse que é errado.

E então dizia para Celia:

– Muito bem, querida, se você não quer jogar, não precisa.

Mas às vezes ela dizia gentilmente:

– Bem, querida. Deus fez um mundo adorável para nós e quer que sejamos felizes. O dia Dele é um dia muito especial, um dia no qual podemos, apenas não devemos, dar trabalho para outras pessoas; os criados, por exemplo. Mas não há problema em se divertir.

Porém, por estranho que pareça, mesmo amando a mãe profundamente, as opiniões de Celia não vacilavam por causa dela. As coisas eram de tal jeito porque a babá dizia que eram.

Contudo, ela parou de se preocupar com a mãe. A mãe tinha um quadro de São Francisco na parede e um livrinho chamado *A imitação de Cristo* na mesa de cabeceira. Celia sentiu que Deus provavelmente faria vistas grossas ao jogo de croquet no domingo.

Mas o pai causava-lhe receios. Ele com frequência fazia piadas com assuntos sagrados. Certo dia, no almoço, contou uma história engraçada sobre um padre e um bispo. Não foi engraçado para Celia. Foi horrível.

Um dia, por fim, ela desatou a chorar e soluçou seus medos horríveis no ouvido da mãe.

– Mas, querida, seu pai é um homem muito bom. E um homem muito religioso. Ele se ajoelha e faz suas preces todas as noites como uma criança. É um dos melhores homens do mundo.

— Ele ri dos clérigos — disse Celia. — E joga nos domingos e canta canções... canções mundanas. E eu tenho muito medo de que ele vá para o fogo do Inferno.

— O que você sabe sobre o Inferno? — perguntou a mãe, e sua voz soou zangada.

— É para onde você vai se é mau — disse Celia.

— Quem andou assustando você com essas coisas?

— Não estou assustada — disse Celia, surpresa. — Não irei para lá. Serei sempre boa e irei para o Céu. Mas — seus lábios tremeram — quero que papai esteja no Céu também.

E então sua mãe falou um bocado sobre o amor e a bondade de Deus e como Ele jamais seria tão cruel em queimar pessoas eternamente.

Mas Celia não se convenceu. Havia o Inferno e havia o Céu, e havia ovelhas e bodes. Se ao menos ela estivesse *bem* certa de que papai não era um bode!

Claro que havia Inferno, bem como o Céu. Era um dos fatos inexoráveis da vida, tão real quanto pudim de arroz ou lavar atrás das orelhas ou dizer "sim, por favor" e "não, obrigada".

IV

Celia sonhava um bocado. Alguns sonhos eram apenas engraçados ou esquisitos, coisas que haviam acontecido, misturadas. Mas outros eram especialmente bonitos. Eram sonhos sobre lugares que ela conhecia e que nos sonhos eram diferentes.

É estranho explicar como isso podia ser tão emocionante, mas de algum modo (nos sonhos) era.

Havia o vale ao lado da estação. Na vida real, a ferrovia corria ao longo dele, mas nos sonhos bons havia um rio ali, e prímulas por toda ribanceira e dentro do bosque. E toda vez ela dizia em surpresa e deleite: "Ora, jamais imaginei. Sempre pensei que houvesse uma ferrovia aqui". E em vez disso havia o adorável vale verde e o regato cintilante.

E, nos sonhos, havia os campos nos fundos do jardim, onde na vida real havia a casa feia de tijolos vermelhos. E, quase o mais sensacional de tudo, os quartos secretos em sua própria casa. Às vezes entrava-se neles pela despensa; às vezes, da maneira mais inesperada, eles saíam do escritório do papai. Mas lá estavam eles o tempo todo, embora ela tivesse se esquecido deles por tanto tempo. A cada vez ela sentia um agradável arrepio de reconhecimento. Contudo, a cada vez, eles na verdade eram bastante diferentes. Mas havia sempre aquela curiosa alegria por encontrá-los...

Havia ainda o sonho terrível, do Pistoleiro de cabelo empoado, uniforme azul e vermelho e pistola. E, o mais horrível de tudo, onde as mãos saíam das mangas *não* havia mãos, apenas *cotos*. Sempre que ele aparecia em um sonho, ela acordava gritando. Era a coisa mais segura a fazer. E lá estava ela, a salvo em sua cama, e a babá na cama ao lado e tudo estava bem.

Não havia motivo especial para o Pistoleiro ser tão apavorante. Não que ele pudesse atirar. A pistola era um símbolo, não uma ameaça direta. Não, era algo no rosto dele, os olhos duros, intensamente azuis, a pura malignidade do olhar que ele lançava. Deixava Celia doente de medo.

E havia então as coisas sobre as quais ela pensava durante o dia. Ninguém sabia que, enquanto Celia caminhava calmamente pela estrada, na realidade estava montada em um corcel branco. (Suas ideias de um corcel eram deveras imprecisas. Ela imaginava um supercavalo com as dimensões de um elefante.) Quando caminhava ao longo da parede estreita de tijolos da estufa de pepinos, andava ao longo de um precipício com um abismo sem fim em um dos lados. Em diferentes ocasiões ela era uma duquesa, uma princesa, uma guardadora de gansos e uma donzela mendiga. Tudo isso tornava a vida muito interessante para Celia, de modo que ela era chamada de "boa menina", era muito quieta, se sentia feliz brincando sozinha e não importunava os mais velhos para que se ocupassem dela.

As bonecas que ganhava nunca eram reais para ela. Brincava com elas quando a babá sugeria, mas sem qualquer entusiasmo verdadeiro.

– Ela é uma boa garota – dizia a babá. – Nenhuma imaginação, mas não se pode ter tudo. Mestre Tommy, o mais velho do capitão Stretton, nunca parava de me provocar com suas perguntas.

Celia raramente fazia perguntas. A maior parte de seu mundo estava em sua cabeça. O mundo exterior não atiçava sua curiosidade.

V

Uma coisa que aconteceu num certo abril fez Celia temer o mundo exterior.

Ela e a babá estavam colhendo prímulas. Era um dia ensolarado, com nuvenzinhas esvoaçantes pelo céu azul. Elas seguiram pela linha do trem (onde ficava o rio nos sonhos de Celia) até o morro mais além, chegando em um bosque onde as prímulas floresciam como um tapete amarelo. Colheram e colheram. Era um dia adorável, e as prímulas tinham um cheiro delicioso, com leve toque de limão, que Celia amava.

E então (foi bem parecido com o sonho do Pistoleiro), uma voz alta e ríspida rugiu para elas de repente.

– Ei – disse a voz. – O que vocês estão fazendo aqui?

Era um homem, um homem enorme com o rosto vermelho, com calças de veludo cotelê. Ele fez uma carranca.

– Aqui é propriedade particular. Invasores serão punidos.

A ama disse:

– Sinto muito. Eu não sabia.

– Saiam daqui, agora!

Enquanto elas viravam-se para partir, a voz dele bradou atrás delas:

– Vou ferver vocês vivas. Sim. Vou. Fervo vocês vivas se não saírem do bosque em três minutos.

Celia avançou aos tropeções arrastando a babá, desesperada. Por que a babá não andava mais rápido? O homem viria atrás delas. Ele as pegaria. Elas seriam fervidas vivas em um caldeirão. Ela ficou doente de medo... Tropeçou desesperada, todo seu corpinho tremia avivado pelo terror. Ele estava vindo. Vindo atrás delas. Elas seriam fervidas... Celia sentiu-se horrivelmente mal. Depressa, depressa!

Chegaram à estrada outra vez. Um grande suspiro arquejante irrompeu de Celia.

– Ele... ele não pode nos pegar agora – ela murmurou.

A ama olhou para ela, atônita pelo branco cadavérico de seu rosto.

– Ei, qual é o problema, querida? – Um pensamento ocorreu-lhe. – Você não ficou assustada com o que ele disse, ficou? Aquilo era apenas uma brincadeira.

E, não querendo parecer ingênua, Celia murmurou:

– Claro que não, babá. Sabia que era uma brincadeira.

Mas só muito tempo depois ela superou o terror daquele momento. Ela jamais o esqueceu.

O terror havia sido tão horrivelmente *real*!

VI

Em seu quarto aniversário, Celia ganhou um canário. Ele recebeu o nome pouco original de Goldie. Logo amansou-se e se empoleirava no dedo de Celia. Ela o amava. Era apenas um pássaro, que ela alimentava com sementes de cânhamo, mas era também seu companheiro de aventuras. Havia a Senhora Dicky, uma rainha, e o Príncipe Dicky, seu filho, e os dois percorriam o mundo e viviam aventuras. O Príncipe Dicky era muito bonito e usava vestimentas de veludo dourado com mangas de veludo negro.

Mais adiante naquele ano, Goldie ganhou uma esposa chamada Dafne. Dafne era uma ave grande e com muito marrom. Era esquisita e desajeitada. Derrubava sua água e emborcava as coisas em que se empoleirava. Jamais ficou mansa como Goldie. O pai de Celia chamava-a de Susan porque ela "movia-se bruscamente".

Susan costumava cutucar os pássaros com um fósforo para "ver o que fariam", como ela dizia. Os pássaros tinham medo dela e se debatiam contra a grade quando a viam chegar. Susan achava todo tipo de coisas estranhas engraçadas. Ela ria muito quando encontravam um rabo de rato na ratoeira.

Susan gostava muito de Celia. Fazia brincadeiras com ela, como se esconder atrás das cortinas e saltar de lá dizendo "Bu!". Celia na verdade não gostava muito de Susan, que era muito grandona e espalhafatosa. Ela gostava muito mais da senhora Rouncewell, a cozinheira. Rouncy, como Celia a chamava, era uma mulher enorme, monumental, e a personificação da calma. Jamais se apressava. Movia-se pela cozinha em majestosa lentidão, executando seus rituais de culinários. Jamais se afligia, jamais se agitava. Sempre servia as refeições ao soar exato das horas. Rouncy não era muito criativa. Quando a mãe de Celia perguntava: "O que você sugere para o almoço de hoje?", ela sempre dava a mesma resposta: "Bem, senhora, podemos ter uma bela galinha e pudim de gengibre." A senhora Rouncewell sabia cozinhar suflês, *vol-au-vents*, cremes, ensopados de guisado de carne de caça, todo tipo de massas e os mais sofisticados pratos franceses, mas jamais sugeria nada além de galinha e pudim de gengibre.

Celia amava ir à cozinha, que era como a própria Rouncy, muito grande, muito vasta, muito limpa e muito sossegada. No meio da limpeza e do espaço havia Rouncy, com a mandíbula mexendo-se de forma sugestiva. Ela estava sempre comendo pequenos pedacinhos disso, daquilo e daquele outro.

Ela dizia:

– Então, senhorita Celia, o que quer?

E, depois, com um sorriso lento que se estendia pelo rosto grande, ia até um armário, abria uma lata e derramava um punhado de passas ou castanhas nas mãos em concha de Celia. Às vezes ela ganhava um pedaço de pão com melado ou um pedaço de torta de fruta, mas *sempre* havia *alguma coisa*.

Celia carregava seu prêmio para o jardim, até o local secreto junto ao muro, e ali, hermeticamente aninhada dentro dos arbustos, ela era a princesa escondida dos inimigos, a quem os súditos devotos levavam mantimentos na calada da noite...

No quarto de criança, no andar de cima, a babá estava sentada costurando. Era ótimo para a senhorita Celia ter um jardim bom e seguro para brincar, sem laguinhos detestáveis ou locais perigosos. A babá estava ficando velha, gostava de ficar sentada costurando e relembrando: os pequenos Stretton, homens e mulheres adultos agora, a pequena senhorita Lilian, que estava se casando, mestre Roderick e mestre Phil, ambos em Winchester... Sua mente seguia para trás, ao longo dos anos...

VII

Uma coisa terrível aconteceu: perderam Goldie. Ele havia ficado tão manso que a porta de sua gaiola era deixada aberta e ele costumava esvoaçar pelo quarto. Sentava-se no topo da cabeça da babá, puxava sua touca com o bico, e ela dizia com brandura: "Ora, ora, mestre Goldie, não vou admitir isso." Sentava-se no ombro de Celia e pegava uma semente de cânhamo dos lábios dela. Era como uma criança mimada. Se não lhe davam atenção, ficava zangado e reclamava aos gritos.

E naquele dia terrível perderam Goldie. A janela do quarto estava aberta. Goldie devia ter voado embora.

Celia chorou e chorou. A babá e a mãe tentaram consolá-la.

– Talvez ele volte, meu bem.

– Ele apenas foi voar por aí. Vamos colocar a gaiola do lado de fora da janela.

Mas Celia chorava inconsolável. Os outros pássaros bicavam os canários até a morte, ela tinha ouvido alguém dizer isso. Goldie estava morto. Morto em algum lugar sob as árvores. Ela jamais sentiria seu pequeno bico outra vez. Ela chorou o dia inteiro. Não tocou no jantar nem no chá. A gaiola de Goldie do lado de fora da janela permaneceu vazia.

Enfim chegou a hora de dormir. Celia deitou-se em sua caminha branca. Ainda soluçava, segurando a mão da mãe com firmeza. Queria mais a mãe do que a babá. A babá havia sugerido ao pai de Celia que ele poderia, quem sabe, dar-lhe outro pássaro. Mas a mãe entendia melhor as coisas. Não era apenas um *pássaro* que ela queria. Afinal de contas, ela ainda tinha Dafne. Ela queria *Goldie*. Oh! Goldie. Goldie. Goldie... Ela *amava* Goldie, e ele tinha ido embora. Bicado até a morte. Ela apertou a mão da mãe intensamente. A mãe apertou de volta.

E então, no silêncio quebrado apenas pela respiração pesada de Celia, ouviu-se um sonzinho, o chilreio de um pássaro.

Mestre Goldie desceu voando do varão da cortina onde estivera calmamente empoleirado o dia inteiro.

Durante toda a vida Celia jamais esqueceu a maravilhosa alegria incrédula daquele momento...

Tornou-se um ditado na família para quando alguém começava a se preocupar com alguma coisa: "Ora, pois, *lembre-se de Goldie e do varão da cortina!*".

VIII

O sonho do Pistoleiro mudou. Ficou de algum modo mais apavorante.

O sonho começava bem. Era um sonho feliz, com um piquenique ou uma festa. E, de repente, quando ela estava se divertindo, um sentimento esquisito insinuava-se. Havia algo errado em algum lugar... O que era? Ora, o Pistoleiro estava ali, é claro. Mas ele não era ele mesmo. Um dos convidados era o Pistoleiro...

E a parte medonha era que ele podia ser qualquer um. Celia olhava ao redor. Todo mundo estava alegre, rindo e conversando. E de repente ela sabia. Podia ser a mamãe, o papai ou a babá, alguém com quem estivesse conversando. Olhava para o rosto da mamãe – claro que era ela. E então via a luz azul-metálica dos olhos. E a manga do vestido da mamãe... ah, que horror! Aquele coto horrível. Não era a mamãe. Era o Pistoleiro... E ela acordava gritando...

E Celia não podia explicar para ninguém, nem para a mamãe, nem para a babá. Não soava tão apavorante quando se contava. Alguém dizia: "Ei, ei, você teve um sonho ruim, minha querida", e dava tapinhas em Celia. E dali a pouco ela queria dormir de novo. Mas não gostava de dormir porque *o sonho poderia voltar.*

Celia dizia para si mesma em desespero na escuridão da noite: "Mamãe *não é* o Pistoleiro. Não é. Não é. *Sei* que não é. É a mamãe".

Mas à noite, com as sombras e o sonho ainda agarrando-se nela, era difícil ter certeza de qualquer coisa. Talvez *nada* fosse o que parecia, e talvez Celia sempre soubesse disso.

– A senhorita Celia teve outro sonho ruim ontem à noite, minha senhora.

– O que foi dessa vez, ama?

– Algo sobre um homem com uma pistola, senhora.

Celia dizia:

– Não, mamãe, não é um homem com uma pistola. É o Pistoleiro. O meu Pistoleiro.

– Você estava com medo de que ele atirasse em você, querida? Foi isso?

Celia sacudiu a cabeça e estremeceu.

Ela não conseguia explicar.

A mãe não tentava fazer Celia se explicar. Ela dizia de modo muito gentil:

– Você está totalmente segura aqui conosco, querida. Ninguém pode machucar você.

Aquilo era reconfortante.

IX

– Babá, que palavra é aquela ali, naquele cartaz? A grande?

– "*Revigorante*", querida. "Faça uma xícara de chá revigorante para você."

Isso acontecia todos os dias. Celia exibia uma curiosidade insaciável em relação às palavras. Ela conhecia as letras, mas sua mãe era contrária a ensinar as crianças a ler cedo demais.

– Não ensinarei Celia a ler até ela ter seis anos.

Essas teorias educacionais nem sempre funcionam. Aos cinco anos e meio Celia conseguia ler quase todas as lombadas dos livros de história nas prateleiras do quarto e praticamente todas as palavras nos pôsteres. É verdade que às vezes confundia-se com as palavras. Ela ia até a babá e dizia:

– Por favor, babá, essa palavra é "ganancioso" ou "egoísta"? Não consigo lembrar.

Visto que somente lia e não grafava as palavras, soletrar parecia uma dificuldade para ela a vida inteira.

Para Celia, ler algo era encantador. A leitura abriu um novo mundo para ela, um mundo de fadas, bruxas, bichos-papões e duendes. Contos de fadas eram sua paixão. Histórias sobre a vida real de crianças não lhe interessavam muito.

Havia poucas crianças de sua idade para brincar. Sua casa ficava em um local afastado, e os automóveis ainda eram raros. No entanto, havia uma garotinha um ano mais velha do que ela, Margaret McCrae. Ocasionalmente Margaret era convidada para o chá, ou Celia era convidada para tomar chá com ela. Mas nessas ocasiões Celia pedia, exaltada, para não ir.

– Por que, meu bem, você não gosta de Margaret?

– Sim, gosto.

– Então por que você não quer ir?

Celia só conseguia sacudir a cabeça.

– Ela é tímida – dizia Cyril, desdenhoso.

– É um absurdo não querer ver outras crianças – dizia o pai. – Não é natural.

– Será que Margaret implica com ela? – indagava a mãe.

– Não – gritou Celia e desatou a chorar.

Ela não conseguia explicar. Simplesmente não conseguia explicar. Todavia, os fatos eram muito simples.

Margaret havia perdido todos os dentes da frente. Suas palavras saíam muito rápido e de um jeito sibilante. E Celia não conseguia entender direito o que ela dizia. O clímax ocorreu quando Margaret acompanhou-a em uma caminhada. Ela disse:

– Vou lhe contar uma história linda, Celia – e embarcou direto nela, sibilando e balbuciando sobre uma "prinzessa e um doce venenosso".

Celia ouviu em agonia. Às vezes Margaret parava e questionava:

– Não é uma hissória linda?

Celia, ocultando valentemente o fato de que não fazia a menor ideia do que se tratava a história, tentava responder de forma inteligente. E por dentro, como de hábito, recorria à prece: "Oh, por favor, por favor, Deus, deixe-me ir para casa logo. Não deixe que ela saiba que eu não sei. Vamos logo para casa. Por favor, Deus".

De alguma forma, ela sentia que deixar Margaret saber que sua fala era incompreensível era o auge da crueldade. Margaret jamais deveria saber.

Mas o esforço era medonho. Ela tinha chegado em casa lívida e chorosa. Todos achavam que ela não gostava de Margaret. E na verdade era o contrário: era por gostar tanto de Margaret que não podia suportar que ela soubesse.

E ninguém entendia. Ninguém mesmo. Isso fazia Celia sentir-se esquisita, tomada de pânico e horrivelmente solitária.

X

Às quintas-feiras tinha aula de dança. Na primeira vez em que foi, Celia estava apavorada. A sala estava cheia de crianças. Crianças deslumbrantes em saias sedosas.

No meio da sala, experimentando longas luvas brancas, estava a senhorita Mackintosh, a pessoa que mais inspirava temor e, ao mesmo tempo, fascinação que Celia já tinha visto. A senhorita Mackintosh era muito alta, na verdade a pessoa mais alta do mundo, Celia então pensou. (Mais adiante na vida foi um choque para Celia perceber que a senhorita Mackintosh estava apenas um pouco acima da altura média. Ela obtinha aquele efeito por meio de saias rodadas, sua formidável postura empertigada e personalidade altiva.)

– Ah! – disse a senhora Mackintosh graciosamente. – Então esta é Celia. Senhorita Tenderden?

A senhorita Tenderden, uma criatura de aspecto ansioso que dançava com primor, mas que não tinha personalidade, apressou-se como um cão terrier agitado.

Celia foi entregue a ela e logo depois estava parada em uma fila de crianças pequenas manipulando "extensores", uma faixa de elástico azul royal com uma alça em cada extremidade. Depois dos "extensores" vieram os mistérios da polca, e depois disso as criancinhas sentaram e assistiram aos seres resplandecentes em saias de seda executarem uma dança elegante com pandeiros.

Depois disso, foi anunciada a Quadrilha de Lanceiros. Um garotinho de olhos escuros travessos apressou-se até Celia.

– Oi, quer ser meu par?

– Não posso – disse Celia com pesar. – Não sei dançar.

– Ah, que pena.

Mas em seguida a senhorita Tenderden precipitou-se sobre ela.

– Não sabe? Claro que não, querida, mas vai aprender. Ora, eis aqui um par para você.

Celia foi colocada ao lado de um garoto de cabelo ruivo e com sardas. Diante deles estava o menino de olhos escuros e sua parceira. Quando se encontraram no meio, ele disse a Celia em tom reprovador:

– Viu? Você não quis dançar comigo. Que pena.

Celia foi assolada por uma dor cruciante que viria a conhecer bem nos próximos anos. Como explicar? Como dizer: "Mas quero dançar com você. Prefiro dançar com você. Isso tudo é um equívoco".

Foi sua primeira experiência da tragédia da mocidade: o par errado!

Mas as exigências da Quadrilha de Lanceiros os afastaram. Encontraram-se mais uma vez, no meio da quadrilha, mas o garoto apenas lançou um olhar de profunda reprovação e a cumprimentou.

Ele jamais voltou à aula de dança, e Celia nunca soube seu nome.

XI

A velha babá foi embora quando Celia tinha sete anos. A babá teve que ir cuidar de uma irmã mais velha que estava mal de saúde.

Celia ficou inconsolável e chorou com amargura. Quando a babá partiu, Celia escreveu-lhe todos os dias, cartas curtas, confusas e mal-escritas, que geravam uma infinidade de problemas para serem compostas.

A mãe disse gentilmente:

– Sabe, querida, você não precisa escrever para a babá todos os dias. Ela de fato não espera isso. Duas vezes por semana é o suficiente.

Mas Celia sacudiu a cabeça com determinação.

– A babá pode pensar que a esqueci. Não vou esquecê-la. Jamais.

A mãe disse ao pai:

– Essa criança é muito tenaz em seus afetos. É uma lástima.

O pai disse com uma risada:

– O oposto de Cyril.

Cyril nunca escrevia cartas para os pais quando estava na escola, a não ser que quisesse alguma coisa. Mas o charme de suas maneiras era tão grande que todos os seus pequenos delitos eram perdoados.

A fidelidade obstinada de Celia à memória da babá preocupou sua mãe.

– Não é natural – disse ela. – Nessa idade ela deveria esquecer com mais facilidade.

Nenhuma nova ama veio substituí-la. Susan cuidou de Celia, dando-lhe banho ao anoitecer e acordando-a de manhã. Quando estava vestida, Celia ia para o quarto da mãe. A mãe sempre tomava café na cama. Celia ganhava uma pequena fatia de torrada com marmelada e depois brincava com um patinho gordo de porcelana na bacia de lavar da mãe. O pai estava em seu quarto de vestir, na porta ao lado. Às vezes ele a chamava e lhe dava uma moeda, que era depois depositada em um cofrinho de madeira pintada. Quando o cofre estivesse cheio de moedas, elas seriam depositadas na poupança e, quando houvesse o bastante na poupança, Celia compraria algo muito legal para si com seu próprio dinheiro. Que coisa seria essa era uma das principais preocupações da vida de Celia. Os objetos favoritos variavam de uma semana para outra. Primeiro, foi uma fivela de cabelo de casco de tartaruga, alta e coberta de botões, para a mãe de Celia usar em seu cabelo negro. A fivela havia sido mostrada para Celia por Susan na vitrine de uma loja.

– Só uma dama com título de nobreza poderia usar uma fivela como essa – disse Susan com uma voz reverente.

Depois foi um vestido plissado de seda branca para ir à aula de dança; esse era outro dos sonhos de Celia. Apenas as crianças que faziam dança artística usavam vestidos plissados. Só muitos anos depois Celia teria idade suficiente para aprender dança artística, mas o dia afinal chegaria. Havia também um par de chinelos de ouro verdadeiro (Celia não tinha dúvida de que tais coisas existissem), uma casa de verão no bosque e um pônei. Uma dessas coisas deleitantes estaria à sua espera no dia em que ela tivesse "o bastante na poupança".

Durante o dia, ela ficava no jardim, brincando de guiar (poderia ser qualquer coisa, de uma carruagem a um trem expresso), subindo em árvores de modo cauteloso e incerto, e criando lugares secretos em meio aos arbustos densos, onde podia ficar escondida e inventar fábulas. Se estava chovendo, ela lia livros no quarto ou pintava revistas. Entre o chá e o jantar, ela brincava com a mãe. Às vezes, faziam casas com toalhas espalhadas por cima das cadeiras e rastejavam para dentro e para fora delas, às vezes sopravam bolhas. Nunca se sabia de antemão, mas sempre havia alguma brincadeira encantadora e agradável, o tipo de brincadeira que não se conseguiria pensar sozinha, o tipo de brincadeira que só era possível com mamãe.

De manhã, Celia tinha agora "aulas", o que a fazia sentir-se muito importante. Aritmética Celia fazia com papai. Ela amava aritmética e gostava de ouvi-lo dizer:

– Celia tem muita facilidade para matemática. Ela não contará nos dedos como você, Miriam.

E a mãe ria e dizia:

– Os números nunca foram o meu forte.

Primeiro Celia fazia adição e depois subtração, a seguir multiplicação, que era divertido, e então divisão, que parecia muito adulto e difícil, e havia páginas chamadas "problemas". Celia adorava problemas. Eram sobre meninos e maçãs, ovelhas nos campos, bolos e homens trabalhando, e, embora fossem apenas adição, subtração, multiplicação e divisão disfarçadas, as respostas eram em meninos ou em maçãs ou ovelhas, o que deixava tudo muito mais emocionante. Depois da aritmética vinha a caligrafia da página em um caderno de exercícios. A mãe escrevia uma linha no alto e Celia copiava até chegar ao fim dela. Celia não gostava muito de copiar, mas às vezes mamãe escrevia uma frase muito engraçada, como "Gatos vesgos não conseguem tossir confortavelmente", e Celia ria muito. Depois vinha a página para treinar a escrita, palavrinhas simples, mas que representavam para Celia um bocado de dificuldade. Em sua ansiedade para grafar, ela sempre colocava tantas letras desnecessárias nas palavras que elas ficavam irreconhecíveis.

Ao anoitecer, depois de Susan ter dado banho em Celia, mamãe vinha ao quarto para dar uma "última ajeitada" nas cobertas dela. Celia chamava a "ajeitada da mamãe", e então tentava ficar bem quieta para que a "ajeitada da mamãe" ainda estivesse intacta de manhã. Mas, por um motivo ou outro, nunca estava.

– Quer uma luz acesa, meu bem? Ou que a porta fique aberta?

Mas Celia jamais quis luz. Ela gostava da escuridão gostosa, quente e reconfortante, na qual se afundava. Ela sentia que a escuridão era amigável.

– Bem, você não é de ter medo do escuro – Susan costumava dizer. – Já minha sobrinha pequena, ela grita até não poder mais se for deixada no escuro.

Por algum tempo Celia pensou consigo mesma que a sobrinha pequena de Susan devia ser uma menininha muito desagradável, e também muito boba. Por que alguém teria medo do escuro? A única coisa que podia apavorar alguém eram os sonhos. Os sonhos eram apavorantes porque colocavam coisas reais de pernas para o ar. Se ela acordava com um grito depois de sonhar com o Pistoleiro, pulava da cama, sabendo perfeitamente o caminho no escuro, e corria pelo corredor até o quarto da mãe. E a mãe voltava com ela para o quarto e se sentava na cama, dizendo:

– Não existe Pistoleiro nenhum, querida. Você está segura. Completamente segura.

E então Celia adormecia de novo, sabendo que mamãe havia de fato deixado tudo seguro, e em poucos minutos ela estaria vagando pelo vale junto ao rio, colhendo prímulas e dizendo triunfante para si mesma: "Eu sabia que na verdade não era uma linha de trem. O rio sempre esteve aqui, claro".

Capítulo 2

No exterior

I

Seis meses depois de a babá ter ido embora, mamãe contou uma novidade, que deixou Celia extasiada. Eles estavam indo para o exterior, para a França.

– Eu também?

– Sim, querida, você também.

– E Cyril?

– Sim.

– E Susan e Rouncy?

– Não. Papai, eu, Cyril e você. Papai não anda bem, e o doutor quer que ele vá para o exterior durante o inverno, para um lugar quente.

– A França é quente?

– O sul é.

– Como é lá, mamãe?

– Bem, existem montanhas, montanhas com neve.

– Por que elas têm neve?

– Porque são muito altas.

– De que altura?

E a mãe tentou explicar a altura das montanhas, mas Celia achou muito difícil imaginar.

Ela conhecia Woodbury Beacon. Levava-se meia hora para caminhar até o topo. Mas Woodbury Beacon mal contava como montanha.

Foi tudo muito empolgante, em especial a mala de viagem. Uma mala de viagem só para ela, em couro verde-escuro. E dentro dela havia frascos, um lugar para pente, outro para escova de roupas, para um pequeno relógio e até mesmo para um pequeno tinteiro!

Celia achou que era o bem mais adorável que ela já possuíra.

A viagem foi muito emocionante. Para começar, teve a travessia do Canal da Mancha. A mãe foi se deitar e Celia permaneceu no convés com o pai, o que a fez sentir-se crescida e importante.

Foi um tanto decepcionante quando de fato viram a França. Parecia um lugar como outro qualquer. Mas os carregadores de uniforme azul falando em francês eram exóticos, assim como o engraçado trem elevado que pegaram. Iriam dormir nele, o que era sinônimo de emoção para Celia.

Ela e a mãe ficariam em uma cabine e seu pai e Cyril ficariam na cabine ao lado.

Cyril estava, é claro, muito altivo em relação a tudo. Ele tinha dezesseis anos e para ele era uma questão de honra não se empolgar com nada. Fazia perguntas em um estilo pseudonegligente, mas mesmo ele não conseguiu esconder o encantamento e a curiosidade pela grande locomotiva francesa.

Celia perguntou para a mãe:

– Vai ter montanhas *mesmo*, mamãe?

– Sim, querida.

– Muito, muito, *muito* altas?

– Sim.

– Mais altas que Woodbury Beacon?

– Muito, muito mais altas. Tão altas que há neve no topo.

Celia fechou os olhos e tentou imaginar. Montanhas. Grandes morros subindo, subindo, subindo. Tão altos que talvez que não desse para ver o topo. O pescoço de Celia foi para trás, para trás... na imaginação, ela olhava as encostas íngremes das montanhas ao alto.

– O que é, querida? Você deu um mau jeito no pescoço?

Celia sacudiu a cabeça enfaticamente.

– Estou imaginando as grandes montanhas – ela disse.

– Sua tola – disse Cyril com um desdém bem-humorado.

Em seguida foram para a cama. De manhã, quando acordassem, estariam no sul da França.

Eram dez horas da manhã seguinte quando chegaram em Pau. Houve grande alvoroço para juntar a bagagem, que era muita: nada menos do que treze grandes baús de tampa arredondada e inúmeras malas de couro.

Enfim saíram da estação e foram de carro para o hotel. Celia inspecionava em todas as direções.

– Onde estão as montanhas, mamãe?

– Lá, querida. Você vê a linha de picos nevados?

Aquilo! Contra a linha do horizonte havia um zigue-zague branco, que parecia recortado em papel. Uma linha baixa. Onde estavam os grandes monumentos erguendo-se no céu muito, muito acima da cabeça de Celia?

– Ah! – disse Celia.

Uma amarga decepção invadiu-a. Montanhas, francamente!

II

Após superar a decepção com as montanhas, Celia aproveitou muito a vida em Pau. As refeições eram maravilhosas. Chamado por algum estranho motivo de Tabbeldote, o almoço era em uma mesa comprida com todos os tipos de pratos esquisitos. Havia mais duas crianças no hotel, irmãs gêmeas um ano mais velhas que Celia. Ela, Bar e Beatrice andavam juntas por toda parte. Celia descobriu, pela primeira vez em seus solenes oito anos, as alegrias da travessura. As três crianças comiam laranjas na sacada e atiravam as sementes nos soldados que passavam de uniforme azul e vermelho vistoso. Quando os soldados olhavam para cima zangados, elas se abaixavam. Colocavam montinhos de sal e pimenta em todos os pratos para o Tabbeldote, e por isso atrapalhavam Victor, o velho garçom. Escondiam-se embaixo das escadas e, com uma pena comprida de pavão, faziam cócegas nas pernas de todos os hóspedes que desciam para o jantar. A proeza final foi o dia em que atormentaram a furiosa camareira do último andar ao ponto da loucura. Seguiram-na até o pequeno aposento dos panos de limpeza, baldes e escovas. Voltando-se para elas irada e despejando uma torrente daquela linguagem incompreensível, o francês, ela saiu, batendo a porta e trancando-a. As três crianças ficaram presas.

– Ela nos pegou – disse Bar, inconformada.

– Fico pensando quanto tempo vai levar até ela nos deixar sair.

Olharam umas para as outras com desânimo. Os olhos de Bar reluziram rebeldes.

– Não aceito que ela cante vitória sobre nós. Temos que fazer alguma coisa.

Bar era sempre a líder da turma. Uma fresta na janela, a única que a peça tinha.

– Será que poderíamos nos espremer por ali? Nenhuma de nós é gorda. O que tem do lado de fora, Celia?

Celia informou que havia uma calha.

– É grande o bastante para andar por ela – disse Celia.

– Bom, ainda vamos pegar Suzanne. Ela não vai ter um chilique quando sairmos e cairmos em cima dela?

Abriram a janela com dificuldade e espremeram-se por ali uma por uma. A calha era uma saliência com uns trinta centímetros de largura, com uma borda de talvez uns cinco centímetros de altura. Abaixo havia uma queda livre de cinco andares.

A senhora belga do número 33 mandou um bilhete cortês para a senhora do número 54. Ela tinha conhecimento de que sua garotinha e as meninas de madame Owen estavam caminhando pelo parapeito do quinto andar?

O alvoroço que se seguiu pareceu exagerado e bastante injusto para Celia. Jamais haviam lhe dito para não andar em parapeitos.

– Vocês poderiam ter caído e morrido.

– Não, mamãe, havia bastante espaço, até para colocar os dois pés juntos.

O incidente foi um daqueles episódios inexplicáveis em que os adultos se alvoroçam por absolutamente nada.

III

Celia tinha de aprender francês, claro. Cyril tinha um jovem professor francês que vinha todos os dias. Para Celia, contrataram uma jovem que a levava para caminhar todos os dias e falava francês. Ela era, na verdade, inglesa, filha do proprietário da livraria inglesa, mas havia morado toda a vida em Pau e falava francês com tanta naturalidade quanto inglês.

A senhorita Leadbetter era uma jovem de refinamento extremo. Seu inglês era afetado e entrecortado. Falava devagar, com certa afabilidade.

– Veja, Celia, essa é uma loja onde assam pão. Uma *boulangerie*.

– Sim, senhorita Leadbetter.

– Olhe, Celia, um cachorrinho está atravessando a rua. *Un chien qui traverse la rue. Qu'est-ce qu'il fait?* Isso significa: o que ele está fazendo?

A senhorita Leadbetter não foi feliz na última tentativa. Cachorros são criaturas indelicadas, propensas a fazer corar o rosto de moças ultrarrefinadas. Esse cachorro específico parou de atravessar a rua e envolveu-se em outras atividades.

– Não sei dizer o que ele está fazendo em francês – disse Celia.

– Olhe para o outro lado, querida – disse a senhorita Leadbetter. – Isso não é muito bonito. Aquilo diante de nós é uma igreja. *Voilà une église.*

As caminhadas eram longas, tediosas e monótonas.

Depois de duas semanas, a mãe de Celia livrou-se da senhorita Leadbetter.

– Uma moça insuportável – disse ela ao marido. – Conseguia fazer a coisa mais excitante do mundo parecer enfadonha.

O pai de Celia concordou. Disse que a filha jamais aprenderia francês exceto com uma francesa. Celia não gostava muito da ideia de uma francesa. Tinha certa desconfiança com estrangeiros. Contudo, se fosse apenas para caminhadas... A mãe disse ter certeza de que ela gostaria muito de mademoiselle Mauhourat. Celia achou o nome muito engraçado.

Mademoiselle Mauhourat era alta e grande. Sempre usava vestidos com camadas que, com movimentos, derrubavam as coisas em cima das mesas.

Celia pensou que a babá teria dito que ela "movia-se desajeitada".

Mademoiselle Mauhourat era muito tagarela e afetuosa.

– *Oh, la chère mignonne!* – gritou mademoiselle Mauhourat – *La chère petite mignonne.* – Ajoelhou-se diante de Celia e riu de modo cativante para ela. Celia permaneceu muito britânica e impassível e não gostou nada daquilo. Sentiu-se embaraçada.

– *Nous allons nous amuser. Ah, comme nous allons nous amuser!*

Recomeçaram as caminhadas. Mademoiselle Mauhourat falava sem cessar, e Celia aguentava educadamente o fluxo de palavras sem sentido. Mademoiselle Mauhourat era muito gentil e, quanto mais gentil era, menos Celia gostava dela.

Depois de dez dias, Celia pegou um resfriado. Ficou levemente febril.

– Acho melhor você não sair hoje – disse a mãe. – Mademoiselle pode distraí-la aqui.

– Não – explodiu Celia. – Mande-a embora. Mande-a embora.

A mãe olhou para ela atentamente. Era um olhar que Celia conhecia muito bem, um olhar estranho, luminoso, investigativo. Ela disse baixinho:

– Muito bem, querida, mandarei.

– Não a deixe entrar aqui – Celia implorou.

Mas naquele momento a porta da sala de estar abriu-se e mademoiselle, muito bem encapada, entrou.

A mãe de Celia conversou com ela em francês. Mademoiselle lamentou, decepcionada.

– *Ah, la pauvre mignonne* – ela gritou quando a mãe de Celia acabou. Deixou-se cair diante de Celia: – *La pauvre, pauvre mignonne.*

Celia olhou para a mãe em apelo. Fez caretas terríveis para ela. "Mande-a embora", diziam as caretas, "mande-a embora".

Por sorte naquele momento o vestido em camadas de mademoiselle Mauhourat derrubou um vaso de flores, e toda sua atenção foi absorvida pelos pedidos de desculpa.

Quando ela enfim saiu da sala, a mãe de Celia disse gentilmente:

– Querida, você não deveria ter feito aquelas caretas. Mademoiselle Mauhourat estava apenas querendo ser gentil. Você a poderia ter magoado.

Celia olhou surpresa para a mãe.

– Mas mamãe – disse ela –, eram caretas *inglesas*.

Ela não entendeu por que a mãe riu tanto.

Naquela noite Miriam disse ao marido:

– Essa mulher também não é boa. Celia não gosta dela. Eu queria saber...

– O quê?

– Nada – disse Miriam. – Estava pensando em uma garota que conheci na costureira hoje.

Na próxima vez em que foi fazer provas, ela conversou com a garota. Era apenas uma das aprendizes; seu trabalho era ficar parada por perto segurando alfinetes. Tinha uns dezenove anos, cabelo escuro bem-arrumado em um coque, nariz arrebitado e um rosto rosado e bem-humorado.

Jeanne ficou muito espantada quando a senhora inglesa falou com ela e perguntou se gostaria de ir para a Inglaterra. Dependia, disse ela, do que sua mãe achasse. Miriam pediu o endereço da mãe dela. O pai e a mãe de Jeanne tinham um pequeno café, muito arrumado e limpo. Madame Beaugé ouviu com grande surpresa a proposta da senhora inglesa. Ser criada de quarto e cuidar de uma menina? Jeanne tinha pouca experiência, era um tanto desajeitada e desastrada. Já Berthe, a filha mais velha... mas era Jeanne que a senhora inglesa queria. Monsieur Beaugé foi chamado para ser consultado. Ele disse que não deviam se colocar no caminho de Jeanne. O ordenado era bom, muito melhor do que o que Jeanne ganhava no estabelecimento de costura.

Três dias depois, muito nervosa e exultante, Jeanne chegou para assumir seus deveres. Estava bastante assustada quanto à inglesinha de quem deveria cuidar. Ela não sabia nada de inglês. Aprendeu uma frase e a disse esperançosa:

– Bom dia, senrita.

Bem, o sotaque de Jeanne era tão peculiar que Celia não entendeu. A toalete transcorreu em silêncio. Celia e Jeanne observavam uma à outra como cães estranhos. Jeanne penteou os cachos de Celia com os dedos. Celia não parou de olhar para ela um instante.

– Mamãe – disse Celia no café da manhã –, Jeanne não fala absolutamente nada de inglês?

– Não.

– Que engraçado.

– Você gosta de Jeanne?

– Ela tem um rosto muito engraçado – disse Celia. E pensou por um instante. – Diga a ela para pentear meu cabelo com mais força.

Ao final de três semanas, Celia e Jeanne conseguiam se entender. Ao final da quarta semana depararam com um rebanho de vacas ao sair para a caminhada.

– *Mon Dieu!* – gritou Jeanne. – *Des vaches. Des vaches! Maman, maman.*

E, agarrando Celia pela mão, apressou-se barranco acima.

– Qual é o problema? – perguntou Celia.

– *J'ai peur des vaches.*

Celia olhou para ela amavelmente.

– Se encontrarmos mais vacas – ela disse –, você fica atrás de mim.

Depois disso tornaram-se grandes amigas. Celia considerava Jeanne a companhia mais divertida. Jeanne vestia algumas bonequinhas que Celia havia ganhado e depois desenrolava-se um diálogo ininterrupto. Jeanne fazia, alternadamente, a *femme de chambre* (muito impertinente), a maman, o papa (que era muito militar e enrolava o bigode) e os três filhos traquinas. Uma vez ela encenou o papel de Monsieur le Curé, ouviu as confissões deles e lhes impôs penitências medonhas. Aquilo encantou Celia, que sempre suplicava por uma repetição.

– *Non, non*, senrita, *c'est très mal ce que j'ai fait là*.
– *Pourquoi?*
Jeanne explicou.
– Zombei de Monsieur le Curé. É pecado, é isso!
– Jeanne, faça mais uma vez! Foi tão *engraçado*.

Com seu coração mole, Jeanne pôs em risco sua alma imortal e fez de novo, de modo ainda mais divertido.

Celia sabia tudo sobre a família de Jeanne. Sobre Berthe, que era *très sérieuse*, e Louis, que era *si gentil*, e Edouard, que era *spirituel*, e *la petite* Lise, que tinha acabado de fazer a primeira comunhão, e sobre o gato, que era tão sagaz que enroscava em meio às louças do café sem quebrar nada.

Celia, por sua vez, contou a Jeanne sobre Goldie, Rouncy e Susan, sobre o jardim e sobre todas as coisas que fariam quando Jeanne fosse para a Inglaterra. Jeanne jamais vira o mar. A ideia de ir da França para a Inglaterra em um barco a amedrontava muito.

– *Je me figure* – disse Jeanne – *que j'aurais horriblement peur. N'en parlon pas! Parlez-moi de votre petit oiseau*.

IV

Um dia, quando Celia estava caminhando com o pai, uma voz saudou-os de uma mesinha na frente de um dos hotéis.

– John! Mas é o velho John!
– Bernard!

Um homem grande com uma aparência alegre tinha se levantado num pulo e apertava a mão do pai de Celia calorosamente.

Ao que parecia, era um tal de senhor Grant, um dos amigos mais antigos de seu pai. Eles não se viam há alguns anos, e nenhum dos dois tinha a menor ideia de que o outro estivesse em Pau. Os Grant estavam hospedados em outro hotel, mas as duas famílias passaram a se reunir após o *déjeuner* para tomar café.

A senhora Grant era, pensava Celia, a pessoa mais adorável que ela já tinha visto. Tinha o cabelo cinza-prateado, primorosamente arrumado, maravilhosos olhos azul-escuros, feições bem delineadas e uma voz muito límpida e incisiva. Celia imediatamente inventou uma nova personagem, chamada Rainha Marise. A Rainha Marise tinha todos os atributos pessoais da senhora Grant e era adorada por seus súditos. Por três vezes foi vítima de tentativa de assassinato, mas foi salva por um devotado rapaz chamado Colin, que sem demora ela nomeou cavaleiro. Os trajes de coroação da rainha eram de veludo verde-esmeralda e ela usava uma coroa de prata cravejada de diamantes.

O senhor Grant não virou rei. Celia achava-o simpático, mas seu rosto era gordo e vermelho demais, muito menos agradável que o de seu pai, com a barba castanha e o hábito de jogar a cabeça para trás quando ria. Seu pai, pensava Celia, era exatamente como um pai deveria ser: cheio de piadas boas que não faziam você se sentir tola como às vezes acontecia com as do senhor Grant.

Os Grant estavam com o filho, Jim, um estudante agradável de rosto sardento. Estava sempre calmo e sorridente e tinha olhos azuis muito redondos, que lhe davam um ar de surpresa. Ele adorava a mãe.

Jim e Cyril observaram-se como cães estranhos. Jim era muito respeitoso com Cyril, porque Cyril era dois anos mais velho e cursava o secundário no internato. Nenhum deles reparou em Celia porque ela era apenas uma criança, claro.

Os Grant foram para a Inglaterra depois de três semanas. Celia ouviu a senhora Grant dizer para sua mãe:

– Levei um choque ao ver John, mas ele disse que está muito melhor desde que chegou aqui.

Mais tarde Celia perguntou para mãe:

– Mamãe, o papai está doente?

Sua mãe pareceu um pouco estranha quando disse:

– Não. Não, claro que não. Ele está perfeitamente bem agora. Foi apenas a umidade e a chuva da Inglaterra.

Celia ficou contente porque o pai não estava doente. Não que ele pudesse estar, pensou ela – ele nunca ia para a cama ou espirrava ou tinha qualquer problema no fígado. Às vezes tossia, mas isso era porque ele fumava muito. Celia sabia disso porque o pai havia lhe dito.

Mas ela indagou-se: "Por que a mãe pareceu... tão... estranha?".

V

Quando maio chegou, deixaram Pau e foram primeiro para Argelès, no sopé dos Pirineus, e depois para Cauterets, no alto das montanhas.

Em Argelès Celia apaixonou-se. O objeto de sua paixão era um ascensorista, Auguste. Não Henri, ascensorista loiro que às vezes brincava com ela, Bar e Beatrice (elas também tinham ido para Argèles), mas Auguste. Auguste tinha dezoito anos, era alto, moreno, pálido e de aparência muito abatida.

Ele não se interessava pelos passageiros que transportava para cima e para baixo. Celia jamais muniu-se de coragem para falar com ele. Ninguém, nem mesmo Jeanne, soube de sua paixão secreta. De noite, na cama, Celia imaginava cenas em que salvava a vida de Auguste agarrando a rédea de seu cavalo em furioso galope; um naufrágio em que só ela e Auguste sobreviviam, com ela salvando a vida dele ao nadar até a praia e manter a cabeça dele fora d'água. Às vezes Auguste salvava a vida dela em um incêndio, mas isso de algum modo não era tão satisfatório. O clímax que ela preferia era quando Auguste, com lágrimas nos olhos, dizia: "Mademoiselle, devo-lhe minha vida. Como poderia lhe agradecer?".

Foi uma paixão breve, mas arrebatadora. Um mês depois foram para Cauterets, e Celia apaixonou-se por Janet Patterson.

Janet tinha quinze anos. Era uma garota simpática e agradável com cabelo castanho e bondosos olhos azuis. Não era bonita ou impressionante em nada. Era boa com as crianças mais novas e não se incomodava por brincar com elas.

Para Celia, a única alegria na vida era crescer para um dia ser como seu ídolo. Um dia ela também usaria uma blusa listrada, colarinho e gravata, e o cabelo em uma trança amarrada com um laço negro. Ela também teria aquela coisa misteriosa: curvas. Janet tinha curvas. Curvas bem aparentes, projetando-se de cada lado da blusa listrada. Celia, uma criança muito magra (de fato, descrita pelo irmão Cyril, quando ele queria incomodá-la, como uma franga magricela, termo que jamais falhava em levá-la às lágrimas), apaixonou-se por formas roliças. Um dia, um dia glorioso, ela seria adulta e teria protuberâncias e reentrâncias em todos os locais apropriados.

– Mamãe – ela perguntou certo dia –, quando terei um busto que apareça?

A mãe olhou para ela e perguntou:

– Por quê? Você quer muito ter um?

– Sim – suspirou Celia, ansiosa.

– Quando você tiver uns catorze ou quinze anos, a idade de Janet.

– Poderei então ter uma blusa listrada?

– Talvez, mas não acho muito bonito.

Celia olhou para ela com reprovação.

– Eu acho adorável. Mamãe, diga que poderei ter uma quando tiver quinze anos!

– Você poderá ter uma. Se ainda quiser.

Claro que ela iria querer.

Ela saiu para ver seu ídolo. Para seu grande aborrecimento, Janet estava caminhando com sua amiga francesa, Yvonne Barbier. Celia odiava Yvonne, um ódio ciumento. Yvonne era muito bonita, elegante e sofisticada. Embora tivesse apenas quinze anos, parecia ter dezoito. De braço dado com Janet, conversava com ela com uma voz terna:

– *Naturellement, je n'ai rien dit à Maman. Je lui ai répondu...*

– Vá embora, querida – disse Janet em tom amável. – Yvonne e eu estamos ocupadas agora.

Celia retirou-se, triste. Como ela odiava aquela Yvonne Barbier.

Pois bem: duas semanas depois, Janet e seus pais partiram de Cauterets. A imagem de Janet desvaneceu-se rapidamente da mente de Celia, mas sua expectativa quanto ao dia em que teria curvas permaneceu.

Cauterets foi muito divertido. Estavam bem embaixo das montanhas. Não que elas agora se parecessem em absoluto com o que Celia havia concebido. Até o fim da vida ela jamais conseguiria realmente admirar uma paisagem montanhosa. Os encantos de Cauterets eram variados. Havia a caminhada matinal calorenta até La Raillière, onde a mãe e o pai bebiam copos d'água com gosto asqueroso. Depois da água vinha a compra de picolés de *sucre d'orge*. Eram picolés de diferentes cores e sabores. Celia em geral pedia de *abacaxi*, a mãe gostava de um verde, de anis. O pai, por incrível que pareça, não gostava de nenhum. Ele parecia animado e mais feliz desde que chegara em Cauterets.

– Este lugar é bom para mim, Miriam – ele disse. – Sinto que estou me tornando um novo homem aqui.

A esposa respondeu:

– Ficaremos aqui tanto quanto pudermos.

Ela também parecia mais alegre, ria mais. O franzido ansioso entre suas sobrancelhas alisou-se. Ela pouco via Celia. Satisfeita por ter a filha aos cuidados de Jeanne, dedicava-se de corpo e alma ao marido.

Após a excursão matinal, Celia voltava para casa com Jeanne pelos bosques, subindo e descendo trilhas em zigue-zague, às vezes deslizando por encostas íngremes, com resultados desastrosos para os fundilhos de suas ceroulas. Jeanne lamuriava-se em agonia:

– Ah, senrita... *ce n'est pas gentille ce que vous faites là. Et vos pantalons. Que dirait Madame votre mère?*

– *Encore une fois, Jeanne. Une fois seulement.*

– *Non, non.* Ah, senrita!

Depois do almoço Jeanne ficava ocupada costurando. Celia ia para a praça e juntava-se a outras crianças. Uma garotinha chamada Mary Hayes havia sido especialmente designada como companhia adequada:

– Uma criança muito boa – disse a mãe de Celia. – Belas maneiras e tão meiga. Uma boa amiguinha para Celia.

Celia brincava com Mary Hayes quando não conseguia evitar, mas, ai dela, achava Mary muito enfadonha. Mary tinha um gênio meigo e amigável, mas, para Celia, extremamente tedioso. A criança de que Celia gostava era uma garotinha americana chamada Marguerite Priestman. Ela era de um estado do oeste e tinha um sotaque formidável que fascinava a inglesa. Ela fazia brincadeiras que eram novas para Celia. Marguerite era acompanhada por sua ama, uma senhora incrível com um enorme chapéu negro de aba mole cuja frase padrão era:

– Agora fique junto de Fanny, está ouvindo?

Em certas ocasiões, Fanny vinha em socorro quando havia alguma briga. Um dia ela encontrou as duas crianças quase em lágrimas, discutindo acaloradamente.

– Vamos, contem para Fanny o que houve – ela mandou.

– Eu estava apenas contando uma história para Celia, e ela diz que o que eu digo não está certo, e está.

– Conte para Fanny qual era a história.

– Era uma história adorável. Era sobre uma garotinha que cresceu solitária em um bosque porque o doutor nunca foi buscá-la com sua maleta preta...

Celia interrompeu.

– Isso não é verdade. Marguerite diz que os bebês são encontrados pelos doutores nos bosques e levados para as mães. Isso não é verdade. Os anjos trazem-nos de noite e os colocam no berço.

– São os doutores.

– São os anjos.

– Não são.

Fanny ergueu uma grande mão.

– Escutem-me.

Elas escutaram. Os olhinhos negros de Fanny pestanejaram com inteligência enquanto ela considerava o problema e lidava com ele.

– Nenhuma de vocês tem motivo para ficar agitada. Marguerite está certa, e Celia também. Uma é a maneira como fazem com os bebês ingleses, e a outra é a maneira como fazem com os bebês americanos.

Que simples, afinal de contas! Celia e Marguerite sorriram uma para a outra e ficaram amigas de novo.

Fanny murmurou:

– Fiquem junto de Fanny – e voltou para o seu tricô.

– Vou seguir com a história, posso? – perguntou Marguerite.

– Sim, pode – disse Celia. – E depois vou lhe contar uma história sobre uma fada de opala que saiu de um caroço de pêssego.

Marguerite deu início à narrativa, para em seguida ser interrompida outra vez.

– O que é um escarrapão?

– Um escarrapão? Ora, Celia, você não sabe o que é um escarrapão?

– Não, o que é?

Isso foi bem mais difícil. Da confusão da explicação de Marguerite, Celia só entendeu o fato de que um escarrapão era de fato um escarrapão! O escarrapão permaneceu para ela uma besta fabulosa ligada ao continente da América.

Só quando Celia já era adulta, aquilo um dia fulgurou de súbito em sua mente.

– Claro! O escarrapão de Marguerite Priestman era um *escorpião*.

E ela sentiu uma pontada de perda.

VI

O jantar em Cauterets era servido muito cedo, às seis e meia, e Celia tinha permissão para participar. Depois todos sentavam-se em mesinhas redondas na área externa e uma ou duas vezes por semana o mágico fazia truques.

Celia adorava o mágico. Gostava do nome dele. Ele era, conforme disse seu pai, um *prestidigitateur*.

Celia repetia as sílabas muito lentamente para si mesma.

O mágico era um homem alto com uma longa barba negra. Fazia as coisas mais extasiantes com fitas: tirava metros e metros delas de dentro da boca de repente. Ao final da apresentação, anunciava "um pequeno sorteio". Primeiro ele passava uma tigela de madeira larga onde todos colocavam uma contribuição. A seguir vinha o anúncio dos números ganhadores e a entrega dos prêmios: um leque de papel, uma pequena lanterna e um vaso de flores de papel. As crianças pareciam ter muita sorte no sorteio, quase sempre eram elas que ganhavam os prêmios. Celia queria muito ganhar o leque de papel. Ela nunca ganhou o leque, embora tenha ganho uma lanterna duas vezes.

Um dia o pai de Celia perguntou:

– O que você acha de ir até o topo daquela ali? – E indicou uma das montanhas atrás do hotel.

– Eu, papai? Até o topo?

– Sim. Você vai cavalgar até lá numa mula.

– O que é uma mula, papai?

Ele disse que uma mula era meio parecida com um jumento e meio parecida com um cavalo. Celia vibrou com a ideia da aventura. Sua mãe pareceu um pouco em dúvida.

– Tem certeza de que é seguro, John? – ela perguntou.

O pai de Celia caçoou dos temores. Claro que a filha não correria riscos.

O pai e Cyril iriam junto. Cyril disse em tom altivo:

– Ah! A criança vai junto? Será um peso inútil.

Apesar de Cyril gostar muito de Celia, a ida da irmã ofendeu seu orgulho masculino. Aquela deveria ter sido uma expedição de homens, e mulheres e crianças deveriam ficar em casa.

Na manhã da grande expedição, Celia estava pronta bem cedo, a postos na sacada para ver as mulas chegarem. Elas vieram a trote, dobrando a esquina. Animais grandes, mais para cavalos do que para jumentos. Celia desceu as escadas correndo cheia de expectativa. Um homenzinho de rosto moreno e boina conversava com seu pai. Ele disse que a *petite mademoiselle* seria ótima para Celia. Ele mesmo se encarregaria de cuidar dela. Seu pai e Cyril montaram; então ele a pegou e ergueu até a sela. Como era alto! Mas era muito, muito emocionante.

Partiram. Da sacada acima, a mãe de Celia acenou para eles. Celia vibrava de orgulho. Sentia-se praticamente adulta. O guia seguiu ao seu lado. Ele tagarelou com Celia, mas ela entendeu pouco do que ele dizia devido ao forte sotaque espanhol.

Foi uma cavalgada maravilhosa. Subiram trilhas em zigue-zague que se tornaram gradativamente mais íngremes e então ficaram bem na encosta da montanha, uma parede de rocha de um lado e uma queda livre do outro. Nos locais de aparência mais perigosa, a mula de Celia parava para refletir sobre a borda do precipício e escoiceava indolente com uma pata. Também gostava de andar bem na beirinha. Era uma mula muito boa, pensou Celia. Seu nome era Anis, um nome muito estranho para uma mula, pensou Celia.

Era meio-dia quando chegaram ao cume. Havia uma cabaninha minúscula com uma mesa defronte; sentaram-se e logo depois uma mulher trouxe-lhes o almoço, um almoço realmente muito bom. Omelete, truta frita, cream-cheese e pão. Havia um cachorrão peludo com quem Celia brincou.

– *C'est presque un Anglais* – disse a mulher. – *Il s'appelle Milor.*

Milor era muito amistoso e deixou Celia fazer o que bem queria com ele.

Pouco depois, o pai de Celia olhou o relógio e disse que estava na hora de voltar. Ele chamou o guia.

Este chegou sorrindo. Trazia algo nas mãos.

Era uma borboleta, grande e linda.

– *C'est pour mademoiselle* – ele disse.

Rápida e habilmente, antes que ela soubesse o que ele ia fazer, o guia havia improvisado um broche, espetando a borboleta no chapéu de palha de Celia.

– *Voilà que Mademoiselle est chic* – disse ele, recuando para admirar sua obra.

Então as mulas foram trazidas, o grupo foi organizado e começaram a descida.

No entanto, Celia estava arrasada. Ela podia sentir as asas da borboleta esvoaçando contra o chapéu. Estava viva, viva. Espetada num alfinete! Ela sentiu-se enjoada e arrasada. Lágrimas acumularam-se em seus olhos e rolaram bochechas abaixo.

O pai enfim notou.

– Qual é o problema, bonequinha?

Celia sacudiu a cabeça. Os soluços começaram.

– Você está com alguma dor? Está muito cansada? Está com dor de cabeça?

Celia apenas sacudia a cabeça com mais e mais força a cada sugestão.

– Está assustada com o cavalo – disse Cyril.

– Não estou – disse Celia.

– Então por que está choramingando?

– *Le petite demoiselle est fatigué* – sugeriu o guia.

As lágrimas de Celia fluíam cada vez mais abundantes. Todos olhavam para ela, inquirindo-a. E como ela poderia dizer qual era o problema? Ela magoaria o guia. Ele queria ser gentil. Havia pego a borboleta especialmente para ela e tinha ficado tão orgulhoso da ideia de espetá-la no chapéu. Como ela poderia dizer que não tinha gostado? E agora ninguém jamais, *jamais* entenderia! O vento fazia as asas da borboleta baterem mais que nunca. Celia chorava, soluçante. Para ela, jamais houvera uma desgraça como a dela.

– É melhor avançarmos o mais rápido que pudermos – disse o pai. Ele parecia exasperado. – Vamos levá-la de volta para a mãe. Ela estava certa. Foi demais para Celia.

Celia desejava gritar: "Não foi, não foi. Não é nada disso". Mas não o fez porque percebeu que perguntariam de novo: "Mas *o que é* então?". Ela apenas sacudiu a cabeça em silêncio.

Celia chorou durante toda a volta. Sua aflição ficava cada vez maior. Foi retirada da mula ainda chorando, e o pai carregou-a para a sala de estar onde a mãe os aguardava.

– Você estava certa, Miriam – disse o pai. – Foi demais para Celia. Não sei se ela está com dor ou esgotada.

– Não estou – disse Celia.

– Ela estava com medo de descer por aqueles lugares íngremes – disse Cyril.

– Não estava – disse Celia.

– Então o que houve? – o pai exigiu saber.

Celia olhou muda para a mãe. Ela sabia que jamais poderia contar. A causa de sua desgraça deveria permanecer trancada em seu peito para o todo sempre. Ela queria contar, ela queria mesmo contar, mas de algum modo não conseguia. Uma misteriosa inibição baixou sobre ela, selando seus lábios. Se ao menos mamãe soubesse. Mamãe entenderia. Mas ela não podia contar para mamãe. Todos olhavam para ela, esperando que falasse. Uma agonia terrível assomou em seu peito. Olhou para a mãe, muda, agoniada. "Ajude-me", dizia o olhar. "Ajude-me."

Miriam fitou-a.

– Creio que ela não gostou da borboleta no chapéu – disse a mãe. – Quem a prendeu ali?

Que alívio! O maravilhoso, doloroso, angustiado alívio.

– Bobagem – começou o pai, mas Celia interrompeu-o.

As palavras irromperam dela como a água de uma barragem que se rompe.

– Detestei! Detestei! – ela gritou. – Ela bate as asas. Está viva. Está ferida.

– Por que então você não disse, sua boba? – perguntou Cyril.

A mãe de Celia respondeu:

– Suponho que ela não quisesse magoar o guia.

– Ah, mãe! – disse Celia.

Estava tudo ali, naquelas duas palavras. O alívio, a gratidão. E um grande assomo de amor.

A mãe tinha entendido.

Capítulo 3

Vovó

I

No inverno seguinte, o pai e a mãe de Celia foram para o Egito. Não acharam viável levar Celia com eles, de modo que ela e Jeanne ficaram com a avó.

Vovó morava em Wimbledon, e Celia gostava muito de ficar com ela. A primeira das atrações da casa da vovó era o jardim: um quadrado de grama com bordas de roseiras, sendo que Celia conhecia cada uma intimamente, lembrando-se delas até mesmo no inverno:

– Aquela é uma *la france* cor-de-rosa. Jeanne, você iria gostar dela.

Mas a joia e a glória do jardim eram um freixo enorme, modelado por suportes de arame para formar um caramanchão. Não havia nada parecido com o freixo, e Celia o considerava uma das maravilhas mais empolgantes do mundo.

Havia também o antiquado assento de mogno da privada, instalado bem ao alto. Retirando-se para o local após o café da manhã, Celia imaginava-se uma rainha no trono e, com a porta trancada, podia fazer mesuras reais, estender a mão para ser beijada por cortesãos imaginários e prolongar a cena da corte por tanto tempo quanto quisesse. Havia ainda o armário de mantimentos da vovó ao lado da porta para o jardim. Toda manhã, com o grande molho de chaves tilintando, vovó visitava a despensa e, com a pontualidade de uma criança, um cachorro ou um leão na hora de comer, Celia também estava lá. Vovó retirava pacotes de açúcar, manteiga, ovos ou um pote de geleia. Vovó discutia muito com a velha Sarah, a cozinheira. Muito diferente de Rouncy, a velha Sarah. O que Rouncy era de gorda, Sarah era de magra. Uma velhinha com um rosto de pica-pau cinzento enrugado. Durante cinquenta anos de sua vida, esteve a serviço da vovó, e em todo aquele tempo as discussões haviam sido as mesmas. Estavam usando açúcar demais; o que aconteceu com o último quarto de quilo de chá? A essa altura, era uma espécie de ritual, a avó encenando sua apresentação diária de dona de casa cuidadosa. Os criados esbanjavam tanto! Era preciso ficar de olho neles. Encerrado o ritual, vovó fazia de conta que reparava em Celia pela primeira vez.

– Querida, querida, mas o que essa garotinha está fazendo aqui?

E vovó fingia grande surpresa.

– Bem, bem – continuava ela –, você não quer *nada*, não é?

– Quero, vovó, quero.

– Bem, deixe-me ver então.

Vovó investigava descansadamente as profundezas da despensa. Algo seria extraído: um jarro de ameixas francesas, um graveto de angélica, um pote de compota de marmelo. Sempre havia alguma coisa para uma garotinha.

Vovó era uma senhora muito bonita. Tinha a pele branca e rosada, duas ondas de cabelo branco frisado de cada lado da testa e uma boca grande e bem-humorada. Ela era majestosamente robusta de porte, com busto pronunciado e quadris fartos. Usava vestidos de veludo ou brocado, amplos como saias e bem apertados na cintura.

– Sempre tive belas curvas, minha cara – ela costumava dizer para Celia. – Fanny, a minha irmã, tinha o rosto mais bonito da família, mas não tinha curvas, nada de curvas! Magra como uma tábua. Nenhum homem olhava por muito tempo para ela quando *eu* estava por perto. Os homens se interessam pelas curvas, não pelo rosto.

"Os homens" tinham grande importância no discurso de vovó. Ela fora criada no tempo em que os homens eram considerados o eixo do universo. As mulheres existiam apenas para servir àqueles seres magníficos.

– Você não acharia homem mais bonito que meu pai em lugar nenhum. Tinha um metro e oitenta. Todos nós, os filhos, tínhamos medo dele. Ele era muito severo.

– E como era sua mãe, vovó?

– Ah, pobrezinha. Morreu com apenas 39 anos. Nós éramos dez filhos. Muitas bocas famintas. Depois que um bebê nascia, enquanto ela estava de cama...

– Por que ela ficava de cama?

– É o costume, benzinho.

Celia aceitou a afirmativa sem curiosidade.

– Ela sempre tirava seu mês de descanso – prosseguiu a avó. – Era o único descanso que tinha, pobrezinha. Ela aproveitava seu mês. Costumava tomar café da manhã na cama com um ovo quente. No fim, acabava não comendo muito. Nós crianças costumávamos ir lá incomodá-la. "Posso provar seu ovo, mãe? Posso comer a gema?" Não sobrava muito depois que cada filho provava. Ela era bondosa demais, gentil demais. Morreu quando eu tinha catorze anos. Eu era a mais velha entre os irmãos. Pobre pai, ficou com o coração partido. Eram um casal perfeito. Ele foi com ela para o túmulo seis meses depois.

Celia assentiu com a cabeça. Aquilo parecia certo e adequado. Na maior parte dos livros de seu quarto havia uma cena de leito de morte, geralmente de uma criança, uma criança sagrada e angelical.

– De que ele morreu?

– Consumpção galopante – respondeu a avó.

– E sua mãe?

– Ela definhou, minha querida. Simplesmente definhou. Sempre envolva bem a garganta quando sair no vento leste. Lembre-se disso, Celia. É o vento leste que mata. Pobre senhorita Sankey, veja só, tomou chá comigo há apenas um mês. Foi naquelas piscinas detestáveis, saiu de lá com o vento leste soprando e sem um cachecol em volta do pescoço. E em uma semana estava morta.

Quase todas as histórias e reminiscências da vovó terminavam assim. Pessoa das mais bem dispostas, ela deleitava-se com casos de doença incurável, morte súbita ou doença misteriosa. Celia estava tão acostumada com isso que no meio das histórias da vovó questionava com ávido e enlevado interesse:

– E então ele morreu, vovó?

E ela respondia:

– Ah, sim, morreu, pobre coitado. – Ou pobre garoto, ou menina, ou mulher, qualquer que fosse o caso.

Nenhuma das histórias da vovó tinha um final feliz. Talvez fosse a reação natural a partir de sua própria personalidade.

Vovó também era cheia de avisos misteriosos.

– Se alguém que você não conhece lhe oferecer doces, benzinho, jamais aceite. E, quando for uma moça maior, lembre-se de jamais entrar em um trem com um homem solteiro.

A última ordem deveras afligia Celia. Ela era uma criança tímida. Se não era para entrar em um trem com um homem solteiro, era preciso perguntar se ele era casado ou não. Não dava para saber se um homem era casado só olhando para ele. O mero pensamento de ter que fazer tal coisa fazia Celia contorcer-se de apreensão.

Ela não relacionou a si mesma o resmungo de uma senhora visitante:

– Com certeza uma imprudência, meter coisas na cabeça dela.

A resposta de vovó veio com firmeza:

— Aquelas que são avisadas em tempo não virão a se arrepender. Gente jovem tem que saber dessas coisas. E tem uma coisa da qual você talvez nunca tenha ouvido falar, minha cara. Meu marido me contou. Meu primeiro marido — vovó teve três maridos, tão atraentes haviam sido suas curvas, e tão boa ela havia sido para os homens. Ela enterrou um de cada vez. Um em lágrimas, um com resignação e um com decoro; disse que as mulheres tinham que saber dessas coisas.

Sua voz baixou para um chiado em sussurros sibilantes.

O que Celia conseguiu ouvir pareceu-lhe enfadonho. Ela foi para o jardim...

II

Jeanne estava infeliz. Estava cada vez mais saudosa da França e de sua gente. Os serviçais ingleses, ela disse para Celia, não eram gentis.

— A *cuisinière*, Sarah, ela é *gentille*, embora me chame de papista. Mas as outras, Mary e Kate, elas riem porque não gasto meu ordenado em roupas e mando tudo para Maman.

Vovó tentou animar Jeanne.

— Continue se comportando como uma moça sensata — disse ela para Jeanne. — Encher-se de enfeites inúteis nunca serviu para conseguir um homem decente. Continue mandando seu ordenado para sua mãe e terá um belo pé-de-meia quando casar. Esse estilo simples e modesto de vestir é muito mais adequado para uma empregada doméstica do que um monte de pendurica-lhos. Continue sendo uma moça sensata.

Mas Jeanne às vezes chorava quando Mary ou Kate eram malévolas ou grosseiras. As garotas inglesas não gostavam de estrangeiros, e Jeanne ainda por cima era católica, e todo mundo sabia que católicos romanos veneravam a Mulher de Escarlate.

Os severos incentivos da vovó nem sempre curavam a ferida.

– Muito certo ficar firme em sua religião, minha menina. Não que eu aprove a religião católica romana, porque não aprovo. A maioria dos romanos que conheci eram mentirosos. Eu os teria em melhor conceito se seus padres se casassem. E aqueles conventos! Todas aquelas lindas mocinhas trancadas em conventos, sem que nunca se ouça falar delas. Eu gostaria de saber: o que acontece com elas? Ouso dizer que os padres poderiam responder *essa* pergunta.

Por sorte o inglês de Jeanne não estava à altura desses comentários.

A senhora era muito bondosa, Jeanne dizia, ela tentaria não ligar para o que as outras garotas dissessem.

Vovó então intimou Mary e Kate e as condenou sem meias palavras pela grosseria com uma pobre garota em um país estrangeiro. Com uma fala mansa, Mary e Kate mostraram-se muito polidas, muito surpresas. De fato, não tinham dito nada, absolutamente nada. Não havia ninguém como Jeanne para imaginar coisas.

Vovó teve uma pequena satisfação em recusar com horror o pedido de Mary de permissão para ter uma bicicleta.

– Estou surpresa com você, Mary, por fazer tal pedido. Nenhuma serviçal minha jamais fará coisa tão imprópria.

Mary, com rosto amuado, resmungou que sua prima em Richmond obteve permissão para ter uma.

– Não quero mais ouvir falar nisso – disse vovó. – De qualquer modo, é perigoso para as mulheres. Muitas mulheres ficaram impossibilitadas de ter filhos por andar nessas coisas detestáveis. Elas não são boas para a parte interna da mulher.

Mary e Kate retiraram-se amuadas. Elas podiam pedir as contas, mas sabiam que o lugar era bom. A comida era de primeira classe, nada de coisa estragada e inferior comprada para a cozinha, como em alguns lugares. E o serviço não era pesado. A velha senhora era deveras intratável, mas era bondosa do jeito dela. Se havia algum problema em casa, ela ia em socorro, e ninguém poderia ser mais generoso no Natal. Havia a língua da velha Sarah, claro, mas era preciso aguentar aquilo. A comida dela era de primeira.

Como toda criança, Celia rondava a cozinha um bocado. A velha Sarah era muito mais feroz que Rouncy, mas pudera, ela era muito velha, claro. Se alguém tivesse dito a Celia que Sarah tinha 150 anos ela não teria ficado surpresa. Celia achava que ninguém jamais havia sido tão velho quanto Sarah.

Sarah era inexplicavelmente melindrosa a respeito das coisas mais extraordinárias. Um dia, por exemplo, Celia entrou na cozinha e perguntou a Sarah o que ela estava cozinhando.

– Sopa de miúdos de ave, senhorita Celia.

– O que são miúdos de ave, Sarah?

Sarah franziu os lábios.

– Coisas sobre as quais não fica bem a uma pequena dama fazer perguntas.

– Mas o que é isso? – A curiosidade de Celia foi estimulada.

– Ora, agora chega, senhorita Celia. Uma pequena dama como você não deve fazer perguntas sobre tais coisas.

– Sarah. – Celia dançava pela cozinha. O cabelo loiro balançava. – O que são miúdos? Miúdos. Miúdos. Miúdos?

Enfurecida, Sarah avançou para cima dela com uma frigideira, e Celia bateu em retirada, mas enfiou a cabeça pela porta:

– Sarah, o que são miúdos?

A seguir ela repetiu a pergunta da janela da cozinha.

Sarah, com o rosto sombrio de aborrecimento, não deu resposta, apenas resmungou para si mesma.

Finalmente, cansando-se desse passatempo, Celia foi em busca da avó.

Vovó sempre sentava-se na sala de jantar, que tinha vista para a pequena calçada defronte à casa. Era uma sala que Celia poderia descrever em detalhes vinte anos depois. As pesadas cortinas de renda de Nottingham, o papel de parede vermelho-escuro e dourado, o aspecto geral de obscuridade, o suave perfume de maçãs e um resquício do cheiro da carne do meio-dia. A larga mesa de jantar vitoriana com sua toalha de chenille, o aparador de mogno maciço, a mesinha ao lado da lareira com os jornais empilhados, os pesados objetos em bronze sobre o consolo da lareira ("Seu avô pagou setenta libras por eles na Exposição de Paris"), o sofá estofado em couro vermelho brilhante no qual Celia às vezes fazia seu "repouso" e que era tão escorregadio que era difícil manter-se no seu centro, a tapeçaria em crochê pendurada sobre o encosto dele, os criados-mudos nas janelas, apinhados de pequenos objetos, a estante giratória de livros sobre a mesa redonda, a cadeira de balanço de veludo vermelho na qual Celia balançou-se com tamanha violência uma vez que voou para trás e fez um calombo que parecia um ovo na cabeça, a fileira de cadeiras estofadas de couro, encostadas na parede, e por fim a grande cadeira de couro de espaldar alto na qual vovó sentava-se tratando dessa, daquela e daquela outra atividade.

Vovó jamais ficava ociosa. Escrevia cartas, longas cartas em letra fina e pontiaguda, a maioria em meia folha de papel, porque usava-as até o fim e não suportava desperdício ("Quem poupa tem, Celia."). Também fazia xales de crochê, xales bonitos em tons de púrpura, azul e malva. Em geral eram para as parentes dos serviçais. Além disso, tricotava com grandes novelos de lã fofos e felpudos. Isso em geral era para o bebê de alguém. E havia os bordados, uma delicada rede de fios em torno de um pequeno círculo de tecido adamascado. Na hora do chá, todos os bolos e biscoitos repousavam sobre esses paninhos bordados. Havia ainda os coletes, para os velhos cavalheiros conhecidos da vovó. Eram feitos com tiras de tecido grosso atoalhado, passando-se linhas de bordado de algodão coloridas por entre os pontos. Esse talvez fosse seu trabalho favorito. Embora com 81 anos de idade, ela ainda tinha olhos para "os homens". Também tricotava meias para eles.

Sob a orientação da avó, Celia fez um conjunto de paninhos para o lavatório como uma surpresa para mamãe em seu retorno. Para fazê-los, usou círculos de tecido atoalhado de diferentes tamanhos, caseando-os com lã e trabalhando as casas dos botões com crochê. Celia fez o conjunto em azul-claro, e tanto ela quanto a avó ficaram admiradas com o resultado. Após o chá ser retirado, vovó e Celia jogavam varetas e a seguir cartas, com os rostos sérios e preocupados, as frases clássicas saindo por entre os lábios:

– Você sabe por que jogar cartas é tão bom, minha querida?

– Não, vovó.

– Porque ensina a contar.

Vovó jamais deixava de fazer essa pequena preleção. Ela havia sido educada para nunca admitir o contentamento pelo simples contentamento. Você comia sua comida porque era bom para a saúde. Cerejas em compota, pelas quais vovó tinha paixão e consumia quase todos os dias, eram "muito boas para os rins". Queijo, que ela também amava, "ajudava a digerir os alimentos", o cálice de vinho do porto servido com a sobremesa era "por ordem do médico". Isso era especialmente necessário para enfatizar o desfrute do álcool (por alguém do sexo frágil).

– Você não gosta, vovó? – inquiria Celia.

– Não, querida – respondia ela, e fazia uma cara de nojo ao dar o primeiro golinho. – Bebo para a minha saúde.

Tendo proferido a fórmula exigida, ela então podia terminar o cálice com todos os sinais de contentamento. Café era a única coisa pela qual a avó admitia uma predileção.

– Muito delicioso esse café – dizia ela, estreitando as pálpebras em contentamento. – Muito delicioso – e ria enquanto servia-se de mais uma xícara.

Do outro lado do corredor havia a sala de estar matinal, onde ficava a pobre senhorita Bennett, a costureira. A senhorita Bennett jamais era citada sem o pobre antes do nome.

– Pobre senhorita Bennett – dizia vovó. – É uma caridade dar-lhe trabalho. Creio que a pobre criatura às vezes realmente nem tem o que comer.

Se alguma guloseima especial era servida na mesa, uma porção sempre era dada para a pobre senhorita Bennett.

A pobre senhorita Bennett era uma mulher miúda com um abundante cabelo grisalho desmazelado e entrelaçado ao redor da cabeça de tal modo que parecia um ninho de pássaro. Ela não era realmente deformada, mas tinha um aspecto de deformidade. Falava com uma voz afetada e ultrarrefinada, dirigindo-se a vovó por madame. Era incapaz de fazer qualquer peça direito. Os vestidos que fazia para Celia eram sempre tão grandes que as mangas caíam por cima das mãos, e as cavas ficavam na metade dos braços.

Era preciso ser muito, muito cuidadosa para não magoar os sentimentos da pobre senhorita Bennett. A mínima coisa a magoava, e então ela ficava sentada costurando furiosamente com uma mancha vermelha em cada bochecha e sacudindo a cabeça.

A pobre senhorita Bennett não tivera uma boa sorte. Seu pai, conforme ela contava sempre, havia sido muito bem relacionado:

– De fato, embora eu talvez não devesse dizer, mas falo em total confiança, ele era um Cavalheiro Muito Importante. Minha mãe sempre dizia isso. Eu puxei a ele. Talvez você tenha reparado em minhas mãos e minhas orelhas, sempre um sinal de estirpe, segundo dizem. Seria um grande choque para ele, tenho certeza, se soubesse que ganho a vida desta maneira. Não com a senhora, madame, que é diferente do que tenho que aguentar de certas pessoas. Tratada quase como uma serviçal. A senhora, madame, *entende*.

Assim, vovó sempre cuidava para que a ela fosse tratada de forma adequada. Suas refeições eram levadas em uma bandeja. A senhorita Bennett tratava os serviçais de forma arrogante, dando-lhes ordens, e o resultado é que tinham profunda aversão a ela.

– Dando-se esses ares – Celia ouviu a velha Sarah resmungar. – E ela não passa de uma cria do acaso com um pai do qual não sabe nem o nome.

– O que é uma cria do acaso, Sarah?

Sarah ficou muito vermelha.

– Nada que se ouça dos lábios de uma jovem de respeito, senhorita Celia.

– É um miúdo de ave? – perguntou Celia, cheia de esperança.

Kate, que estava por ali, desatou a rir estrondosamente, e Sarah, irada, mandou-a fechar a matraca.

Além da sala de estar ficava a sala de recepção. Lá era frio, sombrio e remoto. A sala só era usada quando vovó dava uma festa. Era lotada de cadeiras aveludadas, mesas e sofás de brocado, tinha grandes estantes apinhadas de estátuas de porcelana. Em um canto havia um piano com um grave ruidoso e um agudo brando e harmonioso. Os janelões davam para uma estufa e, de lá, para o jardim. A grade de aço da lareira e os atiçadores eram o deleite de Sarah, que os mantinha tão brilhantes e cintilantes que quase dava para se ver o rosto neles.

No andar de cima ficava o quarto de criança, uma peça baixa e comprida com vista para o jardim; acima desta, o sótão, onde Mary e Kate alojavam-se, e, alguns degraus acima, os três melhores quartos e um pequeno aposento abafado que pertencia a Sarah.

Celia considerava os três melhores quartos muito mais grandiosos do que qualquer coisa de sua casa. Tinham suítes amplas; um era de madeira cinza-mosqueada, os outros dois de mogno. O quarto da vovó ficava acima da sala de jantar. Tinha uma enorme cama de dossel, um imenso guarda-roupa de mogno que ocupava uma parede inteira, um belo lavatório, uma penteadeira e uma cômoda imensa. Cada gaveta do quarto estava apinhada até a borda de volumes bem dobrados. Quando abertas, às vezes as gavetas não fechavam, e a vovó tinha o maior trabalho com elas. Tudo era muito bem trancado. Do lado de dentro da porta, além da fechadura, havia um ferrolho reforçado e duas trancas de bronze. Uma vez trancafiada em segurança dentro de seu quarto, vovó recolhia-se para a noite com uma matraca de guarda-noturno e um apito da polícia ao alcance da mão, de modo a ter condições de disparar um alarme imediato no caso de assaltantes tentarem invadir sua fortaleza.

Em cima do guarda-roupa, protegida por um invólucro de vidro, havia uma enorme coroa de flores brancas de cera, um tributo floral pelo falecimento do seu primeiro marido. Na parede à direita estava emoldurado o serviço fúnebre do segundo marido e, na da esquerda, havia uma grande fotografia da linda lápide de mármore erigida para o terceiro marido.

O leito era de penas, e as janelas nunca ficavam abertas.

O ar da noite, dizia vovó, era altamente prejudicial. Na verdade, ela considerava todos os tipos de ares como uma espécie de risco. Ela raramente ia ao jardim, exceto nos dias mais quentes do verão; quando saía, ela ia geralmente para as Lojas da Marinha e do Exército; um carro de aluguel até a estação, trem até Victoria e outro carro de aluguel até as lojas. Em tais ocasiões ela estava bem embrulhada em seu "manto" e enrolava um cachecol de plumas várias vezes no pescoço.

Vovó jamais saía para visitar pessoas. Elas iam vê-la. Quando as visitas chegavam, mandava trazer bolo e biscoitos doces e diferentes tipos de licores de sua produção caseira. Primeiro ela perguntava aos cavalheiros o que queriam beber:

– Você tem que experimentar meu licor de cerejas, todos os cavalheiros adoram!

Em seguida era a vez das senhoras:

– Só um golinho, para espantar o frio – dizia vovó, acreditando que nenhuma mulher podia admitir em público gostar de bebida alcoólica.

Ou, se era à tarde:

– Você verá que ajuda na digestão do jantar, minha cara.

Se um cavalheiro que a visitava ainda não possuía um colete, ela exibia o colete que tinha à mão naquele momento e dizia com uma malícia jovial:

– Eu me ofereceria para fazer um para você se tivesse certeza de que sua esposa não faria objeções.

A esposa então gritava:

– Pode fazer, sim. Ficarei encantada.

Vovó dizia, brincalhona:

– Não quero causar problemas – e o velho cavalheiro proferia algum galanteio sobre vestir um colete feito por "seus belos dedos".

Depois de uma visita, as bochechas da vovó ficavam duas vezes mais rosadas, e sua silhueta duas vezes mais empertigada. Ela adorava ser hospitaleira.

III

– Vovó, posso ficar com você por um tempo?

– Por quê? Não quer ficar lá em cima com Jeanne?

Celia hesitou por um momento antes de encontrar uma frase que a satisfizesse. Por fim, disse:

– As coisas não estão muito agradáveis no quarto de brinquedos esta tarde.

Vovó riu e disse:

– Bem, essa é uma boa forma de colocar a questão.

Celia sempre sentia-se desconfortável e triste nas raras ocasiões em que se desentendia com Jeanne. Naquela tarde o problema havia surgido do nada, da maneira mais inesperada.

Estavam discutindo sobre a disposição correta da mobília na casa de bonecas de Celia, e esta, ao expor um argumento, exclamou:

– *Mais, ma pauvre fille...*

E isso bastou. Jeanne irrompeu em lágrimas e em um verboso fluxo de francês.

Sim, sem dúvida ela era uma *pauvre fille*, como Celia havia dito, mas sua família, embora pobre, era honesta e respeitável. Seu pai era respeitado em toda Pau. Até Monsieur le Maire era amigo dele.

– Mas eu nunca disse... – começou Celia.

Jeanne seguiu impetuosa.

– Sem dúvida *la petite* senrita, tão rica, tão lindamente vestida, com os pais viajados e seus vestidos de seda, considerava Jeanne igual a um mendigo de rua...

– Mas eu nunca disse... – começou Celia outra vez, mais e mais atônita.

Mas até mesmo *les pauvres filles* tinham sentimentos. Ela, Jeanne, tinha sentimentos. Ela estava ferida. Ferida em seu âmago.

– Mas Jeanne, eu amo você – gritou Celia, desesperada.

Porém Jeanne não se apaziguou. Pegou sua costura mais difícil, uma gola de entretela que estava fazendo para um vestido da vovó, e deu pontos em silêncio, sacudindo a cabeça e se recusando a responder aos apelos de Celia. Naturalmente, Celia nada sabia de certos comentários feitos por Mary e Kate na refeição do meio-dia sobre a família de Jeanne ser de fato pobre, já que ficava com todos os vencimentos da filha.

Confrontada por uma situação incompreensível, Celia retirou-se e foi para a sala de jantar no andar de baixo.

– E o que você quer fazer? – perguntou vovó, espiando por cima dos óculos e largando um grande novelo de lã. Celia juntou-o.

– Conte-me sobre quando você era uma garotinha. Sobre o que dizia quando descia depois do chá.

– Costumávamos descer todos juntos e bater na porta da sala de estar. Meu pai dizia: "Entrem". Então todos nós entrávamos, fechando a porta. Em silêncio, veja bem, lembre-se sempre de fechar a porta em silêncio. Nenhuma dama bate uma porta. De fato, nos meus tempos de mocidade, nenhuma dama jamais fechava uma porta de modo algum. Estragava as mãos. Havia vinho de gengibre na mesa, e cada uma de nós, crianças, recebia um cálice.

– E então vocês diziam... – incitou Celia, que conhecia a história de trás para a frente.

– Dizíamos um de cada vez: "Minha obediência a vocês, pai e mãe".

– E eles diziam?

– Eles diziam: "Meu amor para vocês, filhos".

– Ah! – Celia retorcia-se em êxtase. Ela nem sabia dizer por que gostava tanto dessa história.

– Conte-me sobre os hinos na igreja – ela sugeriu. – Sobre você e tio Tom.

Fazendo crochê vigorosamente, vovó repetiu o caso muitas vezes contado.

– Havia um grande quadro com os números dos hinos. O sacristão costumava anunciá-los. Ele tinha uma bela voz, forte e retumbante. "Vamos cantar agora para a honra e a glória do Senhor. Hino número..." e então ele parou, porque o quadro havia sido colocado virado para o lado errado. Ele começou de novo: "Vamos cantar para a honra e glória do Senhor. Hino número...". Então ele disse pela terceira vez: "Vamos cantar para a honra e a glória do Senhor. Hino número... Ei, Bill, vire esse quadro para cá".

Vovó era uma boa atriz. O dialeto cockney saía de maneira inimitável.

– E você e tio Tom riram – completou Celia.

– Sim, nós dois rimos. E meu pai olhou para nós. Apenas olhou para nós, e foi tudo. Quando chegamos em casa fomos mandados direto para a cama e sem almoço. E era Dia de São Miguel. Com o ganso de São Miguel.

– E vocês não ganharam ganso – disse Celia, horrorizada.

– E nós não ganhamos ganso.

Celia refletiu sobre a calamidade por alguns instantes. Então, com um profundo suspiro, disse:

– Vovó, faça eu virar uma galinha.

– Você está grande demais.

– Ah, não, vovó, faça eu virar uma galinha.

Vovó deixou o crochê e os óculos de lado.

A comédia era encenada desde a chegada na loja do senhor Whiteley, com a exigência de falar com o senhor Whiteley em pessoa: precisava-se de uma boa galinha para um jantar muito especial. Poderia o senhor Whiteley em pessoa escolher a galinha? Vovó alternava-se nos papéis dela mesma e do senhor Whiteley. A galinha era embrulhada (função com Celia e um jornal), levada para casa, recheada (mais função), costurada, espetada (gritos de deleite), socada dentro do forno, servida em um prato, e então o grande clímax:

– Sarah! Sarah, venha cá, essa galinha está *viva!*

Com certeza havia poucos parceiros de brincadeira iguais a vovó. A verdade é que ela gostava de brincar tanto quanto Celia. Ela também era bondosa. De certa forma, mais bondosa do que mamãe. Se você pedisse por bastante tempo e vezes suficientes, ela cedia. Ela dava até Coisas que Eram Ruins para Você.

IV

Chegaram cartas de mamãe e papai, escritas de modo muito claro em letra de forma.

> *Meu querido benzinho*
> *Como vai a minha garotinha? Jeanne tem passeado com você? Está gostando das aulas de dança? As pessoas aqui têm a pele bem escura. Ouvi dizer que vovó vai levá-la a uma pantomima. Não é gentil da parte dela? Estou certo de que você ficará muito grata e será uma garotinha muito prestativa para ela, e também de que você está sendo muito boa para sua querida avó, que é tão boa para você. Dê a Goldie uma semente de cânhamo por mim.*
> *Seu amado,*
> *Papai.*

Minha querida preciosa

Sinto muito a sua falta, mas tenho certeza de que você está passando um tempo muito feliz com a querida vovó, que é muito boa para você, e que você está sendo uma boa garotinha e fazendo tudo o que pode para agradá-la. Aqui tem um sol adorável e quente, e flores lindas. Será que você escreveria a Rouncy por mim, como uma boa garota esperta? Vovó vai endereçar o envelope. Diga-lhe para colher rosas de Natal e mandar para vovó. Diga-lhe para dar um grande pires de leite para Tommy no Natal.

Um monte de beijos, minha ovelhinha preciosa, minha pombinha amada.

Mamãe.

Cartas adoráveis. Duas cartas adoráveis, adoráveis. Por que fizeram brotar um nó na garganta de Celia? As rosas de Natal no canteiro sob a sebe, mamãe arranjando-as em um jarro com musgo e dizendo:

– Olhe que lindos botões, bem abertos...

A voz de mamãe...

Tommy, o gatão branco. Rouncy mastigando, sempre mastigando.

Casa, ela queria ir para casa.

Casa, com a mãe lá. Ovelhinha preciosa, pombinha amada... Era assim que ela a chamava, com um riso na voz e um abraço repentino, brusco, breve.

Mamãe, mamãe...

Vovó disse ao subir as escadas:

– O que é isso? Chorando? Por que você está chorando? Você não tem nada melhor para fazer?

Era uma piada da vovó. Ela sempre dizia aquilo.

Celia detestava. Dava mais vontade de chorar. Quando ela estava triste, não queria a vovó. Não a queria de jeito nenhum. Vovó de algum modo piorava a situação.

Ela passou furtiva pela vovó, escada abaixo e rumo à cozinha. Sarah estava assando pão.

Sarah olhou para ela.

– Recebeu uma carta de sua mãezinha?

Celia assentiu com a cabeça. As lágrimas transbordaram de novo. Ah, mundo vazio e solitário.

Sarah seguiu amassando pão.

– Ela estará em casa em breve, amor, ela estará em casa em breve. Fique atenta às folhas nas árvores.

Sarah começou a revolver a massa na tábua. Sua voz era distante, tranquilizadora.

Ela separou um pedacinho de massa.

– Faça alguns pãezinhos para você, docinho. Vou assá-los com o meu.

As lágrimas de Celia cessaram.

– Twists e cottages?

– Twists e cottages.

Celia lançou-se ao trabalho. Para twists, faziam-se três rolos compridos que depois eram trançados, apertando bem nas pontas. Cottages eram uma bolota grande e uma bolota menor em cima; então, num instante de êxtase, metia-se o dedo a fundo ali, fazendo um grande buraco redondo. Ela fez cinco twists e seis cottages.

– É ruim para uma criança ficar longe da mãe – murmurou Sarah baixinho.

Seus olhos encheram-se de lágrimas.

Somente depois da morte de Sarah, uns catorze anos mais tarde, descobriu-se que a sobrinha presunçosa e refinada que às vezes vinha visitar a tia era na realidade filha de Sarah, "fruto do pecado", como se dizia nos tempos de moça de Sarah. A patroa a quem ela serviu por mais de sessenta anos não fazia ideia do fato, muito bem escondido dela. A única coisa de que vovó conseguiu se lembrar era de uma enfermidade de Sarah que a fez atrasar seu retorno de uma de suas raras férias. Aquilo e o fato de que Sarah estava especialmente magra na volta. As agonias desse segredo, o aperto, o desespero secreto que Sarah enfrentou permanecerão para sempre um mistério. Ela guardou seu segredo até a morte o revelar.

COMENTÁRIO DE J.L.

É estranho como palavras, palavras casuais, desconectadas, podem produzir tanto em sua imaginação. Estou convencido de que vejo todas essas pessoas com muito mais clareza do que Celia via quando me contava sobre elas. Posso visualizar a grande e velha avó, tão vigorosa, tão de sua geração, com sua língua rabelaisiana, a implicância com as empregadas, a bondade com a pobre costureira. Posso ver mais para trás, recuar para a mãe dela, aquela criatura delicada, amável, "aproveitando seu mês". Note também a diferença de descrição entre homem e mulher. A esposa morre de definhamento, o marido de consumpção galopante. A feia palavra tuberculose nunca aparece. As mulheres definham, os homens galopam para a morte. Note também, pois é engraçado, o vigor da prole desses pais tuberculosos. Dos dez filhos, conforme Celia contou quando perguntei, apenas três morreram cedo, e foram mortes acidentais: um marinheiro de febre amarela, uma irmã em um acidente de carruagem, outra irmã de parto. Sete deles chegaram aos setenta anos de idade. Sabemos realmente alguma coisa sobre hereditariedade?

A mim agrada aquela imagem de uma casa com renda de Nottingham, tapeçaria de lã e sólida mobília de mogno reluzente. Ela possui firmeza. Eles sabiam o que queriam, os integrantes daquela geração. Conseguiram e aproveitaram, e obtiveram um intenso e enérgico prazer com a arte da autopreservação.

Repare que as imagens de Celia daquela casa, da avó, são muito mais claras do que as de sua própria casa. Ela deve ter ido lá bem na idade de reparar. Sua casa são mais pessoas do que lugares: a babá, Rouncy, a estabanada Susan, Goldie em sua gaiola.

E sua descoberta da mãe. Parece engraçado que Celia não tivesse descoberto a mãe antes.

Pois Miriam, penso eu, tinha uma personalidade muito vívida. Os vislumbres que tenho de Miriam me encantam. Imagino que ela tivesse um charme que Celia não herdou. Mesmo entre as linhas convencionais de sua carta para sua garotinha (cartas tão "datadas" aquelas, cheias de ênfase na atitude moral), mesmo, como eu disse, entre as admoestações convencionais sobre bondade, desponta um vestígio da verdadeira Miriam. Gosto da demonstração de afeto, "ovelhinha preciosa, pombinha amada" e da carícia, o abraço brusco e breve. Não uma mulher sentimental ou efusiva, mas impulsiva; uma mulher com estranhos lampejos intuitivos.

O pai é mais indistinto. Para Celia ele parecia um gigante de barba, indolente, bem-humorado, cheio de graça. Parece diferente da mãe dele, provavelmente saiu ao pai, representado na narrativa de Celia por uma coroa de flores de cera dentro de um vidro. Imagino que fosse um espírito amistoso de quem todos gostassem, mais popular do que Miriam, mas sem a qualidade de encantamento desta. Celia, penso eu, puxou a ele. Sua placidez, seu gênio sereno, sua doçura.

Mas ela herdou algo de Miriam: uma afeição de intensidade perigosa.

É assim que eu vejo. Mas talvez esteja inventando... Essas pessoas, afinal de contas, tornaram-se minhas criações.

Capítulo 4
Morte

I

Celia estava indo para casa.

Quanta excitação!

A jornada de trem pareceu infinita. Celia tinha um bom livro para ler, eles tinham o vagão só para si, mas sua impaciência fazia a coisa toda parecer interminável.

– Bem – disse o pai. – Contente de estar indo para casa, bonequinha?

Ele deu um leve beliscãozinho em Celia enquanto falava. Ele parecia tão grande e moreno, muito maior do que Celia pensava. A mãe, por outro lado, estava muito menor. Esquisita a maneira como as formas e tamanhos pareciam mudar.

– Sim, papai, muito contente – disse Celia.

Ela falou de modo formal. Aquela sensação interna esquisita, volumosa, dolorosa, não a deixava fazer mais nada.

O pai pareceu um pouco desapontado. Sua prima Lottie, que viajava junto para ficar com eles, disse:

– Que pingo de gente mais solene!

O pai disse:

– Bem, uma criança esquece depressa...

Seu rosto pareceu tristonho.

Miriam disse:

– Ela não esqueceu nadinha. Está simplesmente fervilhando por dentro.

Miriam estendeu a mão e deu um apertãozinho na

mão de Celia. Seus olhos sorriram para os de Celia, como se ambas tivessem um segredo compartilhado entre si.

A prima Lottie, que era roliça e atraente, disse:

– Ela não tem muito senso de humor, não é?

– Nenhum – disse Miriam. – Não mais que eu – acrescentou com pesar. – Pelo menos, John diz que não tenho.

Celia murmurou:

– Mamãe, falta pouco?... Falta pouco, mamãe?

– Falta pouco para que, meu bem?

Celia tomou fôlego:

– Para o mar.

– Mais uns cinco minutos.

– Suponho que ela gostaria de viver à beira-mar e brincar na areia – disse a prima Lottie.

Celia não falou. Como explicar? O mar era sinal de que estavam chegando perto de casa.

O trem correu para dentro de um túnel e saiu. Ah, lá estava, azul-marinho e espumante, do lado esquerdo do trem. Seguiram adiante ao lado dele, entrando em túneis e saindo. Azul, mar azul. Tão deslumbrante que fez Celia fechar os olhos sem querer.

O trem voltou-se para o interior. Dentro em breve estariam em *casa*!

II

Espaço outra vez! A casa era enorme! Simplesmente enorme! Peças imensas com quase nada de mobília dentro. Ou assim parecia a Celia depois da casa em Wimbledon. Era tudo tão excitante que ela mal sabia o que fazer primeiro...

O jardim. Sim, antes de tudo o jardim. Ela correu loucamente pela trilha íngreme. Havia a faia. Engraçado ela nunca ter pensado na faia antes. Era quase a parte mais importante da casa. E havia o pequeno caramanchão encostado no loureiro. Havia crescido quase que demais! A seguir, até o bosque, talvez as campainhas estivessem floridas. Mas não estavam. Talvez já tivesse passado a época. Havia a árvore com o galho em forquilha onde ela brincava de rainha-escondida. Ah! Havia o Garotinho Branco.

O Garotinho Branco ficava em um caramanchão no bosque. Três degraus rústicos levavam até ele. Ele carregava uma cesta de pedra na cabeça, e Celia colocava uma oferenda dentro da cesta e fazia um pedido.

Celia de fato tinha um ritual. Os procedimentos eram os seguintes: ela partia de casa e cruzava o gramado, que era um rio corrente. A seguir amarrava seu hipopótamo na abóbada da roseira, pegava a oferenda e prosseguia solenemente pela trilha no bosque. Fazia a oferenda e o pedido, curvava-se em uma mesura e voltava. E o desejo se realizava. Só que não podia se fazer mais de um desejo por semana. Celia sempre fazia o mesmo pedido, inspirada pela babá. Ossinhos da sorte, menino do bosque, cavalo malhado, era sempre o mesmo: ela desejava ser boa! Não era certo, dizia a babá, desejar *coisas*. O Senhor mandaria o que fosse necessário que você tivesse e, visto que Deus havia agido com grande generosidade nesse caso (pensava em vovó, mamãe e papai), Celia mantinha-se honrosamente fiel a seu desejo devoto.

Agora ela pensava: "Tenho, tenho, tenho, simplesmente *tenho* que levar uma oferenda para ele". Fez isso à moda antiga: de hipopótamo cruzou o rio do gramado, amarrou-o na abóbada da roseira, seguiu pela trilha, depositou a oferenda, dois dentes-de-leão despedaçados, e fez o pedido...

Mas, ai da babá, Celia largou da aspiração devota de tanto tempo.

– Quero ser feliz sempre – desejou Celia.

Depois para a horta. Ah! Lá estava Rumbolt, o jardineiro, com um aspecto taciturno e rabugento.

– Olá, Rumbolt, voltei para casa.

– Estou vendo, mocinha. E vou incomodá-la pedindo para que não pare em cima dos pés de alface novinhos como está fazendo nesse momento.

Celia moveu seus pés.

– Tem alguma groselha para comer, Rumbolt?

– Acabaram. Quase não deu este ano. Deve ter uma ou duas framboesas.

– Ah! – Celia afastou-se dançando.

– Mas não coma todas – gritou Rumbolt atrás dela. – Quero um belo prato de sobremesa.

Celia deslocou-se entre os pés de framboesa comendo vorazmente. Uma ou duas framboesas. Ora bolas, havia centenas!

Com um suspiro final de saciedade, Celia abandonou as framboesas. A seguir, uma passada em seu nicho privado junto ao muro com vista para a estrada. Foi difícil achar a entrada, mas ela enfim conseguiu.

Dali para a cozinha e Rouncy. Rouncy parecia muito limpa e maior do que nunca; os maxilares, como sempre, movendo-se ritmadamente. Querida Rouncy, querida, sorrindo como se seu rosto estivesse cortado em dois, dando a velha risadinha suave e gutural...

– Bem, quem diria, senhorita Celia, você virou uma moça.

– O que você está comendo, Rouncy?

– Acabo de fazer uns bolinhos de frutas para o chá da cozinha.

– Ah! Rouncy, me dê um!

– Vai estragar o seu chá.

Rouncy não foi convincente. Seu corpanzil moveu-se na direção do forno enquanto ela falava. Abriu a porta do forno com um puxão.

– Acabaram de ficar prontos. Agora preste atenção, senhorita Celia, estão *quentes*.

Ah, casa adorável! De volta aos corredores frios e sombrios da casa e ali, pela janela do patamar, a luminescência verdejante da faia.

Ao sair de seu quarto, a mãe de Celia encontrou-a extasiada, parada no topo da escada, com as mãos apertadas firmemente na região da cintura.

– O que é isso, filha? Por que está segurando a barriga?

– É a faia, mãe. É tão linda.

– Acho que você está sentindo alguma coisa na barriga, Celia.

– Tenho uma espécie de dor esquisita aqui. Não uma dor *de verdade*, mamãe, uma espécie de dor boa.

– Então você está contente por estar em casa?

– Ah, *mamãe!*

III

– Rumbolt está mais taciturno que nunca – disse o pai de Celia no café da manhã.

– Como eu detesto ter esse homem aqui – lamentou-se Miriam. – Gostaria de que não o tivéssemos contratado.

– Bem, minha cara, ele é um jardineiro de primeira classe. O melhor jardineiro que já tivemos. Veja os pêssegos do ano passado.

– Eu sei. Eu sei. Mas jamais quis esse homem.

Celia quase nunca tinha ouvido a mãe falar com tanta veemência. Suas mãos estavam apertadas uma na outra. O pai olhou para ela de modo indulgente, de forma bem parecida com a que olhava para Celia.

– Bem, eu cedi, não cedi? – disse ele bem-humorado. – Recusei-o a despeito de suas referências e peguei em vez disso aquele palerma preguiçoso do Spinaker.

– É tão estranho – disse Miriam. – Minha aversão por ele, e aí deixamos a casa e vamos para Pau, e o senhor Rogers escreve dizendo que Spinaker tinha pedido as contas e que ele estava contratando outro jardineiro que possuía referências excelentes, e ao voltarmos para casa encontramos esse homem instalado aqui, depois de tudo.

– Não consigo entender por que você não gosta dele, Miriam. Ele é um pouco triste, mas um sujeito perfeitamente decente.

Miriam estremeceu.

– Não sei o que é. É *alguma coisa*.

Os olhos dela ficaram vidrados.

A copeira entrou na sala.

– Por favor, senhor, a senhora Rumbolt gostaria de lhe falar. Ela está na porta de entrada.

– O que ela quer? Bem, é melhor eu ir lá ver.

Ele largou o guardanapo e saiu. Celia ficou fitando a mãe. Ela estava com um ar muito estranho, como se estivesse muito assustada.

O pai voltou.

– Parece que Rumbolt não voltou para casa ontem à noite. Coisa estranha. Imagino que tenham tido várias brigas ultimamente.

Ele virou-se para a copeira, que estava na sala.

– Rumbolt veio hoje?

– Não o vi, senhor. Vou perguntar à senhora Rouncewell.

O pai saiu da sala de novo. Passaram-se cinco minutos e ele voltou. Quando ele abriu a porta e entrou, Miriam soltou uma exclamação, e até Celia ficou pasma.

Papai parecia tão esquisito. Tão, mas tão esquisito... como um velho. Parecia ter dificuldade para respirar.

A mamãe pulou da cadeira e correu até ele como um raio.

– John, John, o que foi? Conte-me. Sente-se. Você teve um choque terrível.

O pai tinha ficado com uma cor azulada esquisita. Arfava as palavras com dificuldade.

– Enforcado. No estábulo... Eu cortei a corda para descê-lo. Mas não tinha... Ele deve ter feito na noite passada...

– O choque. Isso é muito ruim para você. – Mamãe pôs-se de pé num pulo e pegou o conhaque no aparador.

Ela gritou:

– Eu *sabia*. Eu sabia que havia *alguma coisa*.

Ela ajoelhou-se ao lado do marido, levando o conhaque a seus lábios. O olhar dela incidiu sobre Celia.

– Corra lá para cima, querida, com Jeanne. Não há nada com o que se assustar. Papai não está se sentindo muito bem.

Ela murmurou em tom mais baixo para ele:

– Ela não deve saber. Esse tipo de coisa pode assombrar uma criança pelo resto da vida.

Muito intrigada, Celia saiu da sala. No patamar da escada, Dóris e Susan conversavam.

– Andava de caso com ela, ele andava, é o que dizem, e a esposa ficou sabendo. Bem, os mais quietos são sempre os piores.

– Você o viu? Estava com a língua pendurada?

– Não sei, o patrão disse que ninguém podia ir lá. Eu queria um pedacinho da corda. Dizem que dá sorte.

– O patrão teve um choque daqueles, e ele com o coração fraco e tudo mais.

– Bem, é uma coisa medonha de acontecer.

– O que aconteceu? – perguntou Celia.

– O jardineiro enforcou-se nos estábulos – disse Susan com satisfação.

– Oh! – disse Celia, não muito impressionada. – Por que você quer um pedacinho da corda?

– Se você tem um pedacinho da corda de um homem que se enforcou, isso lhe dá sorte a vida inteira.

– É isso mesmo – concordou Dóris.

– Ah! – disse Celia outra vez.

Ela aceitou a morte de Rumbolt simplesmente como mais um daqueles fatos que acontecem todo dia. Ela não gostava de Rumbolt, que nunca havia sido particularmente bom para ela.

Naquela noite, quando a mãe veio ajeitá-la na cama, Celia perguntou:

– Mamãe, posso ficar com um pedacinho da corda com que Rumbolt se enforcou?

– Quem lhe contou de Rumbolt? – A voz de mamãe pareceu zangada. – Dei ordens específicas.

Os olhos de Celia arregalaram-se.

– Susan me contou. Mamãe, posso ter um pedacinho da corda? Susan disse que dá muita sorte.

De repente a mãe sorriu. O sorriso transformou-se em uma gargalhada.

– Do que você está rindo, mãe? – perguntou Celia, desconfiada.

– É que faz tanto tempo que tive nove anos que havia esquecido como era.

Celia ficou pensando um pouco antes de pegar no sono. Certa vez Susan quase havia se afogado quando foi para a praia nas férias. Os outros criados riram e disseram: "Você nasceu para ser enforcada, mocinha".

Enforcar e afogar... Deve haver alguma conexão entre as duas coisas...

– Prefiro me afogar – pensou Celia, sonolenta.

No dia seguinte, Celia escreveu:

Querida Vovó
Muito obrigada por me mandar o livro da Fada Cor-de-Rosa. É muita bondade sua. Goldie está bem e lhe envia um beijo. Por favor, envie meu amor a

Sarah, Mary e Kate e à pobre senhorita Bennett. Tem uma papoula islandesa nascendo no meu jardim. O jardineiro enforcou-se no estábulo ontem. Papai está de cama, mas não está muito mal, diz mamãe. Rouncy vai me deixar fazer twists e cottages também.

Montes e montes e montes de amor e beijos de
Celia.

IV

O pai de Celia morreu quando ela tinha dez anos de idade. Morreu na casa da mãe dele em Wimbledon. Havia ficado de cama por vários meses, e havia duas enfermeiras do hospital na casa. Celia havia se acostumado ao fato de o pai estar doente. A mãe estava sempre falando sobre o que fariam quando ele melhorasse.

Jamais havia passado pela cabeça de Celia que seu pai pudesse *morrer*. Ela tinha acabado de subir as escadas quando a porta do quarto do doente abriu-se e sua mãe saiu. Uma mãe que ela jamais havia visto antes...

Muito tempo depois ela pensou naquilo como uma folha levada pelo vento. Os braços da mãe estavam jogados para o alto, ela gemia e a seguir escancarou a porta de seu quarto e desapareceu dentro dele. Uma enfermeira saiu atrás dela e desceu ao patamar, de onde Celia olhava boquiaberta.

– O que aconteceu com ela?

– Quieta, minha querida. Seu pai... seu pai foi para o Céu.

– Papai? Papai morreu e foi para o Céu?

– Sim, agora você deve ser uma boa garotinha. Lembre-se, você terá que consolar sua mãe.

A enfermeira desapareceu dentro do quarto de Miriam.

Incapaz de falar, Celia vagou para o jardim. Levou muito tempo para ela assimilar. Papai. Papai se foi... morto...

O mundo dela despedaçou-se por um momento.

Papai. E tudo parecia igual. Ela estremeceu. Era como o Pistoleiro. Tudo muito bem, e então ele estava ali... Ela olhou o jardim, o freixo, as trilhas. Tudo igual e contudo de algum modo diferente. *As coisas podiam mudar, podiam acontecer coisas...*

Papai agora estava no Céu? Estava feliz? Ah, papai...

Ela começou a chorar.

Celia entrou em casa. Vovó estava lá; sentada na sala de jantar; as persianas estavam todas cerradas. Ela escrevia cartas. Uma lágrima ocasional corria bochecha abaixo, ela enxugava com um lencinho.

– É a minha pobre garotinha? – disse ela ao ver Celia. – Ora, ora, querida, você não deve se atormentar. É a vontade de Deus.

– Por que as persianas estão fechadas? – perguntou Celia.

Ela não gostava das persianas fechadas, aquilo deixava a casa escura e esquisita, como se também estivesse diferente.

– É em sinal de respeito – disse a avó.

Ela começou a remexer no bolso e catou uma jujuba de groselha, que Celia adorava.

Celia pegou e agradeceu. Mas não comeu. Não achou que fosse cair bem.

Sentou-se ali, segurando a jujuba e observando a avó, que seguiu escrevendo uma carta atrás da outra em papéis de carta com borda negra.

V

A mãe de Celia passou mal por dois dias. A empertigada enfermeira do hospital murmurava para a avó:

– A tensão prolongada... não conseguia acreditar... choque pior ainda no fim... deve ser estimulada.

Disseram a Celia que ela podia entrar e ver a mãe.

O quarto estava escurecido. A mãe estava deitada de lado, o cabelo castanho com faixas grisalhas esparramado ao redor dela. Os olhos dela tinham um ar esquisito, estavam muito brilhantes, olhavam fixo para alguma coisa – alguma coisa além de Celia.

– Aqui está sua querida garotinha – disse a enfermeira em sua irritante voz de "eu sei o que é melhor".

Mamãe sorriu para Celia, mas não um sorriso de verdade, não o tipo de sorriso como se Celia estivesse realmente ali.

A enfermeira havia falado com Celia de antemão. Vovó tinha feito o mesmo.

Celia falou com sua voz afetada de boa menininha.

– Mamãe querida, papai está feliz, ele está no Céu. Você não iria querer fazê-lo voltar.

A mãe riu de repente.

– Ah, sim, eu queria! Se eu pudesse fazê-lo voltar, jamais deixaria de chamar, nunca, dia ou noite, John, John, volte para mim.

Ela havia se erguido sobre um cotovelo, o rosto estava selvagem e belo, mas estranho.

A enfermeira tirou Celia do quarto às pressas. Celia ouviu-a voltar ao leito e dizer:

– Lembre-se, minha cara, você tem que viver por seus filhos.

E ela ouviu a mãe dizer com uma voz dócil e estranha:

– Sim, tenho que viver por meus filhos. Você não precisa me dizer isso. Eu sei.

Celia desceu as escadas e foi para a sala de recepção, para um lugar na parede onde estavam penduradas duas gravuras coloridas. Chamavam-se A Mãe Aflita e O Pai

Feliz. Celia não deu muita importância a esta última. A pessoa distinta da gravura não parecia nem de leve com a ideia que Celia fazia de um pai, feliz ou o contrário. Mas a mulher tresloucada, com o cabelo esvoaçante, os braços agarrando os filhos em todas as direções, sim, era como mamãe parecia agora. A Mãe Aflita. Celia sacudiu a cabeça com uma espécie de estranha satisfação.

VI

As coisas aconteceram depressa. Algumas delas foram muito excitantes, como ser levada por vovó para comprar roupas pretas.

Celia não conseguiu evitar o deleite com aquelas roupas pretas. Luto! Ela estava de luto! Soava muito importante e adulto. Celia imaginava as pessoas olhando para ela na rua: "Está vendo aquela criança toda vestida de preto?" "Sim, acaba de perder o pai." "Nossa, que triste. Pobre criança." E Celia se pavonearia um pouquinho ao caminhar e curvaria a cabeça tristonha. Ela sentia um pouco de vergonha de se sentir assim, mas não conseguia deixar de se considerar uma figura interessante e romântica.

Cyril estava em casa. Estava muito crescido, mas às vezes sua voz oscilava e ele ficava vermelho. Estava grosseiro e desagradável. Às vezes havia lágrimas em seus olhos, e ele ficava furioso se notavam. Cyril flagrou Celia exibindo-se na frente do espelho com as roupas novas e foi ríspido.

– Isso é tudo em que uma criança como você pensa. Roupas novas. Bem, suponho que seja jovem demais para assimilar as coisas.

Celia chorou e achou que ele era muito rude.

Cyril esquivava-se da mãe. Dava-se melhor com a avó. Ele bancava o homem da família com a avó, e ela o incentivava. Consultava-o sobre as cartas que escrevia e recorria a seu parecer sobre vários detalhes.

Celia não teve permissão para ir ao funeral, o que achou muito injusto. Vovó também não foi. Cyril foi com a mãe.

Ela desceu pela primeira vez na manhã do funeral. Pareceu pouco familiar a Celia em seu véu de viúva, bastante meiga e miúda. E... Ah, sim, com um ar *desamparado*.

Cyril foi másculo e protetor.

Vovó disse:

– Tenho alguns cravos brancos aqui, Miriam. Pensei que você talvez quisesse lançá-los no caixão quando ele baixar à sepultura.

Mas Miriam sacudiu a cabeça e disse em voz baixa:

– Não, prefiro não fazer nada desse tipo.

Depois do funeral as persianas foram erguidas, e a vida seguiu como de costume.

VII

Celia indagava-se se vovó realmente gostava de mamãe e se mamãe realmente gostava da vovó. Ela não sabia como havia metido tal ideia em sua cabeça.

Ela sentia-se infeliz pela mãe. Miriam andava por lá tão quieta, tão silenciosa, falando pouco.

Vovó passava uma longa parte do dia recebendo e lendo cartas. Ela dizia:

– Miriam, estou certa de que você gostaria de ouvir isso. O senhor Pike fala de John de forma tão comovente.

Mas mamãe recuava estremecendo e dizia:

– Por favor, não, agora não.

As sobrancelhas de vovó arqueavam-se um pouquinho, e ela dobrava a carta, dizendo em tom seco:

– Como queira.

Quando a próxima carta chegava, o mesmo acontecia.

– O senhor Clark é um homem bom de verdade – ela dizia, fungando um pouquinho enquanto lia. – Miriam, você realmente deveria ouvir isso. Iria ajudá-la. Ele fala de modo tão lindo sobre como os mortos estão sempre conosco.

E de repente, desperta de sua quietude, Miriam gritava:

– Não, não!

Foi com aquele grito súbito que Celia entendeu o que a mãe estava sentindo. Sua mãe queria ser deixada quieta.

Um dia chegou uma carta com um selo estrangeiro... Miriam abriu-a e sentou-se para ler, quatro folhas de uma letra delicada e oblíqua. Vovó observou-a.

– É de Louise? – ela perguntou.

– Sim.

Houve silêncio. Vovó observava a carta avidamente.

– O que ela diz? – enfim perguntou.

Miriam estava dobrando a carta.

– Não creio que se destine a outra pessoa que não a mim – disse ela baixinho. – Louise... entende.

Daquela vez as sobrancelhas da avó arquearam-se até o cabelo.

Poucos dias depois, a mãe de Celia partiu com a prima Lottie, para mudar de ares. Celia ficou com a avó durante um mês.

Quando Miriam voltou, ela e Celia foram para casa.

E a vida começou de novo. Uma vida nova. Celia e a mãe sozinhas na grande casa e jardim.

Capítulo 5

Mãe e filha

I

A mãe explicou a Celia que as coisas agora seriam bem diferentes. Enquanto o pai estava vivo, todos pensavam que eles eram relativamente ricos. Mas, agora que ele havia falecido, os advogados haviam descoberto que restava pouquíssimo dinheiro.

– Teremos que viver de modo muito, muito simples. Na verdade, tenho que vender essa casa e arranjar um pequeno chalé em algum lugar.

– Ah, não, mamãe, não.

Miriam sorriu diante da veemência da filha.

– Você a ama tanto assim?

– Sim.

Celia estava falando sério. Vender a *casa*? Ela não podia suportar.

– Cyril diz a mesma coisa... Mas não sei se estou sendo sensata... Significa ser muito, muito econômica...

– Ah, por favor, mamãe. Por favor. Por favor. Por favor!

– Está bem, querida. Afinal de contas, é uma casa feliz.

Sim, era uma casa feliz. Ao relembrar, muitos anos depois, Celia reconheceu a veracidade daquele comentário. A casa de algum modo possuía uma atmosfera. Uma casa feliz e anos felizes passados ali.

Houve mudanças, claro. Jeanne voltou para a França. Um jardineiro vinha apenas duas vezes por semana só para manter o jardim aparado, e as estufas caíram aos pedaços gradativamente. Susan e a copeira foram embora. Rouncy permaneceu. Ela foi contida, mas firme.

A mãe de Celia argumentou com ela:

– Mas você sabe que o trabalho será muito mais pesado. Só terei condições de pagar uma empregada, e sem ajuda de fora para nada.

– Estou decidida, minha senhora. Não gosto de mudanças. Estou acostumada com minha cozinha aqui, e ela comigo.

Nenhum indício de lealdade, de afeto. A simples sugestão de algo assim teria deixado Rouncy muito embaraçada.

Assim, Rouncy permaneceu com salário reduzido e, à vezes, Celia mais tarde percebeu, sua permanência afligia Miriam mais do que sua partida teria afligido. Rouncy havia sido treinada numa escola grandiosa. Para ela as receitas começavam com: "Pegue meio quilo de nata e uma dúzia de ovos frescos". Cozinhar de forma trivial e econômica e fazer pedidos pequenos aos comerciantes estava além da imaginação de Rouncy. Ela ainda fazia fornadas de bolinhos de frutas para o chá e jogava pães inteiros na tina dos porcos quando ficavam bolorentos. Fazer pedidos longos e vistosos para os comerciantes era uma espécie de orgulho para ela. Refletia crédito na casa. Ela sofreu um bocado quando Miriam tirou a lista de pedidos de suas mãos.

Como empregada, veio uma mulher idosa chamada Gregg. Gregg havia sido copeira de Miriam quando esta era recém-casada.

– E assim que vi seu anúncio no jornal, senhora, pedi minhas contas e vim para cá. Nunca fui tão feliz em outro lugar quanto aqui.

– Será muito diferente agora, Gregg.

Mas Gregg estava determinada a vir. Ela era uma copeira de primeira classe, mas sua habilidade nesse sentido não foi testada. Não havia mais jantares festivos. Como empregada ela era desleixada, indiferente a teias de aranha e indulgente com a poeira.

Ela regalava Celia com longos relatos das glórias de tempos passados:

– Seu pai e sua mãe davam jantares para 24 pessoas. Duas sopas, dois pratos de peixe, quatro entradas, uma carne, um sorvete, dois doces, salada de lagosta e pudim gelado!

"Bons tempos", Gregg dava a entender, enquanto trazia relutante o macarrão gratinado que fazia as vezes do jantar de Miriam e Celia.

Miriam passou a interessar-se pelo jardim. Não sabia nada de jardinagem e não se deu ao trabalho de aprender. Apenas fazia experimentos. E os experimentos eram coroados de um louco e injustificado sucesso. Ela plantava flores e bulbos na época e em profundidade erradas, espalhava sementes de forma desregrada. E tudo em que ela tocava vingava e florescia.

– Sua mãe tem o dedo verde – dizia o velho Ash, taciturno.

O velho Ash era o jardineiro que ia duas vezes por semana. Ele realmente sabia alguma coisa de jardinagem, mas infelizmente era dotado de uma mão seca. Qualquer coisa em que tocasse morria. Suas podas eram malfadadas, e as plantas novas que não "apodreciam" eram vítimas das "primeiras geadas". Dava a Miriam conselhos que ela não seguia.

Seu desejo mais ardente era cortar o declive do gramado em "alguns canteiros bonitos, em formato de meia-lua e losango, e botar algumas plantas neles". Ele ficava mortificado com a recusa indignada de Miriam. Quando ela dizia que gostava da extensão ininterrupta de grama, ele retrucava:

– Bem, canteiros parecem mais nobres. Isso não dá para negar.

Celia e Miriam "faziam" flores para a casa, competindo uma com a outra. Faziam grandes buquês compridos de flores brancas, jasmins-trepadeiras, lilases de perfume adocicado, flox brancas e íris. E Miriam tinha paixão por buquezinhos exóticos, com heliotrópios e meigas rosas cor-de-rosa de pétalas bem abertas.

O aroma das antiquadas rosas cor-de-rosa fez Celia lembrar de sua mãe pelo resto da vida.

Celia se aborrecia por seus arranjos jamais rivalizarem com os da mãe, não importando quanto tempo e trabalho ela dedicasse a eles. Miriam conseguia juntar flores de qualquer jeito com um encanto desregrado. Seus arranjos eram originais; não estavam absolutamente de acordo com os arranjos de flores da época.

Os estudos eram um acordo casual. Miriam disse que Celia tinha que continuar com a aritmética por si. Celia o fez de forma conscienciosa, avançando lentamente pelo livrinho marrom que havia começado com o pai.

De vez em quando empacava em um atoleiro de incerteza, com dúvidas a respeito da resposta de um problema ser em ovelhas ou homens. Alguns problemas a desnortearam de tal maneira que ela os pulou todos.

Miriam tinha suas próprias teorias sobre educação. Era uma boa professora, clara nas explicações e capaz de suscitar entusiasmo por qualquer matéria que escolhesse.

Ela tinha paixão por história e, sob sua orientação, Celia passou de um evento a outro da história do mundo. A progressão constante da história inglesa entediava Miriam; mas Elizabeth, o imperador Carlos V, Francisco I da França, Pedro, o Grande, todos esses tornaram-se personagens vivos para Celia. O esplendor de Roma foi revivido. Cartago tombou. Pedro, o Grande, lutou para erguer a Rússia da barbárie.

Celia adorava leitura em voz alta, e Miriam selecionava livros que abordavam os vários períodos históricos que estavam estudando. Ela pulava trechos sem a menor vergonha quando lia em voz alta: não tinha paciência com nada tedioso. A geografia era bastante atrelada à história. Não tiveram outras lições, mas Miriam tentou ao máximo melhorar a ortografia de Celia, que, para uma menina de sua idade, não passava de algo infame.

Uma alemã foi contratada para ensinar Celia a tocar piano, e de imediato ela mostrou aptidão e amor pelo estudo, praticando muito além do tempo indicado por Fräulein.

Margaret McCrae havia deixado a vizinhança, mas as Maitland, Ellie e Janet, vinham para o chá uma vez por semana. Ellie era mais velha do que Celia, Janet era mais moça. Elas brincavam de jogo das cores e de estátua e fundaram uma sociedade secreta chamada Hera. Após inventarem senhas, um aperto de mão peculiar e escreverem mensagens em tinta invisível, a Sociedade da Hera definhou bastante.

Havia também as pequenas Pine.

Eram crianças gorduchas, de voz anasalada, mais novas do que Celia. Dorothy e Mabel. A única ideia na vida delas era comer. Sempre comiam demais e geralmente passavam mal antes de ir embora. Às vezes Celia ia almoçar com elas. O senhor Pine era um homem grande de rosto vermelho; sua esposa era alta e angulosa, com uma formidável franja negra. Eram muito afetuosos e também apaixonados por comida.

– Percival, este carneiro está delicioso, realmente delicioso.

– Um pouquinho mais, meu amor. Dorothy, mais um pouco?

– Obrigada, papai.

– Mabel?

– Não, obrigada, papai.

– Ora, ora, o que é isso? Este carneiro está delicioso.

– Devemos parabenizar Giles, meu amor. – Giles era o açougueiro.

Nem as Pine nem as Maitland foram muito importantes na vida de Celia. As brincadeiras que fazia sozinha ainda eram as mais reais para ela.

À medida que melhorava no piano, Celia passava longas horas na grande sala de estudo, examinando velhas pilhas poeirentas de partituras e lendo-as. Velhas canções: "Down the Vale", "A Song of Sleep", "Fiddle and I". Ela cantava, a voz erguia-se límpida e pura.

Celia era bastante vaidosa com a sua voz.

Quando pequena, ela havia manifestado a intenção de se casar com um duque. A babá havia concordado, com a condição de que Celia aprendesse a comer seu jantar mais depressa.

– Porque nas casas nobres, minha querida, o mordomo levaria seu prato muito antes de você ter terminado.

– Levaria?

– Sim, nas casas nobres o mordomo chega e leva embora o prato de todos, tenham terminado ou não!

Depois disso Celia engolia a comida às pressas para treinar para a vida ducal.

Agora, pela primeira vez, sua intenção vacilava. Talvez ela não se casasse com um duque afinal de contas. Não, ela seria uma *prima donna*, alguém como Melba.

Celia ainda passava muito de seu tempo sozinha. Embora recebesse as Pine e as Maitland para o chá, elas não eram tão reais para Celia quanto "as garotas".

"As garotas" eram criações da imaginação de Celia, que sabia tudo sobre elas: qual sua aparência, o que vestiam, o que sentiam e pensavam.

Primeiro veio Ethelred Smith, que era alta e muito morena, e muito, *muito* esperta. Era boa em jogos também. De fato, Ethel era boa em tudo. Tinha "curvas" bem delineadas e usava blusas listradas. Ethel era tudo o que Celia não era. Era tudo o que Celia gostaria de ser. Depois veio Annie Brown, a grande amiga de Ethel. Era loira, fraca e "delicada". Ethel ajudava-a em suas lições, e Annie respeitava e admirava Ethel. A seguir veio Isabella Sullivan, que tinha cabelo ruivo, olhos castanhos e era linda. Era rica, orgulhosa e desagradável. Sempre achava que derrotaria Ethel no croquet, mas Celia cuidava para que isso não acontecesse, embora às vezes se sentisse bastante malvada quando fazia Isabella errar bolas de propósito. Elsie Green era sua prima, a prima pobre. Tinha cachos negros, olhos azuis e era muito alegre.

Ella Graves e Sue de Vete eram bem mais novas; tinham apenas sete anos. Ella era muito séria e zelosa, com farto cabelo castanho e um rosto sem graça. Com frequência ganhava o prêmio de aritmética, pois estudava muito. Ela era muito correta, e Celia nunca sabia ao certo qual era seu aspecto, e seu caráter variava. Vera de Vete, meia-irmã de Sue, era a personalidade romântica da "escola". Tinha catorze anos, cabelo cor de palha e olhos de um azul cor de miosótis profundo. Havia um mistério em seu passado, e no fim Celia soube que ela havia sido trocada ao nascer e que, na realidade, era lady Vera, a filha de um dos nobres mais altivos do país. Havia uma nova garota, Lena, e uma das brincadeiras favoritas de Celia era ser Lena chegando na escola.

Miriam sabia vagamente das "garotas", mas jamais fez perguntas a respeito, coisa pela qual Celia era intensamente grata. Nos dias úmidos, "as garotas" davam um concerto na sala de estudo, com peças diferentes reservadas para cada uma. Celia aborrecia-se muito por seus dedos falharem na peça de Ethel, na qual ela ansiava por tocar bem, e porque, embora sempre reservasse a mais difícil para Isabella, esta sempre saía perfeitamente. "As garotas" também jogavam cartas, e mais uma vez Isabella parecia ter uma incômoda sequência de sorte.

Quando ficava com a avó, Celia às vezes era levada a uma comédia musical. Pegavam um táxi até a estação, depois o trem para Victoria, táxi para almoçar nas Lojas do Exército e da Marinha, onde vovó fazia imensas listas de compras na mercearia com o velho vendedor que sempre a atendia. A seguir iam para o restaurante e almoçavam, terminando com "uma pequena xícara de café em uma xícara grande", de modo que pudessem adicionar bastante leite. Depois iam à seção de confeitaria e compravam um quarto de quilo de doces de chocolate com café, e então pegavam outro táxi para o teatro, onde vovó se divertia tanto quanto Celia.

Muitas vezes, vovó depois comprava a partitura das músicas para Celia. Isso abriu um novo campo de atividades para "as garotas". Elas desabrocharam como estrelas de comédias musicais. Isabella e Vera tinham voz de soprano, a de Isabella era mais forte e a de Vera mais doce. Ethel tinha um contralto magnífico. Elsie tinha uma vozinha linda. Annie, Ella e Sue tinham papéis insignificantes, mas Sue desenvolveu-se gradativamente para assumir os papéis de criada. "The Country Girl" era a peça favorita de Celia. "Under the Deodars" parecia-lhe a mais adorável canção já composta. Ela cantava até ficar rouca. Vera recebeu o papel da Princesa, de modo que podia cantar essa música, e o papel da heroína foi dado a Isabella. "The Cingalee" era outra favorita, pois tinha um bom papel para Ethel.

Miriam, que sofria de dor de cabeça e cujo quarto ficava embaixo do piano, proibiu Celia de tocar por mais de três horas a fio.

II

A antiga ambição de Celia enfim se realizou. Ela ganhou um vestido de dança plissado e passou a fazer aulas de dança artística.

Agora ela era uma das eleitas. Não podia mais dançar com Dorothy Pine, que usava apenas um vestido branco simples de festa. As garotas de plissado só dançavam umas com as outras, a menos que fossem "gentis" de propósito. Celia e Janet Maitland formavam um par. Janet dançava maravilhosamente. Elas fizeram um par eterno para a valsa. E também faziam par na marcha, mas às vezes eram separadas, visto que Celia era uma cabeça e meia mais alta que Janet, e a senhorita Mackintosh gostava que seus pares de marcha fossem simétricos. O costume era dançar polca com as pequenas. Cada garota mais velha pegava uma criança. Seis garotas ficavam para a dança artística. Para Celia, era uma fonte de amarga decepção permanecer sempre na segunda fila. Celia não se importava que Janet ficasse na frente, pois Janet dançava melhor do que qualquer uma, mas Dafne dançava mal e cometia vários erros. Celia sempre achou aquilo muito injusto, e a verdadeira solução do mistério, que determinava que a senhorita Mackintosh colocasse as meninas mais baixas na frente e as mais altas atrás, jamais lhe ocorreu.

Miriam ficou tão animada quanto Celia a respeito da cor de seu traje plissado. Tiveram uma longa e séria discussão, levando em conta as cores que as outras meninas usavam, e no fim decidiram por um laranja-avermelhado. Ninguém havia usado um vestido daquela cor. Celia ficou encantada.

Desde a morte do marido, poucas vezes Miriam saía e recebia muito poucas visitas. Ela se dava apenas com pessoas que tinham filhos da idade de Celia e alguns poucos amigos antigos. Assim mesmo, a facilidade com que se desligou das coisas deixou-a um pouco amarga. A diferença que o dinheiro fazia. Toda aquela gente que não se cansava de bajular a John e a ela! Agora mal lembravam de sua existência. Ela não se importava por si, sempre fora uma mulher tímida. Havia sido sociável por causa de John. Ele adorava que as pessoas viessem à casa, adorava sair. Ele jamais imaginou que Miriam detestasse, de tão bem que ela havia desempenhado seu papel. Ela agora sentia-se aliviada, mas, ao mesmo tempo, ressentida por Celia. Quando a filha crescesse, haveria de querer atividades sociais.

As noites eram alguns dos momentos mais felizes que mãe e filha passavam juntas. Jantavam cedo, às sete, e depois iam para a sala de estudos. Celia tricotava e a mãe lia para ela. Ler em voz alta deixava Miriam sonolenta. Sua voz ficava esquisita, a cabeça inclinava-se para a frente...

– Mamãe – dizia Celia em tom acusador –, você vai dormir.

– Não vou – Miriam afirmava indignada. Sentava-se bem empertigada e lia muito clara e nitidamente por algumas páginas. E então dizia de repente:

– Acho que você está certa – e, fechando o livro, adormecia rapidamente.

Ela dormia apenas por uns três minutos. Daí acordava e começava de novo com vigor renovado.

Às vezes, em vez de ler, Miriam contava histórias de sua vida de moça. Sobre como ela, uma prima distante, tinha ido morar com vovó.

– Minha mãe morreu, e não havia dinheiro depois disso, de modo que vovó muito bondosamente ofereceu-se para me adotar.

Ela era um pouco fria quanto à bondade, talvez. Uma frieza que se mostrava no tom, não nas palavras. Mascarava uma memória de solidão infantil, do anseio pela própria mãe. Ela acabou ficando doente, e o médico foi chamado. Ele disse:

– Essa criança está atormentada por alguma coisa.

– Não – vovó respondeu de forma categórica. – Ela é uma menininha feliz e alegre.

O médico não disse nada, mas, quando vovó saiu do quarto, ele sentou na cama e começou a falar com Miriam de maneira bondosa, confidencial, e ela de repente desmoronou e confessou ter longas crises de choro de noite na cama.

Vovó ficou muito perplexa quando o médico contou para ela.

– Nossa, ela nunca me disse nada a respeito.

E depois disso ela melhorou. Apenas ter contado pareceu fazer a dor ir embora.

– E havia o seu pai. – Como a voz dela abrandava. – Ele sempre foi carinhoso comigo.

– Conte-me sobre ele.

– Ele era adulto, dezoito anos. Não vinha muito seguido para casa. Não gostava muito do padrasto.

– E você gostou desde o início?

– Sim, desde o primeiro instante em que o vi. Cresci o amando... Jamais sonhei que ele sequer pensasse em mim.

– Não?

– Não. Veja bem, ele estava sempre saindo com moças finas e crescidas. Ele era muito namorador. E era considerado um ótimo partido. Achei que ele se casaria com outra. Era muito afável comigo quando vinha, costumava me trazer flores, doces e broches. Eu era apenas a "pequena Miriam" para ele. Acho que ele ficava contente por eu ser tão dedicada a ele. Ele me contou que certa vez uma senhora, mãe de um de seus amigos, lhe disse: "John, acho que você vai se casar com sua priminha". Ele respondeu rindo: "Miriam? Nossa, ela é apenas uma criança". Na época ele estava apaixonado por uma moça muito elegante. Mas, de um jeito ou de outro, aquilo não deu em nada... Fui a única mulher que ele pediu em casamento... Lembro de que... eu costumava pensar que, se ele se casasse, eu talvez ficasse em um sofá definhando, e ninguém saberia qual era o problema! Eu apenas enfraqueceria aos poucos! Essa era a ideia romântica comum nos meus tempos de moça: amor sem esperança, recostar-se em um sofá. Eu morreria, e ninguém jamais saberia até encontrar um maço das cartas dele com miosótis prensados dentro delas, tudo amarrado com uma fita azul. Tudo muito bobo, mas não sei, de algum modo ajudava... toda aquela imaginação...

"Lembro do dia em que seu pai disse de repente: 'Que olhos adoráveis essa menina tem'. Fiquei atônita. Sempre me achei muito terrivelmente sem graça. Subi em uma cadeira e me olhei no espelho, me analisei para ver o que ele queria dizer. No fim achei que meus olhos talvez *fossem* bem bonitos..."

– Quando papai pediu você em casamento?

– Eu tinha 22 anos. Ele estivera fora por um ano. Eu havia mandado um cartão de Natal e um poema que havia escrito para ele. Ele guardou esse poema na carteira. Ainda estava nela quando ele morreu... Não posso dizer o quanto fiquei surpresa quando ele me pediu. Eu disse não.

– Mas, mamãe, *por quê?*

– É difícil explicar... Cresci muito desconfiada de mim mesma. Me achava "atarracada", não era uma pessoa alta, elegante. Achei que ele pudesse ficar decepcionado comigo uma vez que estivéssemos casados. Eu era por demais modesta a meu respeito.

– E então tio Tom – adiantou Celia, que sabia essa parte da história quase tão bem quanto Miriam.

A mãe sorriu.

– Sim, tio Tom. Estávamos em Sussex com tio Tom naquela ocasião. Ele era um homem idoso, mas muito sábio, muito afável. Lembro que eu estava tocando piano, e ele estava sentado junto à lareira. Ele disse:

"– Miriam, John pediu você em casamento, não foi? E você recusou.

"Eu disse:
"– Sim.
"– Mas você o ama, Miriam?
"Eu disse:
"– Sim – de novo.
"– Não diga não da próxima vez – ele disse. – Ele pedirá mais uma vez, mas não pedirá uma terceira. Ele é um bom homem, Miriam. Não jogue a sua felicidade fora."

– Ele pediu, e você disse sim.

Miriam assentiu com a cabeça.

Em seus olhos havia um brilho cintilante que Celia conhecia bem.

– Conte-me como vocês vieram morar aqui.

Aquela era outra história bem conhecida.

Miriam sorriu.

– Estávamos morando aqui em quartos mobiliados. Tínhamos dois bebês pequenos: sua irmãzinha Joy, que morreu, e Cyril. Seu pai tinha que ir à Índia tratar de negócios e não poderia me levar com ele. Decidimos que este lugar era muito agradável e que alugaríamos uma casa por um ano. Andei por aí procurando uma casa com a vovó.

"Quando seu pai veio para casa almoçar, eu disse a ele:

"– John, comprei uma casa.

"Ele disse:

"– *O quê?*

"Vovó disse:

"– Está tudo bem, John, foi um ótimo investimento.

"Veja, o marido da vovó, o padrasto de seu pai, havia me deixado um dinheiro. A única casa que vi e de que gostei foi esta. Era tão tranquila, tão feliz. Mas a proprietária, uma velha senhora, não alugaria, apenas venderia. Ela era quaker, muito meiga e gentil. Eu perguntei a vovó:

"– Devo comprar com meu dinheiro?
"Vovó era minha curadora. Ela disse:
"– Uma casa é um bom investimento. Compre.
"A velha senhora quaker era muito meiga. Ela disse:
"– Você será muito feliz aqui, minha cara. Você e seu marido, seus filhos...
"Foi como uma bênção."
Aquilo era bem da sua mãe, a subitaneidade, a decisão rápida.
Celia perguntou:
– E eu nasci aqui?
– Sim.
– Ah, mãe, não a venda nunca...
Miriam suspirou.
– Não sei se fiz bem... Mas você a ama tanto... E talvez seja um lugar para onde você possa voltar sempre...

III

A prima Lottie veio para ficar. Agora estava casada e tinha sua própria casa em Londres, mas precisava de uma mudança e do ar do campo, foi o que disse Miriam.

A prima Lottie com certeza não estava bem. Ficou de cama e andava muito enjoada.

Falou vagamente sobre alguma comida que a havia deixado indisposta.

– Mas ela deveria estar melhor agora – insistia Celia, após uma semana se passar e a prima Lottie ainda estar enjoada.

Quando se estava "indisposto", tomava-se óleo de rícino e ficava-se de cama, e no dia seguinte ou no próximo já se estava melhor.

Miriam olhou para Celia com uma expressão engraçada no rosto. Uma espécie de ar meio culpado, meio sorridente.

– Querida, acho que é melhor contar para você. A prima Lottie está enjoada porque vai ter um bebê.

Celia jamais havia ficado tão pasma na vida. Desde a disputa com Marguerite Priestman ela não havia mais pensado no caso dos bebês.

Ela fez ávidas perguntas.

– Mas por que isso a deixa enjoada? Quando ele vai chegar? Amanhã?

A mãe riu.

– Não, não até o próximo outono.

Ela contou mais: quanto tempo um bebê demorava para chegar, algo sobre o processo. Tudo parecia assombroso para Celia. De fato, a coisa mais notável da qual ela já tinha ouvido falar.

– Só peço que não converse sobre isso na frente da prima Lottie. Sabe, não se espera que garotinhas saibam dessas coisas.

No dia seguinte, Celia foi até a mãe em grande excitação.

– Mamãe, mamãe, tive um sonho dos mais empolgantes. Sonhei que a vovó ia ter um bebê. Você acha que será verdade? Vamos escrever e perguntar para ela?

Ela ficou pasma quando a mãe riu.

– Sonhos tornam-se realidade – disse Celia em tom de reprovação. – É o que diz na Bíblia.

IV

A excitação de Celia em relação ao bebê da prima Lottie durou uma semana. Ela ainda tinha uma esperança furtiva de que o bebê pudesse chegar agora e não no próximo outono. Afinal, mamãe podia estar errada.

Então a prima Lottie voltou para a cidade e Celia esqueceu daquilo. Foi uma grande surpresa para ela no outono seguinte, na casa da avó, quando a velha Sarah chegou no jardim dizendo:

– Sua prima Lottie ganhou um bebê, um menininho. Não é ótimo?

Celia correu para a sala onde a avó estava sentada com um telegrama na mão, conversando com a senhora Mackintosh, uma amiga íntima.

– Vovó, vovó – gritou Celia –, a prima Lottie realmente ganhou um bebê? Qual o tamanho dele?

Com grande firmeza, vovó mediu o tamanho do bebê em uma agulha de tricô, a agulha grande, já que ela estava tricotando meias de dormir.

– Só isso de comprimento? – Parecia incrível.

– Minha irmã Jane era tão pequena que foi colocada em uma caixa de sabão – disse vovó.

– Numa caixa de sabão, vovó?

– Jamais pensaram que fosse viver – disse ela com satisfação, acrescentando em voz baixa para a senhora Mackintosh: – Cinco meses.

Celia sentou-se em silêncio tentando visualizar um bebê tão pequeno.

– Que tipo de sabão? – ela perguntou em seguida, mas a avó não respondeu. Estava ocupada conversando com a senhora Mackintosh em uma voz baixa, abafada.

– Veja, os médicos discordaram a respeito de Charlotte. Deixe o trabalho prosseguir, foi o que disse o especialista. Quarenta e oito horas... o cordão... de fato em volta do pescoço...

A voz dela ficou cada vez mais baixa. Ela disparou um olhar para Celia e parou.

Vovó tinha um jeito engraçado de dizer as coisas. Soavam de algum modo excitantes... Ela também tinha um jeito engraçado de olhar para as pessoas. Como se houvesse todos os tipos de coisa que ela pudesse contar, se quisessem.

V

Quando tinha quinze anos, Celia tornou-se religiosa de novo. Dessa vez foi uma religião diferente, da igreja conservadora. Ela foi crismada e também ouviu o bispo de Londres pregar. No mesmo instante, foi tomada por uma devoção romântica a ele. Um postal com uma foto do bispo foi colocado no consolo da lareira dela, e Celia esquadrinhava os jornais em ávida busca de qualquer menção a ele. Ela imaginava longas histórias nas quais trabalhava nas paróquias de East End visitando os enfermos, e um dia ele reparava nela e finalmente casavam-se e iam morar no Palácio de Fulham. Na história alternativa ela tornava-se freira (ela havia descoberto que havia freiras que não eram católicas romanas), vivia uma vida de grande santidade e tinha visões.

Depois de crismada, Celia leu um bocado de livros religiosos e ia à igreja todo domingo de manhã cedo. Ficava magoada porque a mãe não ia com ela. Miriam ia à igreja apenas no domingo de Pentecostes. Para ela, Pentecostes era a grande festividade da igreja cristã.

– O espírito sagrado de Deus – ela dizia. – Pense nisso, Celia. É a grande maravilha, mistério e beleza de Deus. Os livros de orações são evasivos, e os clérigos mal falam a respeito. Eles têm medo porque não sabem ao certo o que é isso. O Espírito Santo.

Miriam venerava o Espírito Santo. Aquilo deixava Celia bastante desconfortável. Miriam não gostava muito de igrejas. Algumas delas, segundo ela, tinham mais do Espírito Santo do que outras. Dependia das pessoas que iam lá em adoração, ela dizia.

Celia, que era firme e estritamente ortodoxa, ficava aflita. Não gostava que a mãe fosse não ortodoxa. Havia algo de místico em Miriam. Ela tinha uma visão, uma percepção das coisas invisíveis. Somava-se a isso o hábito desconcertante de saber o que os outros estavam pensando.

Os sonhos de Celia de se tornar esposa do bispo de Londres desvaneceram-se. Ela pensava cada vez mais em ser freira.

Celia enfim achou que talvez fosse melhor anunciar isso para a mãe. Ela temia que esta talvez ficasse infeliz. Mas Miriam recebeu a notícia com muita calma.

– Entendo, querida.

– Você não se importa, mãe?

– Não, querida. Se, quando tiver 21 anos, você quiser ser freira, claro que será...

Celia pensou que talvez se tornasse uma freira católica. As freiras católicas eram de algum modo mais reais.

Miriam disse que achava a religião católica muito boa.

– Seu pai e eu quase nos tornamos católicos uma vez. Quase mesmo. – Ela sorriu subitamente. – Eu quase o arrastei. Seu pai era um homem bom, ingênuo como uma criança, bastante feliz em sua própria religião. Era eu que estava sempre descobrindo religiões e insistindo para que ele as adotasse. Eu pensava que a religião a que você pertencia importava muito.

Para Celia também importava, é claro. Mas não disse, porque se dissesse a mãe começaria com o Espírito Santo, e Celia preferia evitar o Espírito Santo. O Espírito Santo não aparecia muito em nenhum dos livros. Ela pensava em quando fosse uma freira rezando em sua cela...

VI

Pouco depois disso, Miriam disse a Celia que estava na hora de ela ir para Paris. Sempre estivera subentendido que Celia seria "aprimorada" em Paris. Ela ficou bastante animada com a perspectiva.

Ela era bem instruída em história e literatura. Tinha recebido permissão e incentivo para ler o que quisesse. Também era versada em todos os temas do momento. Miriam insistia em que ela lesse artigos de jornal, pois considerava essencial para o "conhecimento geral". A aritmética havia sido resolvida com a ida de Celia à escola local duas vezes por semana para a instrução na matéria, pela qual ela sempre teve preferência natural.

Celia não sabia absolutamente nada de geometria, latim, álgebra e gramática. Sua geografia era superficial, restrita ao conhecimento adquirido em livros de viagem.

Em Paris ela estudaria canto, piano, desenho, pintura e francês.

Miriam escolheu um local perto da Avenue du Bois que acolhia doze garotas e era dirigido em parceria por uma inglesa e uma francesa.

Miriam foi para Paris com ela e ficou lá até ter certeza de que a filha ficaria bem. Depois de quatro dias, Celia teve um violento ataque de saudade da mãe. De início ela não sabia qual era o problema, aquele nó esquisito na garganta, aquelas lágrimas que lhe vinham aos olhos sempre que pensava na mãe. Se colocava uma blusa que a mãe havia feito para ela, vinham-lhe lágrimas aos olhos enquanto pensava na mãe a costurar. No quinto dia ela iria ver a mãe.

Ela desceu calma por fora, mas em turbilhão por dentro. Tão logo haviam saído e pego o táxi para ir ao hotel, Celia explodiu em lágrimas.

– Ah, mamãe, mamãe.

– O que é, querida? Você não está feliz? Se não estiver, vou levá-la embora.

– Não quero ir embora. Eu gosto. É que eu queria ver você.

Meia hora depois, sua recente aflição parecia um sonho irreal. Era como enjoo no mar. Uma vez recuperado dele, você não conseguia lembrar como havia se sentido.

A sensação não voltou. Celia esperou por ela, estudando nervosamente suas sensações. Mas não. Ela amava a mãe, adorava-a, mas o simples pensamento sobre ela não mais causava nó na garganta.

Uma das meninas, uma americana, Maisie Payne, foi até ela e disse em voz suave e arrastada:

– Ouvi dizer que você andou se sentindo solitária. Minha mãe está no mesmo hotel que a sua. Está se sentindo melhor agora?

– Sim, agora estou bem. Foi uma besteira.

– Bem, suponho que seja natural.

A voz suave e arrastada fez Celia lembrar de sua amiga nos Pirineus, Marguerite Priestman. Sentiu um pequeno frêmito de gratidão por aquela enorme criatura de cabelo negro. O sentimento aumentou quando Maisie disse:

– Vi sua mãe no hotel. Ela é muito bonita. E, mais do que bonita, ela é distinta.

Celia pensou na mãe, vendo-a objetivamente pela primeira vez: o rosto pequeno e vivaz, as mãos e pés miúdos, as orelhinhas delicadas, o nariz fino e arrebitado.

Sua mãe. Não havia ninguém no mundo igual à sua mãe.

Capítulo 6

Paris

I

Celia ficou um ano em Paris e aproveitou muito esse período. Ela gostava das outras garotas, embora nenhuma delas lhe parecesse muito real. Talvez Maise Payne fosse exceção, mas foi embora na Páscoa depois da chegada de Celia. Sua melhor amiga era uma garota grande e gorda chamada Bessie West, que ficava no quarto ao lado do seu. Bessie falava bastante, e Celia era uma boa ouvinte. Ambas entregavam-se à paixão por comer maçãs. Bessie contava suas travessuras e aventuras entre as mordidas na maçã, e as histórias acabavam sempre com: "E então meu penteado desabou".

– Gosto de você, Celia – disse ela um dia. – Você é sensata.

– Sensata?

– Você não vive falando sobre rapazes. Mabel e Pamela me dão nos nervos. Toda vez que tenho aula de violino elas ficam de risadinhas e dizem que tenho uma queda pelo velho Franz ou que ele tem uma queda por mim. Acho isso medíocre. Gosto de uma brincadeira com os rapazes tanto quanto qualquer uma, mas não toda essa função de risinhos idiotas sobre os professores de música.

Celia, que havia superado a paixão pelo bispo de Londres, agora estava às voltas com o senhor Gerald du Maurier, desde que o vira em *Alias Jimmy Valentine*. Mas era uma paixão secreta sobre a qual ela jamais falaria.

A outra garota de que Celia gostava era a quem Bessie referia-se como "a Mentecapta".

Sybil Swinton tinha dezenove anos, era uma garota grandona com lindos olhos e cabelos castanhos. Era extremamente amável e simplória. Tudo tinha que ser explicado duas vezes para ela. O piano era seu grande calvário. Era ruim na leitura de música e não tinha ouvido para sentir quando tocava notas erradas. Celia sentava-se ao lado dela por uma hora dizendo:

– Não, Sybil, um sustenido. Sua mão esquerda agora está errada. Ré natural agora. Ah, Sybil, você não *sente* a diferença?

Mas Sybil não sentia. Seus pais estavam ansiosos para que ela "tocasse piano" como as outras meninas, e Sybil fazia seu melhor, mas as aulas de música eram um pesadelo – às vezes para a professora também. Madame LeBrun, uma dos dois professores, era uma velhinha de cabelo branco e mãos que pareciam garras. Sentava-se bem perto da aluna quando esta tocava, de modo que o braço direito ficava levemente obstruído. Tinha enorme entusiasmo por leitura à primeira vista e costumava trazer grandes livros de duetos *à quatre mains*. A aluna tocava o agudo ou o grave, e madame LeBrun tocava o outro. As coisas iam melhor quando madame LeBrun estava na extremidade do agudo do piano. Ela ficava tão absorta em sua própria performance que levava algum tempo antes de descobrir que a aluna estava tocando o acompanhamento no baixo alguns compassos à frente ou atrás dela. Então bradava:

– *Mais qu'est-ce que vous jouez là, ma petite? C'est affreux. C'est tout ce qu'il y a de plus affreux!*

Não obstante, Celia apreciava as lições. Gostou mais ainda quando foi transferida para monsieur Kochter. Ele selecionava apenas as garotas que mostravam talento. Ficou encantado com Celia. Agarrando as mãos dela e afastando seus dedos sem piedade, ele gritava:

– Vê esse alongamento aqui? Essa é a mão de uma pianista. A natureza está do seu lado, mademoiselle Celia. Agora vamos ver o que você pode fazer para ajudá-la.

Monsieur Kochter tocava maravilhosamente. Fazia concerto duas vezes por ano em Londres, segundo disse a Celia. Chopin, Beethoven e Brahms eram seus mestres favoritos. Em geral deixava Celia escolher o que aprender. Ele inspirava nela tamanho entusiasmo que ela de boa vontade praticava as seis horas diárias que ele exigia. Praticar não era uma verdadeira fadiga para ela. Celia amava o piano; ele sempre havia sido seu amigo.

Celia teve aulas de canto com monsieur Barré, um ex-cantor lírico. Ela possuía uma voz muito alta e límpida de soprano.

– Suas notas altas são excelentes – disse monsieur Barré. – Não poderiam ser mais bem produzidas. É a *voix de tête*. As notas baixas, as notas de peito, são fracas demais, mas nada mal. É o *médium* que devemos melhorar. O *médium*, mademoiselle, vem do céu da boca.

Ele veio com uma fita métrica.

– Agora vamos testar o diafragma. Inspire. Segure, segure. Agora expire subitamente. Excelente, excelente. Você tem a respiração de uma cantora.

Ele entregou um lápis a ela.

– Coloque isso entre os dentes, assim, no canto da boca. E não deixe cair enquanto canta. Você pode pronunciar cada palavra e manter o lápis. Não diga que é impossível.

No geral, monsieur Barré estava satisfeito com ela.

– Mas seu francês, ele me intriga. Não é o francês usual com sotaque inglês... Ah! Como sofri por causa disso. *Mon Dieu!* Ninguém imagina! Não, dá para jurar que o sotaque que você tem é *méridional*. Onde aprendeu francês?

Celia contou a ele.

– E sua empregada, ela veio do sul da França? Isso explica. Bem, bem, logo nos livraremos disso.

Celia se esforçou muito nas aulas de canto. Geralmente ela agradava monsieur Barré, mas às vezes ele se zangava com seu rosto inglês.

– Você é como todas as inglesas, pensa que cantar é escancarar a boca tanto quanto possível e deixar a voz sair! Nada disso. Há a pele, a pele do rosto, em torno da boca. Você não é um garotinho de coral. Você está cantando a "Habanera" de *Carmen*, que, a propósito, me apresentou no tom errado. Está transposto para soprano. Uma canção lírica deve ser sempre cantada em seu tom original. Qualquer outra coisa é uma abominação e um insulto ao compositor, lembre-se disso. Quero que você aprenda uma canção de mezzo. Pois bem, agora você é Carmen, em vez de um lápis você tem uma rosa na boca, está cantando uma canção que irá enfeitiçar esse rapaz. Seu rosto, seu rosto... não deixe seu rosto inexpressivo.

A lição terminou com Celia em lágrimas. Barré foi afável.

– Ora, ora... não é a sua canção. Não, vejo que essa não é a sua canção. Você deve cantar *Jerusalém* de Gounod. *Aleluia* de Cid. Um dia voltaremos para *Carmen*.

A música ocupava o tempo da maioria das meninas. Além disso, havia uma hora de francês toda manhã. Celia, que sabia falar um francês mais fluente do que qualquer uma das outras, era sempre humilhada na aula de francês. No ditado, enquanto as outras garotas tinham dois, três ou no máximo cinco erros, ela tinha mais ou menos trinta. A despeito de ler inúmeros livros em francês, ela não tinha ideia da grafia. E também escrevia bem mais devagar do que as outras. O ditado era sempre um pesadelo para ela.

Madame dizia:

— Mas é impossível, *impossível*, que você cometa tantos erros, Celia! Você não sabe o que é nem mesmo um particípio passado?

Era exatamente isso que Celia não sabia.

Duas vezes por semana, ela e Sybil iam à aula de pintura. Celia ressentia-se do tempo tirado do piano. Ela detestava desenho, e pintura mais ainda. As duas estavam aprendendo pintura floral.

Maço desgraçado de violetas em um vaso com água!

— As sombras, Celia, coloque as sombras primeiro.

Mas Celia nunca conseguia ver as sombras. Ela olhava a pintura de Sybil com discrição e tentava fazer igual.

— Você consegue ver onde estão essas sombras abomináveis, Sybil. Eu não: nunca vejo. É apenas uma mancha roxa bonita.

Sybil não chegava a ser talentosa, mas com certeza em pintura "a Mentecapta" era Celia.

Algo em seu íntimo detestava aquela atividade de copiar, de arrancar os segredos das flores e rabiscá-los no papel. Violetas deviam ficar nos jardins, em arranjos ou em vasos. Essa história de fazer uma coisa a partir de outra coisa ia contra a natureza de Celia.

— Não vejo por que se tenha que desenhar coisas – ela um dia disse para Sybil. – Elas já estão ali.

— O que você quer dizer?

— Não sei bem como explicar, mas por que fazer coisas parecidas com outras coisas? É um desperdício. Se fosse possível desenhar uma flor que não existe... imaginar uma... então valeria a pena.

— Você diz criar uma flor da sua cabeça?

— Sim, mas não é bem isso. Quer dizer, ainda seria uma flor, você não teria criado uma flor, teria feito uma coisa sobre papel.

– Mas Celia, pinturas, pinturas de verdade, arte... é tudo muito bonito.

– Sim, claro. Pelo menos... – Ela parou. – São?

– Celia! – exclamou Sybil, horrorizada com tamanha heresia.

No dia anterior mesmo elas não tinham sido levadas ao Louvre para ver os velhos mestres?

Celia sentiu que havia sido herética demais. Todo mundo falava de arte com reverência.

– Suponho que eu tenha tomado chocolate demais – disse ela. – Por isso achei enfadonho. Todos aqueles santos parecendo exatamente iguais. Não quero dizer isso, claro – ela acrescentou. – Eles são de fato maravilhosos.

Mas não foi muito convincente.

– Você *tem* que gostar de arte, Celia, você gosta tanto de música.

– Música é diferente. A música é *ela mesma*. Não é arremedo. Você pega um instrumento, o violino, o piano, o violoncelo, e produz sons; sons entrelaçados, adoráveis. Você não tem que fazê-la igual a outra coisa. A música é apenas ela mesma.

– Bem – disse Sybil –, para mim música é apenas um monte de sons desagradáveis. Quando estou tocando as notas erradas, para mim soa melhor do que as certas.

Celia fitou a amiga em desespero.

– Você deve ser surda!

– Bem, pela forma como você estava pintando as violetas hoje de manhã creio que você seja cega.

Celia estacou de súbito e, com isso, obstruiu o caminho da pequena *femme de chambre* que as acompanhava e que, com desgosto, ficou tagarelando.

– Sabe, Sybil – disse Celia –, acho que você tem razão. Acho que não vejo as coisas, não *vejo*. Por isso não escrevo direito. E por isso não sei como as coisas realmente são.

— Você sempre caminha pelas poças d'água — disse Sybil.

Celia refletiu.

— Não acho que isso importe. Não mesmo. Exceto em escrever, suponho. Quer dizer, é a sensação que uma coisa lhe transmite que importa, não apenas seu formato ou como ela é feita.

— O que você quer dizer?

— Bem, pegue uma rosa. — Celia fez um aceno de cabeça para a vendedora de flores pela qual estavam passando. — O que importa quantas pétalas ela tem e qual o formato exato... É só o... ah, o conjunto da obra que importa. A maciez aveludada e o aroma.

— Você não desenha uma rosa sem saber seu formato.

— Sybil, sua boba, não lhe disse que não quero desenhar? Não gosto de rosas no papel. Gosto delas reais.

Ela parou diante da florista e com alguns trocados comprou um buquê de rosas vermelhas.

— Cheire — disse ela, empurrando as flores para o nariz de Sybil. — E então, isso não lhe causa uma espécie de dor celestial bem aqui?

— Você andou comendo maçãs demais!

— Ah, Sybil, não seja tão prosaica. Não é um aroma celestial?

— Sim, é. Mas não me causa dor. Não vejo por que alguém haveria de querer isso.

— Mamãe e eu tentamos estudar botânica certa vez — disse Celia —, mas jogamos o livro fora. Eu detestei. Saber todos os diferentes tipos de flores e classificá-las. E pistilos e estames... horrendo, é como despir as pobres coitadas. Acho repugnante. É... é indelicado.

— Sabia, Celia, que, se você for para um convento, as freiras vão fazer você tomar banho vestida com uma camisa? Minha prima me contou.

— Vão? Por quê?

— Elas não acham bom você olhar para o seu próprio corpo.

— Ah. — Celia pensou por um instante. — Como se faz com o sabonete? Você não fica completamente limpa ensaboando-se por cima de uma camisa.

II

As garotas do pensionato foram levadas à ópera, à Comédie Française, e para patinar no Palais de Glace. Celia aproveitou tudo isso, mas era a música que realmente preenchia sua vida. Ela escreveu à mãe e contou que queria ser pianista profissional.

Ao final do ano letivo, a senhorita Schofield dava uma festa, na qual as meninas mais adiantadas tocavam e cantavam. Celia faria as duas coisas. O canto foi muito bom, mas ao tocar ela perdeu o ânimo e tropeçou no primeiro movimento da *Sonata patética* de Beethoven.

Miriam foi a Paris buscar a filha e, a pedido de Celia, convidou monsieur Kochter para o chá. Ela não estava lá muito empolgada com o fato de Celia querer ter a música como profissão, mas queria ouvir o que monsieur Kochter tinha a dizer sobre o assunto. Celia não estava na sala quando ela perguntou a ele sobre isso.

— Sinceramente, madame, ela tem vocação. A técnica, o sentimento. É a aluna mais promissora que tenho. Mas não acho que ela tenha o temperamento para grandes apresentações.

— Você quer dizer que ela não tem temperamento para tocar em público?

— É exatamente a isso que me refiro, madame. Para ser artista, a pessoa deve ser capaz de se fechar para o mundo. O fato de ter alguém escutando deve ser como um estímulo. Mas mademoiselle Celia vai dar o seu melhor para uma plateia de uma, de duas pessoas, e tocará ainda melhor para si mesma, com a porta fechada.

– Você dirá a ela o que me falou, monsieur Kochter?

– Se a senhora desejar.

Celia ficou muito decepcionada. Recorreu à ideia de cantar.

– Embora não seja a mesma coisa.

– Você não ama cantar tanto quanto ama o piano?

– Ah, não.

– Será que é por isso que não fica nervosa quando canta?

– Pode ser. Parece que a voz é uma coisa separada da pessoa; quer dizer, não é você que faz, como no caso dos dedos no piano. Você entende, mãe?

Elas tiveram uma conversa séria com monsieur Barré.

– Ela tem a vocação e a voz, sim. Também o temperamento, mas ainda possui uma expressividade muito pequena em seu cantar; é a voz de um menino, não de uma mulher. Isso – ele sorriu – virá. Mas a voz é encantadora. Pura. Firme. E a respiração é boa. Uma cantora para concertos; sua voz não é forte o bastante para a ópera.

De volta à Inglaterra, Celia disse:

– Pensei no assunto, mãe. Se não posso cantar ópera, não quero cantar nada. Quer dizer, não profissionalmente.

E então riu.

– Você não queria que eu seguisse esse caminho, não é, mãe?

– Não, com certeza eu não queria que você se tornasse uma cantora profissional.

– Mas teria deixado? Você me deixaria fazer qualquer coisa que eu quisesse, caso eu quisesse o bastante?

– Qualquer coisa não – disse Miriam fazendo graça.
– Mas e quase qualquer coisa?
A mãe sorriu para ela.
– Quero que você seja feliz, meu benzinho.
– Estou certa de que sempre serei feliz – disse Celia com grande confiança.

III

Naquele outono Celia escreveu para a mãe dizendo que queria ser enfermeira. Bessie ia ser, e ela queria ser também. Suas cartas andavam repletas de Bessie ultimamente.

Miriam não respondeu de forma direta, mas perto do final do ano letivo escreveu a Celia e contou que o médico havia dito que seria bom para ela passar o inverno no exterior. Iria para o Egito, e Celia iria com ela.

Celia voltou de Paris e encontrou a mãe hospedada na avó em pleno alvoroço da partida. Vovó não estava satisfeita com a ideia de ir para o Egito. Celia ouviu-a conversando a respeito com a prima Lottie, que tinha aparecido para almoçar.

– Não posso entender Miriam. Na má situação em que se encontra. A ideia de lançar-se rumo ao Egito. Egito... O lugar mais dispendioso para onde poderia ir! Isso é bem coisa de Miriam. Nenhuma ideia sobre dinheiro. E o Egito foi um dos últimos lugares para onde foi com o pobre John. É insensível da parte dela.

Celia achou que a mãe parecia tanto desafiadora quanto entusiasmada. Ela levou Celia às lojas e comprou três vestidos de noite para ela.

– A criança não sai. Você é absurda, Miriam – disse a avó.

– Não seria má ideia ela sair aqui. Não que ela vá ter uma temporada em Londres; não podemos bancar.

– Ela tem apenas dezesseis anos.

– Quase dezessete. Minha mãe casou antes dos dezessete anos.

– Não creio que você queira que Celia se case antes dos dezessete.

– Não, não quero, mas quero que ela tenha seu tempo de menina-moça.

Os vestidos de noite eram lindos, embora enfatizassem o único ponto fraco de Celia. A silhueta que ela sempre desejou avidamente nunca se materializou. Nada de montes protuberantes para Celia envolver em uma blusa listrada. Sua decepção era amarga e aguda. Ela havia desejado tanto "um busto"! Pobre Celia... tivesse ela nascido vinte anos mais tarde, como suas formas teriam sido admiradas! Aquela estrutura esguia, porém bem revestida, não necessitava de exercícios.

Assim, foram introduzidos "enchimentos", delicados rufos de filó, nos corpetes dos vestidos de noite de Celia.

Celia ansiava por um vestido de noite preto, mas Miriam disse que não, não até ela ser mais velha. Miriam comprou para a filha um longo de tafetá branco, um vestido de filó verde-claro com muitas fitinhas por toda parte e um de cetim rosa-claro com botões de rosa no ombro.

Vovó desencavou do fundo de uma das gavetas de mogno um pedaço de tafetá azul-turquesa brilhante com a indireta de que a pobre senhorita Bennett deveria pôr as mãos à obra. Miriam deu jeito de sugerir com muito tato que a pobre senhorita Bennett talvez achasse um vestido de noite elegante um pouco além de sua capacidade. O tafetá azul foi costurado em outro lugar. A seguir Celia foi levada à cabeleireira e recebeu algumas aulas sobre a arte de prender o cabelo, um processo um tanto elaborado, visto que o cabelo era arranjado em uma "moldura" na frente e em massas de cachos atrás. Não era nada fácil para alguém como Celia, que tinha um cabelo comprido e basto caindo bem abaixo da cintura.

Era tudo muito empolgante, e nunca ocorreu a Celia que a mãe parecia muito melhor de saúde do que o habitual.

Aquilo não passou despercebido pela avó.

– Mas então – disse ela –, Miriam está obcecada por esse assunto.

Muito anos depois Celia entendeu exatamente quais eram os sentimentos da mãe naquela época. Miriam tivera uma mocidade enfadonha e ardia de vontade de que sua querida filha tivesse todas as alegrias e emoções que a vida de uma moça pode conter. Seria difícil para Celia "se divertir" morando no interior, com pouca gente de sua idade por perto.

E então o Egito, onde Miriam havia feito muitos amigos na ocasião em que ela e o marido foram juntos. Para conseguir dinheiro, ela não hesitou em vender alguns dos poucos capitais e ações que possuía. Celia não deveria invejar outras garotas que tivessem "diversões" que ela jamais tivera.

Além disso, conforme confessou alguns anos depois para Celia, ela havia ficado temerosa de sua amizade com Bessie West.

– Vi muitas moças ficarem interessadas em outras moças e se recusarem a sair com homens ou ter qualquer interesse por eles. Isso é antinatural. E não está certo.

– Bessie? Mas nunca gostei muito de Bessie.

– Hoje eu sei. Mas na época não sabia. Fiquei com medo. E toda aquela bobagem de enfermeira de hospital. Queria que você se divertisse, tivesse roupas bonitas e aproveitasse a vida de modo juvenil e natural.

– Bem – disse Celia –, eu fiz isso.

Capítulo 7

Vida adulta

I

Celia divertiu-se, é verdade, mas também enfrentou um bocado de agonia, debilitada pela timidez que sempre teve. A timidez deixava-a de língua presa e constrangida, incapaz de mostrar quando estava se divertindo.

Celia raramente pensava em sua aparência. Ela tinha certeza de que era bonita, e *era* realmente: alta, esguia e graciosa, com cabelo muito loiro e alvura e delicadeza em tons escandinavos. Tinha uma pele primorosa, embora ficasse pálida pelo nervosismo. No tempo em que "se maquiar" era vergonhoso, Miriam colocava um toque de rouge nas bochechas da filha toda noite. Queria que Celia tivesse a melhor aparência possível.

Não era a aparência que preocupava Celia. O que a abatia era a consciência de sua estupidez. Ela não era esperta. Era medonho não ser esperta. Ela nunca conseguia pensar em alguma coisa para dizer às pessoas com quem dançava. Ela era solene e bastante aborrecida.

Miriam insistia incessantemente com a filha para que conversasse.

– Diga alguma coisa, querida. Qualquer coisa. Não importa que seja uma coisa tola. Para um homem é uma tarefa árdua conversar com uma moça que não diz nada exceto sim e não. Não desista.

Ninguém avaliava melhor as dificuldades de Celia que sua mãe, que havia sido atrapalhada pela timidez a vida inteira.

Ninguém achava que Celia fosse tímida. Pensavam que era arrogante e convencida. Ninguém jamais percebia como aquela moça bonita sentia-se humilde, o quanto se martirizava por sua falta de sociabilidade.

Graças à sua beleza, Celia viveu ótimos momentos. Além disso, dançava bem. Ao final do inverno ela tinha ido a 56 bailes e havia enfim adquirido certa dose da arte da conversa fiada. Agora era menos desajeitada, mais segura de si e por fim estava começando a se divertir sem ser torturada pela timidez.

A vida era um tanto atordoante, um atordoamento de danças e luz dourada, polo, tênis e rapazes. Rapazes que seguravam sua mão, flertavam com ela, perguntavam se podiam beijá-la e eram frustrados por sua distância. Para Celia, apenas uma pessoa era real, o coronel moreno e bronzeado de um regimento escocês, que raramente dançava e que jamais se dava ao trabalho de conversar com as moças.

Ela gostava do capitão Gale, alegre e ruivinho, que sempre dançava três vezes com ela a cada noite. (Três era o maior número de danças permitido com uma pessoa.) Ele brincava que Celia não precisava de aulas de dança, e sim de aulas de retórica.

Não obstante, ela ficou surpresa quando Miriam disse a caminho de casa:

– Você sabia que o capitão Gale gostaria de se casar com você?

– Comigo? – Celia ficou muito surpresa.

– Sim, ele conversou comigo a respeito. Queria saber se eu achava que ele tinha alguma chance.

– Por que ele não me perguntou? – Celia sentiu-se um pouco ressentida.

– Não sei bem. Creio que ele achou você difícil – Miriam sorriu. – Mas você não quer se casar com ele, quer, Celia?

– Ah, *não*, mas eu gostaria de ter sido pedida.

Aquele foi o primeiro pedido de casamento de Celia. Não muito satisfatório, pensou ela.

Não que isso importasse. Ela jamais iria querer casar-se com alguém exceto o coronel Moncrieff, e ele jamais a pediria. Ela seria uma solteirona a vida inteira, amando-o em segredo.

Ai do coronel Moncrieff, moreno e bronzeado! Em seis meses tinha seguido a trilha de Auguste, Sybil, do bispo de Londres e do senhor Gerald du Maurier.

II

A vida adulta era difícil. Era excitante, mas cansativa. Celia parecia estar sempre em aflições por uma coisa ou outra. Ou o cabelo, ou a falta de curvas, ou a falta de assunto ao conversar com as pessoas, em especial os homens, fazia com que se sentisse desconfortável.

Celia jamais esqueceu sua primeira estada em uma casa de campo. O nervosismo no trem, que fez surgir manchas rosadas por todo seu pescoço. Será que ela se comportaria de forma adequada? Será (pesadelo sempre recorrente) que conseguiria manter uma *conversa?* Será que conseguiria enrolar os cachos atrás da cabeça? Miriam em geral fazia os que a filha tinha mais dificuldade. Será que a achariam muito tonta? Será que tinha levado as roupas certas?

Ninguém poderia ter sido mais amável que o anfitrião e a anfitriã. Ela não ficou tímida com eles.

Celia sentiu-se muito importante por estar naquele quarto enorme com uma camareira desfazendo suas malas e vindo ajeitar a parte de trás do seu vestido.

Ela usou um vestido novo de filó cor-de-rosa e desceu para o jantar sentindo-se bastante tímida. Havia muita gente lá. Medonho. O anfitrião foi muito agradável.

Conversou com ela, brincou com ela, chamou-a de Cor-de-Rosa, pois disse que ela sempre usava vestidos dessa cor.

O jantar foi adorável, mas Celia não conseguiu desfrutá-lo de verdade, pois ficava pensando no que dizer a quem estava próximo. Um era um homem gordinho com o rosto muito vermelho e o outro era um homem alto com uma expressão zombeteira e cabelo grisalho.

Este último conversou com ela de modo circunspecto sobre livros e teatro, a seguir sobre o campo e perguntou onde ela morava. Quando ela falou, ele disse que poderia passar por lá na Páscoa. Ele iria vê-la se ela permitisse. Celia disse que seria muito bom.

– Então por que não demonstra que seria bom? – ele perguntou, rindo.

Celia ficou vermelha.

– Você deveria demonstrar que acha bom – disse ele. – Especialmente porque decidi ir lá há apenas um minuto.

– A paisagem é linda – disse Celia, séria.

– Não estou indo para ver a paisagem.

Como ela gostaria que as pessoas não dissessem coisas daquele tipo. Ela não se conteve e esfarelou o pão. Seu vizinho olhava para ela, achando graça. Como ela era infantil! Ele se divertiu em embaraçá-la. Tratou seriamente de fazer-lhe os mais extravagantes elogios.

Celia ficou aliviada quando ele enfim voltou-se para a senhora do outro lado e a deixou para o homenzinho gordo. Seu nome era Roger Raynes, e logo haviam entrado no tema da música. Raynes era cantor não profissional, embora tivesse cantado profissionalmente várias vezes. Celia gostou muito de ter conversado com ele.

Ela mal tinha reparado no que havia sido servido, mas agora estava vindo um sorvete, um pilar esguio cor de damasco cravejado de violetas cristalizadas.

O pilar veio abaixo logo antes de ser alcançado para ela. O mordomo levou-o para o aparador e o ajeitou. Então retomou a rodada, mas, sem querer, pulou Celia!

Ela ficou tão decepcionada que mal ouvia o que o homenzinho gordo estava dizendo. Ele havia pego uma porção grande e parecia estar apreciando muito. A ideia de pedir o sorvete jamais ocorreu a Celia. Ela resignou-se à decepção.

Após o jantar ouviu-se música. Ela tocou o acompanhamento para Roger Raynes. Ele tinha uma voz de tenor esplêndida, e Celia gostou de tocar para ele. Ela era uma boa acompanhante. Então foi a vez de ela cantar. Cantar nunca a deixava nervosa. Roger Raynes disse gentilmente que ela tinha uma voz encantadora e depois continuou a falar da sua própria. Ele pediu a Celia para cantar de novo, mas ela perguntou se ele não o faria. E ele aceitou entusiasmado.

Celia foi para a cama feliz. A estada, afinal de contas, não estava sendo tão pavorosa.

A manhã seguinte foi agradável. Saíram, visitaram os estábulos e coçaram o lombo dos porcos, e então Roger Raynes perguntou a Celia se ela testaria algumas canções novas com ele. Ela aceitou. Depois de ter cantado umas seis, ele apresentou uma canção chamada "Love's Lilies", e quando concluíram ele falou:

– Agora, quero sua opinião: o que você realmente acha dessa canção?

– Bem – Celia hesitou –, bem, para ser sincera, acho pavorosa.

– Eu também – disse Roger Raynes. – Enfim, eu não tinha certeza. Mas você resolveu. Você não gostou... então aí vai ela.

E ele rasgou a canção ao meio e jogou na lareira. Celia ficou impressionada. Era uma canção novinha que ele havia, segundo disse, comprado na véspera. E por causa da opinião dela havia rasgado sem piedade.

Celia sentiu-se muito adulta e importante.

III

O grande baile à fantasia para o qual o grupo havia sido reunido seria naquela noite. Celia iria como a Margarida de *Fausto*, toda de branco, com uma trança de cada lado. Ela estava muito bonita e com aspecto de Margarida, e Roger Raynes contou que tinha a música de *Fausto* com ele e que poderiam testar um dos duetos no dia seguinte.

Celia estava muito nervosa quando saíram para o baile. Sua agenda de danças era sempre uma dificuldade. Parecia que Celia sempre a manejava mal: dançava com pessoas de quem não gostava muito e, quando então apareciam as pessoas de quem ela gostava, não restavam mais danças. Mas, se fingisse estar ocupada, as pessoas de quem gostava no fim das contas poderiam não aparecer, e então ela teria que "ficar de fora" (o horror). Algumas garotas pareciam tratar disso com esperteza, mas, Celia percebeu soturnamente pela centésima vez, ela *não era* esperta.

A senhora Luke cuidou bem de Celia, apresentando-lhe pessoas.

– Major de Burgh.

O major de Burgh inclinou a cabeça.

– Aceita uma dança?

Era um homem grande, com um bigode loiro comprido, o rosto bastante vermelho e uns 45 anos.

Ele chamou seu nome para três danças e depois convidou Celia para jantar com ele.

Ela não achou muito fácil conversar com o major. Ele falou pouco, mas olhou muito para ela.

A senhora Luke deixou o baile cedo. Ela não era forte.

– George vai cuidar de você e levá-la para casa – ela disse a Celia. – A propósito, filha, você parece ter feito uma conquista e tanto com o major de Burgh.

Celia sentiu-se animada. Estava com medo de ter chateado o major de Burgh.

Ela dançou todas as danças, e eram duas horas quando George foi até ela e disse:

– Olá, Cor-de-Rosa, hora de levar o pessoal para casa.

Só depois de estar no quarto, Celia percebeu que não conseguiria abrir o seu vestido sem ajuda. Ela ouviu a voz de George no corredor, ainda dando boa noite. Pedir a ele? Ou não? Se não pedisse, teria que ficar dentro do vestido até de manhã. Faltou-lhe coragem. Quando raiou a manhã, Celia jazia na cama em sono profundo, dentro do vestido de noite.

IV

O major de Burgh apareceu naquela manhã. Em resposta ao coro de assombro que o recebeu, disse que não estava caçando naquele dia. Sentou-se lá e falou pouco. A senhora Luke perguntou se ele gostaria de ver os porcos. Pediu a Celia que fosse com ele. Na hora do almoço Roger Raynes estava muito mal-humorado.

Celia foi para casa no dia seguinte. Ela teve uma manhã sossegada, sozinha com seus anfitriões. Os outros partiram pela manhã, mas ela iria num trem à tarde. Alguém chamado "Arthur querido, muito divertido" foi almoçar. Ele era (aos olhos de Celia) um homem muito idoso, e não pareceu divertido. Falava em voz baixa e cansada.

Depois do almoço, quando a senhora Luke saiu da sala e ele ficou a sós com Celia, começou a acariciar seus tornozelos.

— Encantadores — ele murmurou. — Encantadores. Você não se importa, não é?

Celia se importava. Importava-se muito. Mas aguentou. Supôs que aquilo fosse uma coisa comum nessas festas em casa. Ela não queria parecer desajeitada ou imatura. Cerrou os dentes e permaneceu sentada, muito rígida.

O querido Arthur deslizou um braço ágil em torno da cintura dela e a beijou. Celia desvencilhou-se dele furiosa e empurrou-o.

— Não posso! Por favor, não posso.

Modos eram modos, mas havia algumas coisas que ela não podia aguentar.

— Uma cinturinha tão delicada — disse Arthur, avançando com o braço ágil outra vez.

A senhora Luke entrou na sala. Ela notou a expressão de Celia e o rosto vermelho.

— Arthur comportou-se? — ela perguntou a caminho da estação. — Ele não é de confiança com mocinhas, não se pode deixá-lo sozinho. Não que ele faça mal de verdade.

— É normal você *deixar* as pessoas acariciarem seus tornozelos? — perguntou Celia.

— Claro que não, bobinha.

— Ah — disse Celia com um suspiro profundo. — Fico muito contente.

A senhora Luke, divertindo-se, disse de novo:

— Que menina engraçada!

E prosseguiu:

— Você estava encantadora no baile. Imagino que vá ter mais notícias de Johnnie de Burgh. — E acrescentou: — Ele é muito rico.

V

No dia seguinte à chegada de Celia em casa, foi entregue uma grande caixa cor-de-rosa de chocolates endereçada a ela. Nada havia dentro que pudesse revelar de onde vinha. Dois dias depois chegou um pacotinho. Continha uma caixinha de prata. Gravadas na tampa, a palavra "Margarida" e a data do baile.

O cartão do major de Burgh estava anexado.

– Quem é esse major de Burgh, Celia?

– Conheci-o no baile.

– Como ele é?

– Já um tanto velho e com um rosto bastante vermelho. Muito agradável, mas difícil de conversa.

Miriam assentiu pensativa. Naquela noite ela escreveu para a senhora Luke. A resposta foi bem franca; a senhora Luke era por natureza uma perfeita casamenteira.

Ele é muito rico; muito rico mesmo. George não gosta muito dele, mas nada tem contra ele. Parece ter gostado muito de Celia. Ela é uma menina adorável, muito ingênua. Com certeza atrai os homens. Os homens admiram por demais sua formosura e seus ombros arredondados.

Uma semana depois, o major de Burgh "por acaso estava nas vizinhanças". Poderia passar por lá para visitar Celia e sua mãe?

Assim o fez. Parecia mais reservado do que nunca. Sentou-se e fitou Celia por um bom tempo, e tentou, muito desajeitado, travar amizade com Miriam.

Por algum motivo, depois que ele foi embora, Miriam ficou triste. Sua conduta intrigou Celia. Miriam fez comentários desconjuntados que para Celia não tinham nem pé, nem cabeça.

– Me pergunto se é sábio rezar por uma coisa... Como é duro saber o que é certo... – Então, de repente: – Quero que você se case com um homem bom. Um homem como seu pai. Dinheiro não é tudo... mas um ambiente confortável significa muito para uma mulher...

Celia aceitou e respondeu os comentários sem conectá-los de maneira alguma com a recente visita do major de Burgh. Miriam tinha por hábito fazer comentários do nada, por assim dizer. Eles haviam deixado de surpreender a filha.

Miriam disse:

– Gostaria que você se casasse com um homem mais velho do que você. Eles cuidam mais de uma mulher.

Os pensamentos de Celia voaram momentaneamente para o coronel Moncrieff, agora uma memória que se desvanecia depressa. Ela havia dançado no baile com um jovem soldado de um metro e noventa e, de momento, estava inclinada a sonhar com jovens altos e bonitões.

A mãe disse:

– Quando formos a Londres semana que vem, o major de Burgh quer nos levar ao teatro. Será bom, não?

– Muito bom – disse Celia.

VI

Quando o major de Burgh pediu a mão de Celia, pegou-a completamente de surpresa. Nem os comentários da senhora Luke, nem os de sua mãe, nada disso tinha causado qualquer impressão nela. Celia via seus próprios pensamentos com clareza; jamais via eventos que se aproximavam, e em geral não via o que a cercava.

Miriam havia convidado o major de Burgh para passar o final de semana com elas. Na verdade, ele praticamente havia se convidado e, um tanto incomodada, Miriam havia feito o convite necessário.

Na primeira noite, Celia mostrou o jardim ao convidado. Ela o considerava difícil de lidar. Ele parecia nunca estar ouvindo o que ela falava. Ela temia que ele estivesse entediado... Tudo o que ela falava era bastante estúpido, claro, mas se ele ao menos *ajudasse*...

E então, interrompendo o que ela estava falando, ele agarrou as mãos de Celia entre as dele e, com uma voz esquisita, rouca, totalmente irreconhecível, disse:

– Margarida, minha Margarida. Eu a quero tanto. Quer casar comigo?

Celia só olhou. Ela ficou completamente perplexa, os olhos azuis arregalados e atônitos. Foi incapaz de falar. Algo estava afetando-a, afetando-a demais, algo que era transmitido pelas mãos trêmulas que seguravam as dela.

Ela gaguejou:

– Eu... não. Não sei. Não, não posso.

O que ele a estava fazendo sentir, aquele homem, aquele estranho homem velho e calado em quem ela até agora mal havia reparado, exceto ao ser lisonjeada porque ele "gostava dela"?

– Eu a assustei, minha querida. Meu amorzinho. Você é tão jovem, tão pura. Não entende o que eu sinto por você. Eu a amo tanto.

Por que ela não retirava as mãos e dizia na mesma hora, firme e francamente: "Sinto muito, mas não me interesso por você dessa maneira"?

Por que, em vez disso, ela continuava parada ali, impotente, olhando para ele, sentindo a circulação martelar dentro da cabeça?

Ele puxou-a para si gentilmente, ela resistiu, mas resistiu apenas em parte, não se afastou por completo.

Ele disse em tom gentil:

– Não vou deixá-la preocupada agora. Pense a respeito.

Ele a soltou. Ela retirou-se lentamente para a casa, subiu as escadas rumo ao quarto, deitou-se lá, de olhos fechados, com o coração batendo.

A mãe foi até ela meia hora mais tarde.

Sentou-se na cama, pegou a mão de Celia.

– Ele lhe contou, mãe?

– Sim. Ele se interessa muito por você. O que... o que você sente a respeito?

– Não sei. É... é tudo tão estranho.

Ela não conseguiu dizer outra coisa. Era tudo estranho, a coisa toda era estranha: desconhecidos podiam tornar-se amantes, tudo em um minuto. Ela não sabia o que sentia ou o que queria.

Menos ainda entendeu ou apreciou as perplexidades da mãe.

– Não sou muito forte. Rezei tanto para que aparecesse um homem bom e lhe desse um bom lar e a fizesse feliz... Temos pouco dinheiro... e tenho tido muitas despesas com Cyril nos últimos tempos... Haverá tão pouco para você quando eu me for. Não quero que você se case com alguém rico se você não se interessa por ele. Mas você é tão romântica, e um Príncipe Encantado... isso não existe. Poucas mulheres conseguem casar-se com o homem pelo qual estão perdidamente apaixonadas.

– Você conseguiu.

– *Eu* consegui. Sim. Mas mesmo assim... nem sempre é sábio... gostar demais. É sempre um tormento constante. Ser cuidada por alguém... é melhor... Você pode levar a vida com mais facilidade. Eu nunca vivi com muita facilidade. Se eu soubesse mais a respeito desse homem... Se eu tivesse certeza de que gostei dele. Ele pode beber... Ele pode ser... qualquer coisa. Será que ele se preocuparia com você, cuidaria de você? Seria bom para você? *Tem* que haver alguém que cuide de você quando eu me for.

Essas coisas eram ignoradas por Celia. Dinheiro não significava nada para ela. Quando papai era vivo, haviam sido ricos; quando ele morreu, ficaram pobres; mas Celia não viu diferença entre as duas situações. Ela tinha a casa e o jardim e seu piano.

Casamento para ela significava amor, amor poético e romântico, e viver feliz para sempre. Os livros que ela tinha lido não haviam ensinado sobre os problemas da vida. O que a intrigava e a confundia era não saber se amava o major de Burgh – Johnnie – ou não. Um minuto antes do pedido ela teria dito, se perguntada, que não, com toda certeza. Mas e agora? Ele havia atiçado algo. Algo quente, excitante e incerto.

Miriam pediu que ele fosse embora e deixasse Celia pensar a respeito por dois meses. Ele obedeceu, mas escreveu. E o inarticulado Johnnie de Burgh era um mestre nas cartas de amor. As cartas às vezes eram curtas, às vezes longas, nunca iguais, mas eram as cartas de amor que toda moça sonha receber. Ao final dos dois meses, Celia decidiu que estava apaixonada por Johnnie. Foi para Londres com a mãe preparada para dizer isso. Quando o viu, foi assolada por uma reviravolta súbita de sentimentos. Aquele homem era um estranho que ela não amava. Ela o recusou.

VII

Johnnie de Burgh não aceitou a derrota facilmente. Ele pediu Celia em casamento outras cinco vezes. Por mais de um ano ele escreveu para ela, aceitou sua "amizade", enviou-lhe presentinhos lindos e montou um cerco persistente, e sua perseverança quase deu resultado.

Era tudo muito romântico, bem de acordo com o jeito que Celia imaginava ser cortejada. As cartas dele, o que ele dizia, era tudo exatamente certo. Esse era de fato o forte de Johnnie de Burgh. Ele era um romântico nato. Havia se apaixonado por muitas mulheres e sabia o que lhes agradava. Sabia como atacar uma mulher casada e como atrair uma mocinha. Celia ficou muito empolgada, a ponto de quase casar-se com ele, mas não conseguiu. Em algum lugar dentro dela havia uma calmaria, que sabia o que queria e que não podia ser enganada.

VIII

Foi nessa época que Miriam insistiu com a filha na leitura de uma série de romances franceses. Para manter seu francês em dia, disse ela.

As leituras incluíam as obras de Balzac e de outros realistas franceses.

E havia alguns modernos que poucas mães inglesas teriam dado às filhas.

Mas Miriam tinha um propósito.

Ela queria que Celia, tão sonhadora, tão nas nuvens, não fosse ignorante a respeito da vida...

Celia leu-os com grande docilidade e pouquíssimo interesse.

IX

Celia teve outros pretendentes. Um deles foi Ralph Graham, o garoto sardento da aula de dança. Ele agora era plantador de chá no Ceilão. Sempre fora atraído por Celia, mesmo quando criança. Ao retornar e encontrá-la adulta, pediu-a em casamento na sua primeira semana de férias. Celia recusou-o sem hesitação. Ele tinha um amigo consigo, e posteriormente tal amigo escreveu a Celia. Ele não queria "atravessar-se nos planos de Ralph", mas havia se apaixonado por ela à primeira vista. Haveria alguma esperança para ele? Mas nem Ralph, nem seu amigo tiveram chances.

No entanto, no mesmo ano da corte de Johnnie de Burgh, ela fez um amigo: Peter Maitland. Peter era alguns anos mais velho do que suas irmãs. Era soldado e estivera em serviço no exterior por muitos anos. Agora tinha voltado à Inglaterra para um período de serviço em casa. Sua volta coincidiu com o noivado de Ellie Maitland. Celia e Janet seriam as damas de honra. Foi no casamento que Celia veio a conhecer Peter.

Peter Maitland era alto e moreno. Era tímido, mas escondia isso sob um agradável comportamento indolente. Os Maitland eram todos bem parecidos: de bom gênio, amistosos e serenos. Jamais se precipitavam por nada nem por ninguém. Se perdiam um trem, bem, haveria outro. Se atrasavam-se para o almoço em casa, bem, certamente alguém deixaria algo para comerem. Não tinham ambições nem energia. Peter era o exemplo mais marcante dos traços da família. Ninguém jamais tinha visto Peter se apressar. "Dá no mesmo daqui a cem anos" era seu lema.

O casamento de Ellie foi um típico acontecimento Maitland. A senhora Maitland, que era corpulenta, indecisa e de boa índole, jamais levantava-se antes do meio-dia e com frequência esquecia de mandar fazer refeições. "Colocar a mãe no traje do casamento" foi a principal atividade da manhã. Devido à aversão dela em fazer provas, seu vestido de cetim perolado revelou-se desconfortavelmente justo. A noiva atarantou-se ao redor dela, e tudo acabou confortável mediante o uso judicioso da tesoura e de um ramo de orquídeas para cobrir a deficiência. Celia chegou cedo na casa para ajudar, e a certa altura pareceu que Ellie não se casaria naquele dia. No momento em que deveria estar dando os retoques finais, ela estava sentada de combinação fazendo as unhas do pé placidamente.

– Eu pretendia fazer isso na noite passada – ela explicou. – Mas de algum modo pareceu que não havia tempo.

– A carruagem chegou, Ellie.

– Chegou? Bem, é melhor alguém telefonar para Tom e dizer que vou me atrasar meia hora.

E acrescentou reflexiva:

– Pobrezinho do Tom. Ele é um homem querido. Não gostaria que ficasse nervoso na igreja pensando que mudei de ideia.

Ellie era muito alta. Tinha quase 1 metro e 82. Seu noivo tinha 1 metro e 65 e, como Ellie descrevia, era "um homenzinho alegre, de natureza meiguinha".

Enquanto Ellie era enfim induzida a terminar sua toalete, Celia vagava pelo jardim, onde o capitão Peter Maitland fumava um cachimbo sossegado, nem de leve preocupado com o atraso da irmã.

– Thomas é um camarada sensato – disse Peter. – Ele sabe como ela é. Sabe que ela não vai chegar na hora.

Ele ficou um tanto envergonhado ao conversar com Celia, mas, como muitas vezes acontece quando duas pessoas tímidas se juntam, logo se soltaram.

– Suponho que você nos ache uma família estranha – disse Peter.

– Vocês não parecem ter muita noção de tempo – disse Celia, rindo.

– Bem, por que passar a vida correndo? Vá com calma, aproveite.

– Alguém chega a algum lugar desse jeito?

– Onde é que se tem que chegar? Uma coisa é muito parecida com a outra nessa vida.

Quando estava em casa de licença, Peter Maitland em geral recusava todos os convites. Dizia que detestava "fazer corte". Não dançava, e jogava tênis ou golfe com amigos e com suas irmãs. Mas depois do casamento da irmã pareceu adotar Celia como irmã substituta. Ele, ela e Janet faziam várias coisas juntos. E então Ralph Graham, recuperando-se da recusa de Celia, começou a se interessar por Janet, e o trio tornou-se um quarteto. Por fim separou-se em casais: Janet e Ralph, e Celia e Peter.

Peter instruía Celia no jogo de golfe.

– Não vamos nos apressar. Apenas alguns buracos, e com calma. E sentar para fumar cachimbo se ficar muito quente.

A programação caía muito bem para Celia. Ela não era muito entendida sobre jogos, fato que a deprimia pouco menos do que sua falta de "curvas". Mas Peter a fazia sentir que aquilo não importava.

– Você não quer ser profissional ou uma caça-prêmios. Apenas se divertir um pouco, só isso.

Peter era muito bom em todos os jogos. Tinha um talento natural para os esportes. Poderia se destacar, exceto pela preguiça inerente. Mas ele preferia, conforme dizia, tratar os jogos como jogos. "Por que fazer disso uma ocupação?"

Ele se dava muito bem com a mãe de Celia. Ela gostava de toda a família Maitland, e Peter, com seu charme preguiçoso e tranquilo, suas maneiras agradáveis e indubitável doçura, era seu favorito.

– Você não precisa se preocupar com Celia – ele disse quando sugeriu que cavalgassem juntos. – Vou cuidar dela. Vou... realmente... cuidar dela.

Miriam entendeu o que ele quis dizer. Ela sentiu que Peter Maitland era confiável.

Ele sabia algo sobre o pé em que estavam as coisas entre Celia e o major. De forma vaga e delicada, ele a aconselhou.

– Uma moça como você, Celia, deve se casar com um camarada com "bala na agulha". Você é do tipo que quer ser cuidada. Não quero dizer que deva se casar com um judeu, nada disso. Mas com um sujeito decente que goste de esportes e tudo mais. E que possa cuidar de você.

Quando a licença de Peter acabou e ele voltou para o regimento, que estava estacionado em Aldershot, Celia sentiu muito a sua falta. Escreveu para ele, e ele para ela, cartas coloquiais, amenas, muito parecidas com o modo como conversavam.

Quando Johnnie de Burgh enfim aceitou a dispensa, Celia ficou muito deprimida. Ela não havia percebido o esforço que fizera para resistir à sua influência. Nem bem o rompimento final havia ocorrido e ela se indagava se, afinal de contas, não estava arrependia... Talvez se interessasse por ele muito mais do que pensava. Sentiu falta da emoção das cartas, dos presentes, do cerco constante.

Ficou incerta quanto à atitude da mãe. Miriam estava aliviada ou desapontada? Às vezes Celia achava que era uma coisa, às vezes que era outra, e o fato é que não estava longe da verdade ao pensar dessa forma.

A primeira sensação de Miriam foi de alívio. Ela no fundo nunca gostou de Johnnie de Burgh, nunca confiou nele de verdade, embora jamais conseguisse apontar exatamente o porquê da desconfiança. Ele com certeza gostava muito de Celia. Seu passado nada tinha de ultrajante, e Miriam, na verdade, fora criada com a crença de que um homem que aprontou das suas na juventude teria mais probabilidade de ser um marido melhor.

O que mais preocupava Miriam era sua própria saúde. Os problemas do coração de que ela outrora sofria a longos intervalos estavam se tornando cada vez mais frequentes. Da conversa enrolada e da linguagem diplomática dos médicos, ela havia chegado à conclusão de que tanto podia ter longos anos pela frente, quanto poderia morrer de súbito. E então o que seria de Celia? Havia tão pouco dinheiro. Só Miriam sabia o quão pouco.

Pouquíssimo dinheiro.

COMENTÁRIO DE J.L.

Hoje nos causaria espanto: "Mas por que diabos, se havia tão pouco dinheiro, ela não tratou de ensinar a Celia uma profissão?".

Mas não penso que isso tivesse ocorrido a Miriam. Imagino que ela fosse bastante receptiva a novos pensamentos e ideias, mas não acho que ela tenha se deparado com essa ideia específica. E, se tivesse, não acho que a adotaria prontamente.

Presumo que ela conhecesse a peculiar vulnerabilidade de Celia. Pode-se dizer que Celia talvez tivesse mudado com uma educação diferente, mas não creio nisso. Como todas as pessoas que vivem sobretudo conforme a visão interior, Celia era peculiarmente impermeável a influências externas. Era ignorante quando se tratava da realidade.

Creio que Miriam estava ciente das deficiências da filha. Creio que suas escolhas para leitura, a insistência em Balzac e outros romancistas franceses, foram feitas com um objetivo. Os franceses são grandes realistas. Ela queria que Celia percebesse a vida e a natureza humana como elas são, algo comum, sensual, esplêndido, sórdido, trágico e intensamente cômico. Ela não teve êxito porque a natureza de Celia era tal qual sua aparência: ela era escandinava nos sentimentos. Gostava das longas sagas, das fábulas heroicas de viagens e heróis. Assim como se agarrava aos contos de fada na infância, preferia Maeterlinck, Fiona MacLeod e Yeats quando cresceu. Ela leu outros livros, mas pareceram-lhe tão irreais quanto os contos de fada, da mesma forma que as fantasias parecem maçantes para um realista prático.

Somos aquilo que nascemos. Algum ancestral escandinavo reviveu em Celia. A avó robusta, o alegre e jovial John, a inconstante Miriam, um deles transmitiu a linhagem secreta que possuía sem saber.

É interessante ver como o irmão desaparece por completo da narrativa de Celia. E, não obstante, Cyril deve ter estado lá com frequência, nas férias, de licença.

Cyril entrou para o exército e foi para a Índia antes de Celia estrear na sociedade. Ele jamais teve grande presença na vida de Celia. Ou na de Miriam. Ele foi, deduzo, uma grande fonte de despesas enquanto estava no exército. Depois casou-se, deixou o exército e foi ser fazendeiro na Rodésia. Como personalidade, apagou-se da vida de Celia.

Capítulo 8
Jim e Peter

I

Tanto Miriam quanto a filha acreditavam em preces. As preces de Celia haviam sido primeiro conscienciosas e conscientes do pecado e, mais tarde, espirituais e ascéticas. Mas ela nunca deixou o hábito de garotinha de rezar diante de tudo o que acontecia. Celia jamais foi a um baile sem murmurar: "Deus, não permita que eu fique tímida. Por favor, Deus, não permita que eu fique tímida. E não permita que meu rosto fique vermelho". Nos jantares ela rezava: "Por favor, Deus, me ajude a ter algo para dizer". Ela rezava para conseguir lidar bem com sua agenda e dançar com as pessoas que queria. Rezava para que não chovesse quando saíam para um piquenique.

As preces de Miriam eram mais intensas e mais arrogantes. Ela era, na verdade, uma mulher arrogante. Para sua filha ela não pedia, ela exigia coisas de Deus! Suas preces eram tão intensas, tão ardentes, que ela não acreditava que não fossem ser atendidas. E talvez a maioria de nós, quando dizemos que nossas preces não foram atendidas, na verdade queremos dizer que a resposta foi não.

Ela não soubera ao certo se Johnnie de Burgh era uma resposta às suas preces ou não, mas ficou totalmente certa de que Jim Grant era.

Jim ansiava dedicar-se à vida de fazendeiro, e a família mandou-o de propósito para uma fazenda perto de Miriam. Sentiram que ela ficaria de olho no garoto. Isso o manteria longe de confusão.

Aos 23 anos, Jim era quase igual ao que havia sido aos treze. O mesmo rosto bem-humorado, de bochechas salientes, os mesmos olhos redondos e intensamente azuis, o mesmo jeito e eficiência. O mesmo sorriso deslumbrante e o mesmo costume de jogar a cabeça para trás e rir.

Jim tinha 23 anos e o coração livre. Era primavera, ele era um rapaz forte e saudável. Ele ia seguido à casa de Miriam e Celia era jovem, agradável e bonita e, conforme dita a natureza, ele se apaixonou.

Para Celia, era uma amizade como a que tinha por Peter Maitland, só que ela admirava mais o caráter de Jim. Ela sempre achou Peter um tanto "folgado" demais. Não tinha ambição. Jim era cheio de ambição. Era jovem e muito sério. As afirmativas "a vida é real, a vida é séria" poderiam ter sido criadas por Jim. Seu desejo de ser fazendeiro não estava enraizado no amor pela terra. Ele estava interessado no lado prático e científico da lavoura. A agricultura na Inglaterra poderia dar muito mais dinheiro do que dava. Precisava apenas de ciência e de força de vontade. Jim era muito vigoroso em sua força de vontade. Tinha livros sobre o assunto, os quais emprestou para Celia. Ele gostava muito de emprestar livros. Também tinha interesse em teosofia, bimetalismo, economia e ciência cristã.

Ele gostava de Celia porque ela escutava com muita atenção. Ela lia todos os livros e fazia comentários inteligentes sobre eles.

Se a corte de Johnnie de Burgh a Celia tinha sido física, a de Jim Grant era quase que inteiramente intelectual. Naquele momento de sua trajetória, ele estava simplesmente rebentando de ideias sérias, quase ao ponto de ser pedante. Celia gostava mais dele quando jogava a cabeça para trás e ria, e não quando discutia ética ou a senhora Eddy a sério.

A corte de Johnnie de Burgh havia pego Celia de surpresa, mas ela percebeu que Jim iria pedi-la em casamento algum tempo antes de ele o fazer.

Às vezes Celia sentia que a vida seguia um padrão: você a tecia como uma lançadeira, obedecendo o desenho que lhe era imposto. Jim, Celia começou a supor, era o padrão dela. Era seu destino, designado desde o princípio. Sua mãe também parecia estar feliz.

Jim era um amor, e Celia gostava dele intensamente. Em breve ele a pediria em casamento e ela se sentiria como havia se sentido com o major de Burgh (ela sempre pensava nele assim, nunca como Johnnie), excitada e perturbada, com o coração batendo depressa...

Jim fez o pedido numa tarde de domingo. Havia planejado fazê-lo com algumas semanas de antecedência. Jim gostava de fazer planos e de se ater a eles – considerava uma forma eficiente de viver.

Era uma tarde úmida. Estavam sentados na sala de estudos após o chá. Celia estivera tocando e cantando. Jim gostava de Gilbert e Sullivan.

Depois de ela cantar, sentaram-se no sofá e discutiram o socialismo e a bondade do homem. Após isso houve uma pausa. Celia comentou algo sobre a senhora Besant, mas Jim respondeu a esmo.

Houve outra pausa, então Jim ficou bastante vermelho e disse:

– Espero que saiba que gosto muitíssimo de você, Celia. Você gostaria de noivar ou prefere esperar um pouquinho? Acho que seremos muito felizes juntos. Temos tantos gostos em comum.

Ele não estava tão calmo quanto parecia. Se Celia tivesse mais experiência, teria percebido. Teria entendido o significado do leve tremor dos lábios dele, a mão nervosa que procurava agarrar uma almofada do sofá.

Assim sendo, bem... o que ela iria dizer?

Ela não sabia. Por isso não disse nada.

– Você gosta de mim? – perguntou Jim.

– Gosto. Gosto, sim – disse Celia, ansiosa.

– Isso é o mais importante – disse Jim. – Que as pessoas realmente gostem uma da outra. Isso dura. A paixão – ele corou um pouquinho ao dizer a palavra – não dura. Creio que você e eu seremos perfeitamente felizes, Celia. Quero me casar jovem.

Ele fez uma pausa, então disse:

– Olhe, acho que o melhor seria noivarmos de modo experimental, por assim dizer, por seis meses. Não precisamos contar para ninguém, exceto sua mãe e a minha. Então, ao final de seis meses, você se decide.

Celia refletiu por um momento.

– Você acha que isso é justo? Quer dizer, eu poderia não... mesmo então...

– Se você não... então é claro que não devemos nos casar. Mas você vai querer. Sei que vai dar tudo certo.

Que segurança confortável havia na voz dele. Ele estava tão certo. Ele *sabia*.

– Muito bem – disse Celia, e sorriu.

Ela esperou que Jim a beijasse, mas não. Ele queria muito, mas sentiu vergonha. Seguiram discutindo sobre socialismo e o homem, talvez não de forma tão lógica quanto poderiam.

Então Jim disse que estava na hora de ir e se levantou.

Ficaram parados de modo desajeitado por um instante.

– Bem – disse Jim – até logo. Vou aparecer no próximo domingo, talvez antes. E escreverei. – Ele hesitou. – Eu... vou... você me daria um beijo, Celia?

Beijaram-se. De uma forma bem desajeitada...

Foi exatamente como beijar Cyril, pensou Celia. Só que, refletiu ela, Cyril nunca quis beijar ninguém...

Bem, era isso. Ela estava noiva de Jim.

II

A felicidade de Miriam era tão transbordante que quase fez Celia ficar entusiasmada com o noivado.

– Querida, estou tão feliz por você. Ele é um rapaz tão querido. Honesto e valoroso, vai cuidar de você. E eles são amigos muito antigos, e gostavam tanto do seu querido pai. É maravilhoso que isso aconteça, o filho deles e nossa filha. Ah, Celia, eu estava tão infeliz com a possibilidade do major de Burgh. Sentia que não estava certo... não era para você.

Ela fez uma pausa e de repente disse:

– E estava com medo de mim mesma.

– De você mesma?

– Sim, queria tanto manter você comigo... Não fazê-la casar. Quis ser egoísta. Disse que você levaria uma vida mais resguardada, sem preocupações, sem filhos, sem dificuldades... Se não fosse por eu deixar tão pouco para você... tão pouco para seu sustento, eu teria ficado extremamente tentada... É muito difícil, Celia, para as mães não serem egoístas.

– Bobagem – disse Celia. – Você se sentiria muito humilhada quando as outras moças se casassem.

Ela havia notado com certo divertimento o intenso ciúme da mãe por dela. Se havia outra moça mais bem-vestida, com uma conversa mais divertida, Miriam exibia uma contrariedade frenética, em nada compartilhada por Celia. A mãe tinha detestado até mesmo quando Ellie Maitland se casara. As únicas moças de quem Miriam falava bondosamente eram aquelas tão sem graça ou tão deselegantes que não rivalizavam com Celia em nada. Esse traço da mãe às vezes aborrecia Celia, mas com mais frequência a enternecia. Que coisa querida, que ave-mãe ridícula ela era, com sua plumagem eriçada! Tão absurdamente ilógica... Mas ao mesmo tempo era algo doce. Como todas as ações e sentimentos de Miriam, era tão violento.

Ela ficou contente pela felicidade da mãe. De fato tudo havia acontecido de um jeito maravilhoso. Era ótimo casar-se em uma família de "velhos amigos", e ela com certeza gostava de Jim mais do que qualquer outro que ela conhecia; muito, *muito* mais. Ele era bem o tipo de homem que ela sempre imaginara ter como marido. Jovem, imperioso, cheio de ideias.

Será que as moças sempre sentiam-se deprimidas quando noivavam? Talvez sim. Era tão definitivo, tão irrevogável.

Ela bocejou enquanto retomava a senhora Besant. Teosofia também a deprimia. Um monte daquilo parecia tão tolo... Bimetalismo era melhor...

Tudo estava bastante enfadonho. Muito mais enfadonho do que há dois dias.

III

Na manhã seguinte chegou uma carta para ela, enviada por Jim. Um leve rubor assomou às bochechas de Celia. Uma carta de Jim. A primeira carta para ela desde...

Ela sentiu-se, pela primeira vez, um pouco empolgada. Ele não havia falado muito, mas talvez por carta...

Ela foi para o jardim e abriu a carta.

Querida Celia

Cheguei tarde para o jantar. A velha senhora Cray estava bastante aborrecida, mas o velho Cray sempre muito divertido. Ele disse para ela não amolar; eu estivera cortejando, disse ele. São pessoas realmente boas, simples, seus gracejos são de boa índole. Se fossem um pouco mais receptivos a novas ideias... em agricultura, quero dizer. Ele parece não ter lido nada a respeito do assunto, mas estará muito contente em tocar a fazenda como seu bisavô fazia. Suponho que a agricultura seja sempre mais reacionária do que qualquer outra coisa. É o instinto camponês enraizado na terra.

Acho que deveria ter conversado com sua mãe antes de partir ontem à noite. Entretanto, escrevi para ela. Espero que ela não se importe por eu tirar você dela. Sei que você significa muito para ela, mas acho que ela gosta de mim.

Devo aparecer na quinta-feira. Depende do tempo. Se não, no próximo domingo.

Muito amor.
Com afeto,
Jim.

Depois das cartas de Johnnie de Burgh, essa não era uma epístola digna de produzir grande agitação no espírito de uma moça!

Celia ficou aborrecida com Jim.

Ela achava que poderia amá-lo com muita facilidade... se ele apenas fosse um pouquinho diferente!

Ela rasgou a carta em pedacinhos e jogou numa vala.

IV

Jim não era um amante. Era inibido demais. Além disso, tinha teorias e opiniões muito precisas.

Além do mais, Celia não era realmente o tipo de mulher capaz de atiçar tudo o que havia para ser atiçado nele. Uma mulher experiente, a quem o acanhamento de Jim tivesse melindrado, poderia fazê-lo perder a cabeça, com resultados proveitosos.

Assim sendo, a relação dele com Celia era vagamente insatisfatória. Eles pareciam ter perdido uma tranquila amizade e não ter ganho nada em troca.

Celia continuou a admirar o caráter de Jim, a se entediar com as conversas dele, a se exasperar com as cartas dele e a se deprimir com a vida em geral.

A única coisa na qual ela encontrava verdadeiro prazer era na felicidade da mãe.

Ela recebeu uma carta de Peter Maitland, a quem havia escrito contando as novidades mediante uma promessa de segredo.

Tudo de bom para você, Celia. Ele parece um rapaz totalmente íntegro. Mas você não diz se ele tem posses. Espero que sim. Garotas não pensam numa coisa dessas, mas lhe asseguro, querida Celia, que isso importa. Sou mais velho do que você e vi mulheres arrastando-se em círculos com os maridos, esfalfadas e mortas de preocupação a respeito de problemas com dinheiro. Eu gostaria que você vivesse como uma rainha. Você não deve passar necessidade.

Bem, não há muito mais o que dizer. Darei uma olhada no seu rapaz quando for para casa em setembro e verei se ele é digno de você. Não que eu pense que alguém seria!

Tudo de bom para você, garota, e que nunca lhe falte nada.

Sempre seu,
Peter.

V

Era estranho, e não obstante verdade, o fato de que a coisa que Celia mais apreciava em seu noivado era a futura sogra.

A velha admiração infantil pela senhora Grant voltou a se fortalecer. A senhora Grant, pensava Celia antes e agora, era adorável. Atualmente grisalha, ainda tinha a mesma graça de uma rainha, os mesmos olhos azuis primorosos e porte flutuante, a mesma voz que ela bem lembrava, límpida e linda, a mesma personalidade dominante.

A senhora Grant percebia a admiração de Celia por ela e ficava contente com isso. É possível que não estivesse plenamente satisfeita com o noivado; para ela, parecia faltar alguma coisa. Ela concordou plenamente com o que os jovens haviam decidido: ficar publicamente noivos ao final de seis meses e se casar um ano depois.

Jim adorava a mãe e ficava satisfeito por Celia também adorá-la.

Vovó ficou muito satisfeita por Celia estar noiva, mas sentiu-se coagida a lançar pistas sombrias sobre as dificuldades da vida de casado, indo do pobre John Godolphin, que desenvolveu câncer de garganta na lua de mel, até o velho almirante Collingway, que "transmitiu uma doença ruim para a esposa, andou de amores com a governanta, e claro, minha cara, a coitadinha não podia manter uma empregada na casa. Ele costumava pular em cima delas de detrás das portas. Completamente nu. Naturalmente, elas não ficavam".

Celia achava que Jim era saudável demais para ter câncer de garganta ("Ah, minha cara, mas são os saudáveis que têm", intervinha vovó) e nem nos sonhos mais doidos podia visualizar o sossegado Jim como um velho sátiro saltando sobre as criadas.

Vovó gostava de Jim, mas, em segredo, ficou um pouquinho decepcionada com ele. Um rapaz que não bebia nem fumava e que parecia embaraçado quando se diziam piadas... que espécie de rapaz era esse? Francamente, ela preferia uma geração mais viril.

– Contudo – disse ela esperançosa –, eu o vi juntando um punhado de cascalho do terraço ontem à noite, e achei bonito. O lugar onde você havia pisado.

Celia explicou em vão que havia sido uma questão de interesse geológico. Vovó não ouviria uma explicação daquelas.

– Isso foi o que ele disse, querida. Mas eu conheço os jovens. Ora, o jovem Planterton usou meu lenço perto de seu coração por sete anos, e só encontrou-se comigo uma vez, em um baile.

Devido à indiscrição da avó, a novidade chegou até a senhora Luke.

– Bem, minha criança, ouvi dizer que você se acertou com um rapaz. Fico alegre por ter recusado Johnnie. George disse para eu não falar nada que a dissuadisse, visto que ele era um bom partido. Mas sempre achei que ele era igualzinho a um bacalhau.

Essa era a senhora Luke.

Ela prosseguiu:

– Roger Raynes está sempre perguntando por você. Eu o despistei. Claro que ele é muito bem de vida, por isso nunca faz realmente nada com sua voz. Uma pena, porque poderia ser profissional. Mas não creio que você fosse engraçar-se por ele. Ele é tão rechonchudinho. Além disso, come bife no café da manhã e sempre se corta ao fazer a barba. Detesto homens que se cortam ao fazer a barba.

VI

Num certo dia de julho, Jim apareceu num estado de grande excitação. Um homem muito rico, amigo de seu pai, viajaria ao redor do mundo com o intuito especial de estudar agricultura. Havia convidado Jim para ir com ele.

Jim falou de forma animada por algum tempo. Ficou grato a Celia por seu pronto interesse e aquiescência. Ele havia se sentido um pouco culpado, achando que ela poderia se aborrecer com a ida dele.

Quinze dias depois ele partiu em grande animação, mandando a Celia um telegrama de despedida de Dover:

MUITO AMOR CUIDE-SE – JIM.

Como pode ser linda uma manhã de agosto...

Celia foi para o terraço na frente da casa e olhou ao redor. Era cedo, ainda havia orvalho no gramado, aquele longo declive verde que Miriam havia se recusado a recortar em canteiros. Havia a faia, maior do que nunca, intensa e profundamente verde. E o céu estava azul. Azul. Azul como a água do mar profundo.

Nunca, pensou Celia, ela havia se sentido tão feliz. A velha "dor" familiar apoderou-se dela. Era tão adorável. Tão adorável, que doía...

Ah, mundo lindo, lindo!

Soou o gongo. Ela entrou para o café da manhã.

A mãe olhou-a.

– Você parece muito feliz, Celia.

– Estou feliz. Está um dia adorável.

A mãe disse calmamente:

– Não é só isso... É porque Jim se foi, não é?

Celia nem havia percebido direito até aquele momento. Alívio. Louco, jubiloso alívio. Ela não teria que ler teosofia ou economia por nove meses. Por nove gloriosos e delirantes meses ela poderia viver como quisesse, sentir como quisesse. Estava livre. Livre. Livre...

Ela olhou para a mãe e a mãe olhou para ela.

Miriam disse em tom gentil:

– Você não deve se casar com ele. Não se acha que... Não sei...

As palavras jorraram de Celia.

– Não me entendo... Pensei que o amasse... Sim, ele é a melhor pessoa que já conheci. E tão esplêndido em todos os sentidos.

Miriam assentiu com tristeza. Era a ruína de toda sua paz recém-encontrada.

– Eu sabia que de início você não o amava. Mas pensei que viria a amá-lo se noivassem. Foi o contrário... Você não deve se casar com ninguém que a entedie.

– Me entediar! – Celia ficou chocada. – Mas ele é tão esperto. Ele não poderia me entediar.

– É bem isso que ele faz, Celia. – Miriam suspirou. – Ele é muito jovem.

Talvez o pensamento que tenha lhe ocorrido naquele momento foi que, se os dois apenas não tivessem se encontrado até Jim ficar mais velho, tudo poderia ter dado certo. Ela sempre sentiria que Jim e Celia perderam o amor por muito pouco. Mas perderam...

E em segredo, a despeito de sua decepção e do medo pelo futuro de Celia, uma partezinha dela disparou a cantar alegremente: "Ela ainda não me deixará. Ela ainda não me deixará...".

VII

Após escrever a Jim para dizer que não se casaria com ele, Celia sentiu como se um fardo tivesse sido tirado de cima de suas costas.

Quando Peter Maitland chegou em setembro, ficou espantado com o ânimo e a beleza dela.

– Então você deu o fora no jovem, Celia?

– Sim.

– Pobre sujeito. Contudo, ouso dizer que você encontrará alguém mais de acordo com seu temperamento. Suponho que as pessoas estejam sempre a pedindo em casamento.

– Ah, não muitas.
– Quantas?
Celia pensou.

Houve aquele homenzinho engraçado no Cairo, o capitão Gale, um garoto tolo no navio de retorno (se é que isso contava), o major de Burgh, claro, Ralph e seu amigo plantador de chá (que, a propósito, agora estava casado com outra moça), e Jim. E então tinha havido aquele caso ridículo com Roger Raynes há apenas uma semana.

Tão logo soube que o noivado de Celia estava acabado, a senhora Luke telegrafou convidando-a para se hospedar em sua casa. Roger estava indo para lá, e ele vivia pedindo a George para que arranjasse outro encontro com Celia. As coisas tinham parecido bastante promissoras. Eles haviam cantado juntos na sala de visitas por horas.

– Se ele ao menos fizesse a proposta, ela talvez aceitasse – pensou alto a senhora Luke, esperançosa.

– Por que ela não aceitaria? Raynes é um sujeito muito bacana – disse George em tom de reprovação.

De nada adiantava explicar para os homens. Eles jamais entenderiam o que uma mulher "via" ou "não via" em um homem.

– Ele é um tanto gorducho, claro – admitiu George.
– Mas a aparência de um homem não importa.

– Só pode ter sido um homem que inventou isso – rebateu a senhora Luke.

– Vamos, Amy, vocês mulheres não querem um modelo.

Ele insistiu que "Roger deveria ter sua chance".

A melhor chance de Roger teria sido pedir Celia com uma canção. Ele tinha uma voz magnífica, comovente. Ao ouvi-lo cantar, Celia poderia ter pensado facilmente que o amava. Mas, quando a música acabava, Roger reassumia sua personalidade cotidiana.

Celia ficou um tanto nervosa com o plano da senhora Luke. Celia viu o olhar dela e teve o cuidado de não ficar a sós com Roger. Se ela não queria se casar com ele, por que deixá-lo falar?

Mas os Luke estavam decididos a "dar uma chance a Roger", e Celia viu-se obrigada a ir de carruagem a um piquenique com ele.

Não foi um passeio promissor. Roger falou das delícias da vida em casa, e Celia disse que um hotel era mais divertido. Roger disse que sempre imaginou-se vivendo em um lugar a não mais que uma hora de Londres, mas na zona rural adjacente.

– Onde você mais detestaria morar? – perguntou Celia.

– Londres. Não poderia viver em Londres.

– Engraçado – disse Celia. – É o único lugar onde eu aturaria viver.

Ela olhou-o serenamente após proferir essa inverdade.

– Ah, ouso dizer que *poderia* fazê-lo – disse Roger, suspirando –, se encontrasse a mulher ideal. Acho que já a encontrei. Eu...

– Tenho que lhe contar uma coisa engraçada que aconteceu um dia desses – disse Celia em desespero.

Roger não escutou a anedota. Tão logo ela terminou, ele prosseguiu:

– Sabe, Celia, desde que a encontrei pela primeira vez...

– Está vendo aquele pássaro? Acho que é um pintassilgo.

Mas não houve escapatória. Entre um homem que está decidido a pedir a mão de uma mulher e uma mulher decidida a não deixá-lo fazer, o homem sempre vence. Quanto mais loucas as evasivas de Celia, mais decidido ficava Roger a chegar ao ponto. E ele depois ficou magoado com o laconismo da recusa de Celia. Ela ficou zangada por não ter conseguido evitar, e também aborrecida com Roger pela genuína surpresa diante da recusa dela de se casar com ele. O passeio terminou em um silêncio gelado. Roger disse a George que, no fim das contas, talvez ele tivesse tido sorte por escapar: ela parecia ter um gênio daqueles...

Tudo isso passou pela mente de Celia enquanto ela refletia sobre a pergunta de Peter.

– Suponho que sete – ela enfim disse, em dúvida. – Mas apenas duas reais.

Estavam sentados na grama sob uma cerca viva do campo de golfe. Dali avistava-se uma paisagem de penhascos e mar.

Peter tinha deixado seu cachimbo apagar. Estava despetalando margaridas.

– Sabe, Celia – disse ele, e sua voz soou estranha e tensa –, você pode me acrescentar à sua lista.

Ela olhou para ele assombrada.

– Você, Peter?

– Sim, você nunca notou?

– Não, nunca cogitei isso. Você nunca... pareceu assim.

– Bem, tem sido assim desde o início... Acho que eu soube já no casamento de Ellie. Só que, veja bem, Celia, não sou o tipo certo de homem para você. Você quer um sujeito ativo, esperto... Ah, sim, é o que você quer. Eu sei qual é o seu ideal de homem. Não um preguiçoso, despreocupado como eu. Não vou subir na vida. Não sou assim. Vou seguir na carreira militar e me reformar. Nada muito empolgante. E tenho pouco dinheiro. Quinhentas ou seiscentas libras por ano, isso é tudo que teríamos para viver.

– Eu não me importaria com isso.

– Sei que não. Mas me preocupo por você. Porque você não sabe como é. E eu sei. Você tem que ter o melhor, Celia. O melhor. Você é uma garota adorável.

Poderia casar-se com qualquer um. Não quero que você jogue a vida fora com um soldado insignificante. Sem casa própria, sempre fazendo as malas e se mudando. Não, minha intenção foi sempre manter minha boca fechada e deixar você ter o casamento que uma moça como você merece. Apenas achei que, se por algum motivo você não o tivesse, então... bem, um dia, poderia haver uma chance para mim...

Muito timidamente, Celia colocou sua mão delgada e rosada sobre a morena. Esta fechou-se em torno da mão dela, segurando-a calorosamente. Como era bom... a mão de Peter...

– Não sei se deveria ter falado agora. Mas fomos mandados para o exterior outra vez. Gostaria que você soubesse antes de eu ir. Supondo que o sujeito certo não apareça... Estarei aí. Sempre. Esperando...

Peter, Peter querido, querido... De algum modo, Peter pertencia ao quarto de criança, ao jardim, a Rouncy e à faia. Segurança. Felicidade. A casa...

Como ela era feliz sentada ali, olhando o mar de mãos dadas com Peter. Ela sempre seria feliz com Peter. Peter querido, sereno, de gênio meigo.

Ele não havia olhado para ela uma vez aquele tempo todo. Seu rosto parecia bastante soturno, tenso... bem bronzeado e moreno.

Ela disse:

– Gosto muito de você, Peter. Gostaria de me casar com você...

Ele então virou-se. Lentamente, como tudo que fazia. Colocou o braço em volta dela... aqueles olhos escuros e gentis olharam nos dela.

Ele beijou-a, não de modo desajeitado como Jim, nem apaixonado como Johnnie, mas com uma ternura profunda e satisfatória.

– Meu amorzinho – disse ele. – Ah, meu amorzinho...

VIII

Celia queria casar-se logo com Peter e ir para a Índia com ele. Mas Peter recusou de forma categórica.

Ele insistiu obstinadamente que ela ainda era muito jovem, apenas dezenove anos, e devia ter todas as chances.

– Celia, eu me sentiria péssimo se me aproveitasse desse seu momento. Você pode mudar de ideia. Você pode encontrar alguém bem melhor que eu.

– Não vou encontrar! Não vou!

– Você não sabe. Muitas garotas sentem o maior entusiasmo por um camarada quando têm dezenove anos e se indagam o que viam nele quando chegam aos 22. Não vou apressá-la. Você deve ter bastante tempo. Você tem de estar bem certa de que não está cometendo um erro.

Bastante tempo. A maneira de pensar Maitland. Jamais apressar algo. Tempo de sobra. E assim os Maitland perdiam trens, bondes, compromissos, refeições e, às vezes, coisas mais importantes.

Peter conversou da mesma maneira com Miriam.

– Você sabe o quanto eu amo Celia – ele disse. – Creio que você sempre soube. Por isso não via problema em andar por aí com ela. Sei que não sou o tipo com quem você imaginou casá-la...

Miriam interrompeu-o:

– Quero que ela seja feliz. Acho que ela seria feliz com você.

– Eu daria a minha vida para fazê-la feliz. Você sabe disso. Mas não quero apressá-la. Pode aparecer algum sujeito com dinheiro, e, se ela gostar dele...

– Dinheiro não é tudo. Confesso que eu esperava que Celia não fosse pobre. Contudo, se você e ela gostam um do outro... você tem o bastante para que vivam sendo comedidos.

– É uma vida difícil para uma mulher. E vai afastá-la de você.

– Se ela o ama...

– Sim, ainda há um "se" a respeito. Você sente isso. Celia tem que ter todas as chances. Ela é jovem demais para conhecer os próprios sentimentos. Eu terei licença dentro de dois anos. Se ela ainda sentir o mesmo...

– Espero que sinta.

– Ela é tão linda, você sabe. Acho que ela deveria fazer melhor. Não sou um bom pretendente para ela.

– Não seja tão humilde – disse Miriam de repente. – As mulheres não apreciam isso.

– Talvez você esteja certa.

Celia e Peter foram muito felizes durante a quinzena passada em casa. Dois anos passariam rápido.

– Prometo que serei fiel a você, Peter. Estarei à sua espera.

– Pois bem, Celia, é exatamente isso o que você não deve fazer, considerar-se prometida a mim. Você é livre.

– Não quero ser.

– Não importa, você é.

Ela disse com um súbito ressentimento:

– Se você realmente me amasse, iria querer casar comigo de uma vez e me levar junto.

– Ah, meu amor, meu amorzinho, você não entende que é assim porque eu a amo muito?

Vendo seu rosto abatido, ela soube que ele de fato a amava, com um amor que temia apoderar-se de um tesouro muito desejado.

Três semanas depois Peter embarcou.

E um ano e três meses depois Celia casou-se com Dermot.

Capítulo 9

Dermot

I

Peter entrou na vida de Celia aos poucos; Dermot entrou de supetão.

Exceto por ele também ser soldado, jamais se poderia imaginar contraste maior entre dois homens do que entre Dermot e Peter.

Celia conheceu-o em um baile de regimento em York, ao qual ela foi com os Luke.

Quando foi apresentada àquele rapaz alto com intensos olhos azuis, ele disse:

– Gostaria de três danças, por favor.

Depois de dançarem a segunda, ele pediu mais três. A agenda dela estava lotada. Ele disse:

– Não importa. Corte alguém.

Ele pegou a agenda dela e riscou três nomes a esmo.

– Aí esta – disse ele –, não se esqueça. Chegarei cedo, de modo a pegá-la em tempo.

Moreno, alto, com cabelos cacheados escuros; olhos muito azuis que se estreitavam, como os de um fauno, e fitavam e se desviavam rapidamente. Um jeito decidido, um ar de ser capaz de conseguir sempre o que quisesse, sob quaisquer circunstâncias.

No final do baile ele perguntou a Celia quanto tempo ela ficaria naquela parte do mundo. Ela disse que estava indo embora no dia seguinte. Ele perguntou se ela ia a Londres alguma vez.

Ela disse que iria ficar com a avó no mês seguinte. Deu-lhe o endereço.

Ele disse:

– Talvez eu esteja na cidade nessa época. Vou aparecer para uma visita.

Celia disse:

– Apareça.

Mas ela jamais imaginou que ele realmente fosse. Um mês é muito tempo. Ele buscou um copo de limonada, ela bebeu, falaram da vida, e Dermot disse acreditar que sempre se podia obter tudo o que se quisesse, desde que se quisesse bastante.

Celia sentiu-se bastante culpada pelas danças que cancelou, aquilo não era um hábito dela. Só que, de algum modo, não tinha conseguido evitar... Ele era assim.

Ela lamentou, pois provavelmente nunca o veria de novo.

Ela havia esquecido por completo dele quando, ao entrar na casa de Wimbledon certo dia, encontrou a avó inclinada para a frente em sua grande poltrona, muito animada, conversando com um rapaz cujo rosto e orelhas estavam bastante rosados pelo constrangimento.

– Espero que não tenha esquecido de mim – murmurou Dermot.

Naquele momento ele estava de fato muito acanhado.

Celia disse que não tinha esquecido, é claro, e vovó, sempre simpática com rapazes, convidou-o para jantar, o que ele fez. E depois do jantar foram para a sala de visitas, e Celia cantou para ele.

Antes de partir ele propôs que se vissem no dia seguinte. Ele tinha ingressos para uma matinê: Celia iria à cidade com ele? Quando se viu que ele queria dizer sozinha, vovó objetou. Ela achava que a mãe de Celia não gostaria. Entretanto, o rapaz conseguiu contornar a avó. Assim, vovó cedeu, mas disse que ele não poderia levar Celia para tomar chá depois. Ela tinha que voltar direto para casa.

Assim foi combinado, e Celia encontrou-o na matinê e se divertiu mais do que em qualquer peça a que já tivesse assistido, e tomaram chá no buffet em Victoria, pois ele disse que aquilo não contava.

Ele apareceu mais duas vezes antes de Celia retornar para casa.

No terceiro dia após voltar para casa, Celia estava tomando chá com os Maitland quando foi chamada ao telefone. Sua mãe falou:

– Querida, você tem que vir para casa. Um rapaz apareceu aqui, em uma bicicleta motorizada, e você sabe que me aflige ter que conversar com rapazes. Venha depressa para casa e cuide dele você mesma.

Celia foi para casa imaginando quem seria. A mãe disse que ele havia dito o nome, mas que ela não tinha conseguido ouvir.

Era Dermot. Estava com um aspecto desesperado, decidido, deplorável, e pareceu completamente incapaz de conversar com Celia quando a viu. Sentou-se a murmurar monossílabos sem olhar para ela.

A bicicleta motorizada era emprestada, ele contou. Ele achou que seria revigorante sair de Londres e fazer uma excursão de poucos dias por ali. Estava hospedado na estalagem. Tinha que partir na manhã seguinte. Antes disso ela sairia para uma caminhada com ele?

No dia seguinte ele estava no mesmo estado de espírito. Calado, deplorável, incapaz de olhar para ela. De repente ele disse:

– Minha licença acabou, tenho que voltar para York. É preciso deixar alguma coisa combinada. Tenho que vê-la de novo. Quero vê-la sempre. O tempo todo. Quero que se case comigo.

Celia ficou petrificada. Completamente atônita. Embora tivesse notado que Dermot gostava dela, jamais havia lhe passado pela cabeça que um jovem subalterno de 23 anos pensasse em casamento.

Ela disse:

— Lamento. Lamento muito... mas eu não posso. Ah, não, não posso.

Como poderia? Ela iria se casar com Peter. Ela amava Peter. Sim, amava Peter do mesmo jeito. Mas também amava Dermot...

Ela percebeu que queria se casar com Dermot mais do que qualquer outra coisa no mundo.

Dermot prosseguiu:

— Bem, de qualquer modo tenho que vê-la... Suponho que a pedi cedo demais... Não podia esperar...

Celia disse:

— Veja bem... Sou... noiva de alguém...

Ele olhou para ela. Um daqueles olhares rápidos de esguelha. E disse:

— Não importa. Você tem que largar dele. Você me ama?

— Eu... acho que sim.

Sim, ela amava Dermot mais do que qualquer coisa no mundo. Preferiria ser infeliz com Dermot do que feliz com qualquer outro. Mas por que falar assim? Por que ela seria infeliz com Dermot? Porque, ela supôs, não sabia bem como ele era... Ele era um estranho...

Dermot balbuciou:

— Eu... Eu, ah! Esplêndido! Vamos casar de uma vez. Não posso esperar...

Celia pensou: "Peter. Não vou suportar magoar Peter...". Mas sabia que Dermot magoaria tantos Peters quanto fosse necessário, e sabia que ela faria o que Dermot havia lhe dito para fazer.

Pela primeira vez ela olhou direto nos olhos dele, que não mais fitavam de relance e se desviavam.

Olhos muito, muito azuis...
Beijaram-se, tímidos e hesitantes...

II

Miriam estava deitada no sofá do quarto, repousando, quando Celia entrou. O vislumbre do rosto da filha revelou-lhe que algo inusitado havia acontecido. A ideia passou como um raio pela mente de Miriam: "Aquele rapaz... Não gosto dele".

Ela disse:

– Querida, o que foi?

– Ah, mãe, ele quer se casar comigo. E eu quero me casar com ele, mãe...

Direto para os braços de Miriam, enterrou o rosto no ombro dela.

E acima do pulsar agoniado de seu coração fatigado, os pensamentos de Miriam corriam frenéticos: "Não gosto dele. Não gosto dele... Mas é egoísmo, porque não quero que ela vá embora".

III

As dificuldades surgiram quase de imediato. Dermot não conseguiu dominar Miriam da forma despótica como dominava Celia. Ele controlou-se porque não queria se colocar contra a mãe de Celia, mas aborrecia-se com qualquer suspeita de oposição.

Ele admitiu que não tinha dinheiro, umas míseras oitenta libras por ano além do soldo. Mas não gostou quando Miriam perguntou como ele e Celia pretendiam viver. Ele disse que ainda não havia tido tempo para pensar nisso. Com certeza eles dariam um jeito; Celia não se importava de ser pobre. Quando Miriam disse que não era comum subalternos casarem-se, ele disse em tom impaciente que não podia proporcionar o que era comum.

Ele disse a Celia de forma bastante amarga:

– Sua mãe parece decidida a reduzir tudo a libras, shillings e pence.

Ele era como uma criança ávida a quem negavam a coisa que desejava de todo coração e que era incapaz de ouvir a razão.

Quando ele saiu, Miriam sentiu-se muito deprimida. Viu a perspectiva de um longo noivado com pouquíssima esperança de casamento por muitos anos. Achou que talvez não devesse ter deixado que noivassem... Mas amava Celia demais para fazê-la sofrer.

Celia disse:

– Mãe, tenho que me casar com Dermot. Tenho. Jamais hei de amar qualquer outro. Sei que vai dar certo um dia. Ah, diga que vai.

– É tão arriscado, minha querida. Nenhum de vocês possui nada. E ele é tão jovem...

– Mas um dia... se tivermos paciência...

– Bem, talvez...

– Você não gosta dele, mãe. Por quê?

– Gosto dele. Acho que é muito atraente. Muito atraente mesmo. Mas não ponderado...

À noite Miriam ficou acordada esmiuçando sua pequena renda. Se ela pudesse dar uma pensão para Celia, por pequena que fosse... Se vendesse a casa...

Mas, em todo caso, ela vivia livre de aluguel. As despesas de manutenção haviam sido reduzidas ao mínimo. A casa estava em mau estado, e naquele momento havia pouquíssima demanda por propriedades daquele tipo.

Ela não conseguia dormir, revirando-se. Como realizar o desejo de sua filha?

IV

Foi horrível ter que escrever a Peter e contar a ele.
Foi também uma carta inócua, pois o que ela podia dizer para desculpar sua traição?
Quando a resposta chegou, foi completamente no estilo de Peter. Tão no estilo de Peter que Celia chorou.

Não se culpe, Celia. A culpa foi toda minha. Meu hábito fatal de protelar as coisas. Somos assim. É por isso que, como família, sempre perdemos o ônibus. Eu pretendia o melhor, dar-lhe uma chance de se casar com um sujeito rico. E agora você se apaixonou por alguém mais pobre do que eu.

A verdade é que você sente que ele tem mais coragem que eu tive. Eu deveria ter levado a sério quando você quis se casar comigo e vir para cá comigo... Fui um tolo. Perdi você, e a culpa é minha. Ele é um homem melhor do que eu, o seu Dermot... Deve ser um tipo dos bons, ou você não teria se apaixonado por ele. Muita sorte para vocês dois. Sempre. E não lastime por mim. É o meu funeral, não o seu... Eu poderia bater com a cabeça até rachá-la por ter sido um tolo tão execrável. Deus a abençoe, minha querida...

Peter querido. Querido, querido Peter...
Ela pensou: "Eu teria sido feliz com Peter. Sempre muito feliz...".
Mas com Dermot a vida era uma grande aventura!

V

O ano do noivado de Celia foi um período tempestuoso. De repente ela recebia uma carta de Dermot:

Agora eu vejo, sua mãe estava perfeitamente certa. Somos pobres demais para nos casarmos. Eu não deveria ter pedido. Esqueça-me assim que puder.

E então, dois dias depois, ele chegava na bicicleta motorizada emprestada, tomava nos braços uma Celia manchada pelas lágrimas e declarava que não podia desistir dela. *Tinha* que acontecer alguma coisa.

O que aconteceu foi a guerra.

VI

Como para a maioria das pessoas, a guerra atingiu Celia como um raio totalmente imprevisível. Um arquiduque assassinado, o "medo de uma guerra" nos jornais – ela mal teve consciência dessas coisas.

E então, de repente, Alemanha e Rússia estavam de fato em guerra. A Bélgica foi invadida. O fantasticamente improvável tornou-se possível.

Carta de Dermot:

Parece que vamos entrar nisso. Todos dizem que, se formos, estará tudo acabado até o Natal. Me chamam de pessimista, mas acho que levará uns dois anos na melhor das hipóteses...

E então o fato consumado: Inglaterra na guerra...

O que para Celia significava: *Dermot poderia ser morto...*

Um telegrama: ele não poderia dar uma saída para se despedir dela; será que ela e a mãe poderiam ir até ele?

Os bancos estavam fechados, mas Miriam tinha um par de notas de cinco libras (instrução da vovó: "Sempre tenha uma nota de cinco libras em sua bolsa, querida"). Na bilheteria da estação, recusaram-se a aceitar as notas.

Celia e Miriam contornaram o pátio dos trens de carga, cruzaram a linha e entraram no trem. Sem bilhetes, foi a mesma cena com um fiscal após o outro: "Não, minha senhora, não posso aceitar uma nota de cinco libras", e uma anotação infindável de nomes e endereço.

Tudo um pesadelo. Nada era real, exceto Dermot...

Dermot de uniforme. Um Dermot diferente, muito desengonçado e petulante, com olhos assombrados. Ninguém conhecia essa nova guerra, era o tipo de guerra da qual *poderia não voltar ninguém...* Novos equipamentos de destruição. O ar... Ninguém sabia sobre o ar...

Celia e Dermot eram duas crianças agarradas uma na outra...

– Tomara que eu me saia bem dessa...
– Ah, Deus, permita que ele volte para mim...
Nada mais importava.

VII

O suspense terrível das primeiras semanas. Os cartões postais suavemente rabiscados a lápis.

"Não posso dizer onde estamos. Está tudo bem. Amor."

Ninguém sabia o que estava acontecendo.

O choque das primeiras listas de baixas.

Amigos. Garotos com quem ela havia dançado. Mortos...

Mas Dermot estava a salvo, e isso era tudo o que importava.

Para a maioria das mulheres, a guerra é o destino de uma só pessoa...

VIII

Depois daquelas primeiras semanas de suspense, havia coisas a fazer em casa. Um hospital da Cruz Vermelha iria abrir perto da casa de Celia, mas ela tinha que passar no exame de primeiros socorros e enfermagem. Havia aulas em andamento perto da casa da avó, e Celia foi para lá.

Gladys, a nova empregada, bastante jovem, abriu a porta. Ela e uma jovem cozinheira agora comandavam a casa. A pobre e velha Sarah não estava mais lá.

– Como vai, senhorita?

– Muito bem. Onde está vovó?

Um sorrisinho.

– Ela está fora, senhorita Celia.

– *Fora?*

Vovó, agora com quase noventa anos de idade, mais cuidadosa do que nunca quanto a deixar o prejudicial ar fresco tocá-la. Estava *fora?*

– Ela foi às Lojas do Exército e da Marinha, senhorita Celia. Disse que estaria de volta antes que você chegasse. Ah, creio que ali vem ela.

Um velho táxi havia parado no portão. Auxiliada pelo cocheiro, a avó desceu cautelosamente sobre sua perna boa.

Ela avançou com passo firme pela calçada. Vovó parecia lépida, bastante lépida; as miçangas negras de seu manto gingavam e reluziam ao sol de setembro.

– Então você chegou, Celia querida.

Um rosto delicado e velho, como pétalas de rosa enrugadas. Vovó gostava muito de Celia, e estava tricotando meias de dormir para Dermot, para manter os pés dele aquecidos nas trincheiras.

Sua voz mudou quando ela olhou para Gladys. Vovó gostava cada vez mais de maltratar "as empregadas" (muito mais aptas para cuidar de si mesmas hoje e para possuir bicicletas, quer vovó gostasse ou não!).

– Gladys – disse em tom ríspido –, por que você não trata de ajudar o homem com as coisas? E, preste atenção, não leve para a cozinha. Coloque na sala de estar matinal.

A pobre senhorita Bennett não mais reinava na sala de estar.

Empilhados lá dentro havia farinha, biscoitos, dúzias de latas de sardinha, arroz, tapioca, sagu. O cocheiro apareceu rindo de orelha a orelha. Carregava cinco presuntos. Gladys veio atrás com mais presuntos. No total, dezesseis deles foram depositados na sala dos tesouros.

– Posso ter noventa anos – disse vovó, que ainda não tinha, mas antecipava o evento para dar um efeito mais dramático –, mas não deixarei os alemães me matarem de fome!

Celia foi tomada por um riso histérico.

Vovó pagou o cocheiro, deu uma gorjeta enorme e mandou-o alimentar melhor seu cavalo.

– Sim, dona, obrigado, dona.

Ele tocou no chapéu e, ainda de sorriso escancarado, partiu.

– Que dia esse meu! – disse ela, desatando as tiras de sua touca. Ela não exibia sinais de cansaço e obviamente havia se divertido.

– As lojas estavam apinhadas, minha querida.

Apinhadas de outras velhas senhoras, todas levando embora os presuntos em carros de aluguel.

IX

Celia não chegou a trabalhar na Cruz Vermelha.

Aconteceram várias coisas. Primeiro, Rouncy adoeceu e foi para casa morar com seu irmão. Celia e a mãe faziam o trabalho de casa com o auxílio e a desaprovação de Gregg, que "não aprovava" guerra e damas fazendo coisas que não lhes cabiam.

E então vovó escreveu para Miriam.

Minha querida Miriam

Há alguns anos você sugeriu que eu deveria morar com você. Na época recusei, pois me sentia muito velha para fazer uma mudança. Mas o doutor Holt (um homem tão esperto e apreciador de uma boa história; acho que a esposa não o valoriza de verdade) disse que minha visão está se debilitando e que não há o que se possa fazer a respeito. É a vontade de Deus e vou aceitá-la, mas não pretendo ser deixada à mercê de empregadas. Hoje se lê cada coisa perversa. E eu tenho perdido muitas coisas ultimamente. Não mencione isso quando escrever, elas podem abrir minhas cartas. Esta eu mesma estou postando. Assim, acho que será melhor eu ir morar com você. Isso facilitará as coisas, visto que minha renda vai ajudar. Não gosto da ideia de Celia fazendo serviço de casa. Essa criança querida deveria poupar suas forças. Você lembra de Eva, da senhora Pinchin? A mesma constituição delicada. Ela exagerou no serviço de casa e agora está em um sanatório na Suíça. Você e Celia têm de vir para me ajudar na mudança. Temo que seja um serviço terrível.

Foi um serviço terrível. Vovó morou na casa de Wimbledon por cinquenta anos, e, sendo ela um autêntico produto de uma geração parcimoniosa, nunca jogou fora nada que pudesse talvez "ser aproveitado".

Havia enormes guarda-roupas e cômodas de mogno maciço, com cada gaveta e prateleira abarrotada de pacotes e miudezas embrulhados com capricho, guardados e esquecidos por ela. Havia inúmeras "sobras", metros de sedas e cetins, estampados e algodões. Havia dúzias de livros de bordados "para as empregadas no Natal", com as agulhas enferrujadas dentro deles. Havia retalhos velhos e pedaços de vestidos. Havia cartas e papéis, diários, receitas e recortes de jornal. Havia 44 almofadas para alfinetes e 35 tesouras. Havia gavetas e mais gavetas cheias de roupas de baixo de linho, todas esburacadas, mas preservadas por causa do "belo bordado, minha querida".

O mais triste de tudo foi o armário da despensa (uma lembrança da juventude de Celia). A despensa havia derrotado vovó. Ela já não conseguia penetrar em suas profundezas. Os estoques permaneciam imperturbados lá dentro, enquanto novos suprimentos acumulavam-se por cima deles. Farinha bichada, biscoitos esfarelados, geleias mofadas, massas liquescentes de frutas em compota, tudo isso desenterrado das profundezas e jogado fora, enquanto a avó sentava-se e chorava, lamentando o "vergonhoso desperdício".

– Tem certeza, Miriam? Dariam pudins muito bons para a cozinha.

Pobre vovó, uma dona de casa tão capaz, enérgica e econômica, derrotada pela idade e pela vista ruim, forçada a sentar e ver estranhos inspecionarem sua derrota...

Ela lutou com unhas e dentes pelos tesouros que aquela implacável geração mais jovem queria jogar fora.

– Meu veludo marrom não. É meu *veludo* marrom. Madame Bonserot fez para mim em Paris. Tão francês! Todo mundo o admirava em mim.

– Mas está todo puído, querida, e sem pelos. Está em buracos.

– Dá para arrumar. Tenho certeza de que dá para arrumar.

Pobre vovó. Velha, indefesa, à mercê daquela gente mais jovem tão desdenhosa, tão cheia de: "Isso não está bom, jogue fora".

Ela havia sido educada para "nunca jogar fora". Poderia servir um dia. Essa gente jovem não sabia disso.

Elas tentaram ser gentis. Cederam tanto a seus desejos que encheram uma dúzia de baús antiquados com miudezas e bugigangas e peles velhas comidas por traças, coisas que ela jamais poderia usar, mas para que incomodar a velha senhora além do necessário?

Vovó insistiu em empacotar várias fotografias apagadas de cavalheiros dos velhos tempos.

– Esse é o querido senhor Harty. E o senhor Lord, que belo casal fazíamos ao dançar juntos! Todo mundo comentava.

E as embalagens da vovó, ai delas! O senhor Harty e o senhor Lord chegaram com o vidro das molduras estilhaçado. As embalagens da avó outrora eram muito benfeitas. Tudo o que ela empacotava jamais quebrava.

Às vezes, quando via que não havia ninguém olhando, ela recuperava sorrateiramente alguns enfeites, um ornamento de azeviche, um pedacinho de renda, um motivo de crochê. Metia-os no seu bolso espaçoso e os transferia sem que ninguém notasse para um dos grandes baús em formato de arca que estavam em seu quarto para o acondicionamento dos pertences pessoais.

Pobrezinha. A mudança quase a matou, mas não de todo. Ela tinha vontade de viver. Foi a vontade de viver que a tirou da casa onde havia vivido por tanto tempo. Os alemães não a matariam de fome; tampouco iriam pegá-la em um ataque aéreo. Vovó pretendia viver e aproveitar a vida. Ao chegar aos noventa anos você sabe exatamente o quão desfrutável a vida é. E é isso que o pessoal jovem não entende. Falam como se todos os velhos estivessem já meio mortos e com certeza fossem infelizes. Gente jovem, pensou vovó, lembrando um aforismo de sua juventude, acha os velhos tolos, mas os velhos *sabem* que os jovens são tolos! Sua tia Caroline havia dito isso aos 85 anos de idade, e tia Caroline estava certa.

De qualquer modo, vovó não dava muito valor aos jovens de hoje. Não tinham vigor. Vejam só os carregadores da mudança, quatro rapazes robustos, e pediram a ela para esvaziar as gavetas de sua enorme cômoda de mogno.

– Ela foi levada para cima com todas as gavetas trancadas – disse ela.

– Veja bem, minha senhora, é mogno maciço, e tem coisa pesada dentro das gavetas.

– Também tinha quando ela subiu! Naquele tempo havia homens. Hoje, vocês são todos uns fracotes hoje. Fazendo alvoroço por causa de um pesinho.

Os rapazes deram sorrisos amarelos e com alguma dificuldade a cômoda foi descida pela escada e levada para a caminhonete.

– Assim é melhor – disse vovó em tom de aprovação. – Vejam, vocês não sabem o que podem fazer até tentar.

Entre as várias coisas levadas na mudança, havia trinta garrafões revestidos de palha com os licores caseiros da vovó. Apenas 28 deles chegaram ao destino.

Teria sido, quem sabe, uma vingança dos rapazes de sorriso amarelo?

– Patifes – disse a avó. – É isso que são: patifes. E ainda se dizem abstêmios. Que descaramento.

Mas ela deu-lhes belas gorjetas e não ficou de todo descontente. Afinal de contas, era um sutil elogio a seu licor caseiro...

X

Após vovó ser instalada, encontraram outra cozinheira para substituir Rouncy. Era uma moça de 28 anos chamada Mary. Era bondosa e agradável com gente de idade, e tagarelava com vovó sobre seu jovem companheiro e seus parentes que sofriam de uma quantidade aprazível de achaques. Vovó deleitava-se horripilada com as pernas ruins, veias varicosas e outras enfermidades dos parentes de Mary. Dava-lhes vidros de medicamentos e xales.

Celia pensou outra vez em pegar um serviço de guerra, embora a avó discordasse da ideia vigorosamente, profetizando os maiores desastres caso Celia se "cansasse".

Vovó amava Celia. Deu-lhe conselhos misteriosos sobre todos os perigos da vida e notas de cinco libras. Uma das suas mais arraigadas crenças sobre a vida era que sempre se devia ter uma nota de cinco libras "à mão".

Ela deu a Celia cinquenta libras em notas de cinco e disse para "mantê-las consigo".

– Nem o seu marido deve saber que você tem isso. Uma mulher nunca sabe quando pode precisar de economias... Lembre-se, querida, os homens não são de confiança. Os cavalheiros podem ser agradáveis, mas você não deve confiar em nenhum deles; a menos que se trate de um sujeito tão insípido que não preste para nada.

XI

A mudança e tudo o que ela acarretou serviram para distrair a mente de Celia da guerra e de Dermot.

Agora que a avó estava acomodada, Celia começou a se irritar com própria inatividade.

Como não pensar em Dermot?

Em desespero, ela tratou do casamento das "garotas"! Isabella casou-se com um judeu rico, Elsie casou-se com um explorador. Ella tornou-se professora e se casou com um homem idoso, quase inválido, que se encantou por sua tagarelice jovial. Ethel e Annie moravam juntas. Vera teve uma aliança morganática romântica com um príncipe, e ambos morreram tragicamente em um acidente de carro no dia do casamento.

Planejar os casamentos, escolher os trajes das damas de honra, arranjar a música fúnebre de Vera, tudo isso ajudou a manter a mente de Celia fora da realidade.

Ela ansiava por trabalhar em alguma coisa. Mas isso significava sair de casa... A mãe e a avó podiam privar-se dela?

Vovó exigia um bocado de atenção. Celia sentiu que não podia abandonar a mãe.

No entanto, foi a própria Miriam que insistiu para que Celia saísse de casa. Ela compreendia muito bem que trabalho, trabalho físico pesado, era o que ajudaria Celia no momento.

Vovó chorou, mas Miriam ficou firme.

– Celia tem que ir.

Mas, no fim, Celia não assumiu nenhum trabalho de guerra.

Dermot foi ferido no braço e voltou para casa, para um hospital. Ao se recuperar, foi considerado apto para o serviço administrativo e enviado para o Ministério da Guerra. Ele e Celia casaram-se.

Capítulo 10
Casamento

I

As ideias de Celia sobre casamento eram limitadas ao extremo.

Casamento para ela era o "e viveram felizes para sempre" de seus contos de fadas favoritos. Ela não via dificuldades, nenhuma possibilidade de naufrágio. Quando as pessoas se amavam, eram felizes. Casamentos infelizes, e é claro que ela sabia que havia muitos assim, aconteciam porque as pessoas não se amavam.

Nem as descrições rabelaisianas da avó sobre o caráter masculino, nem os conselhos da mãe (que soaram tão antiquados para Celia) de que era preciso "conservar um homem", tampouco qualquer dose de literatura realista com finais sórdidos e infelizes causaram realmente qualquer impressão em Celia. Jamais lhe ocorreu que Dermot fosse da mesma espécie de homens das conversas de vovó. As pessoas nos livros eram pessoas nos livros, e os conselhos de Miriam impressionaram Celia como peculiarmente engraçados, considerando-se a felicidade da vida de casada da mãe.

– Você sabe, mãe, papai jamais olhou para alguém a não ser você.

– Não, mas ele teve uma vida muito festiva quando rapaz.

– Acho que você não gosta de Dermot nem confia nele.

– Gosto dele – disse Miriam. – Acho-o muito atraente.

Celia riu e disse:

— Mas você não nunca vai achar alguém bom o suficiente para MIM, sua ovelhinha preciosa e pombinha querida, não é mesmo? Nem o mais súper dos super-homens.

E Miriam teve de admitir que talvez fosse verdade.

Celia e Dermot eram tão felizes juntos.

Miriam disse a si mesma que havia sido indevidamente desconfiada e hostil em relação ao homem que havia levado sua filha embora.

II

Como marido, Dermot era bem diferente do que Celia havia imaginado. Todo o arrojo, a autoridade e a audácia haviam o abandonado. Ele era jovem, acanhado, estava muito apaixonado, e Celia fora seu primeiro amor.

De certa forma, ele era bem parecido com Jim Grant. Mas, enquanto o acanhamento de Jim havia aborrecido Celia, pois ela não estava apaixonada por ele, o acanhamento de Dermot o fazia ainda mais querido por ela.

Celia estivera, de modo mais ou menos inconsciente, com um pouco de medo de Dermot. Ele era um estranho. Ela tinha notado que, embora o amasse, não sabia nada sobre ele.

Johnnie de Burgh havia apelado ao lado físico de Celia; Jim, ao intelectual. Peter foi sempre um grande amigo, mas em Dermot ela encontrou o que jamais havia encontrado antes: um companheiro de diversão.

Havia algo que seria eternamente pueril em Dermot, e que se encontrou e se juntou com a criança em Celia. As metas, mentes e personalidades deles eram extremos opostos, mas eles queriam companheiros para se divertir e encontraram esse companheiro um no outro.

A vida de casado para eles era uma brincadeira. E eles brincavam com entusiasmo.

III

Quais são as coisas de que nos lembramos na vida? Não são as chamadas coisas importantes. Não. São as coisinhas, as trivialidades... que permanecem na memória de modo persistente, que não podem ser removidas.

Repassando a vida de casada, do que Celia lembrava?

A compra de um traje em uma modista – o primeiro traje que Dermot comprara para ela. Ela experimentou as peças em uma cabine minúscula com uma senhora idosa a ajudando-a. Depois Dermot foi chamado para dizer de qual gostava.

Ambos gostaram muito daquilo.

Claro que Dermot fingiu que já havia feito aquilo muitas vezes antes. Eles não iam admitir que eram recém-casados diante do pessoal da loja. Nem pensar!

Dermot chegou a dizer de forma casual:

– Esse é bem parecido com o que lhe comprei em Monte há dois anos.

Enfim decidiram-se por um azul pervinca com um raminho de rosas no ombro.

Celia guardou aquele traje. Nunca o jogou fora.

IV

A busca de uma casa! Eles precisavam, é claro, de uma casa ou apartamento mobiliado. Não se sabia quando Dermot seria mandado para o exterior de novo. E tinha que ser o mais barato possível.

Nem Celia, nem Dermot sabiam nada sobre bairros e preços. Começaram ousadamente no coração de Mayfair!

No dia seguinte foram para South Kensington, Chelsea e Bayswater. Chegaram a West Kensington, Hammersmith, West Hampstead, Battersea e outros bairros afastados no terceiro dia.

No fim, ficaram divididos entre dois. Um era um apartamento independente a três guinéus por semana. Ficava em uma quadra de edifícios de West Kensington. Era cuidadosamente limpo e pertencia a uma solteirona que inspirava temor e se chamava senhorita Banks. A senhorita Banks irradiava praticidade.

– Nada de louça ou de roupa de cama e mesa? Isso simplifica as coisas. Jamais permitirei que agentes façam o inventário. Estou certa de que vão concordar comigo, isso é puro desperdício de dinheiro. Vocês e eu podemos conferir as coisas juntos.

Há muito tempo ninguém amedrontava Celia tanto quanto a senhorita Banks. Cada pergunta que ela fazia expunha cada vez mais a completa falta de conhecimento de Celia no que se referia a alugar um apartamento.

Dermot disse à senhorita Banks que a procurariam e foram embora.

– O que você acha? – perguntou Celia, ofegante. – É bem limpo.

Ela jamais havia pensado em limpeza antes, mas dois dias de procura de apartamentos mobiliados baratos haviam trazido o tema à tona para ela.

– Os outros apartamentos eram *fétidos* – acrescentou.

– Sim. E este está muito bem mobiliado, e a senhorita Banks diz que é um bom bairro para compras. Não sei ao certo se gosto da senhorita Banks. Ela é intratável.

– É.

– Creio que ela é muito mais esperta do que nós.

– Vamos olhar o outro de novo. Afinal, é mais barato.

O outro custava 2,5 guinéus por semana. Era no último andar de uma velha casa que havia conhecido dias melhores. Tinha apenas duas peças e uma cozinha, mas eram peças grandes, bem-proporcionadas, que davam para um jardim onde havia duas árvores.

Sem dúvida não era nem de longe tão limpo quanto o apartamento da eficiente senhorita Banks, mas tinha, disse Celia, um nível de sujeira aceitável. O papel de parede exibia umidade, a pintura estava descascando e os forros precisavam ser presos. Mas as cobertas de cretone eram limpas, embora tão desbotadas que mal dava para ver a estampa, e havia poltronas grandes, confortáveis e surradas.

Havia outro grande atrativo aos olhos de Celia. A mulher que morava no subsolo poderia cozinhar para eles. E parecia uma boa mulher, era gorda, sossegada e tinha um olhar bondoso que lembrava o de Rouncy.

– Não teríamos que procurar uma empregada.

– É verdade. Mas tem certeza de que está bom para você? Fica isolado do resto da casa e não é... bem, não é o tipo de coisa com que você está acostumada, Celia. Quer dizer, sua casa é muito bonita.

Sim, a casa era bonita. Ela percebia agora o quanto. A suave dignidade da mobília Chippendale e Hepplewhite, da porcelana, das cortinas estampadas e de boa qualidade... A casa podia estar ficando velha, havia goteiras, a decoração era antiquada e os tapetes estavam puídos, mas ainda era linda...

– Mas assim que a guerra acabar – Dermot projetou o queixo de forma decidida – pretendo dar início a alguma coisa e ganhar dinheiro para você.

– Não quero dinheiro. Além disso, você já é capitão. Se não fosse a guerra, você demoraria pelo menos dez anos para ser capitão.

– Na verdade, o soldo de um capitão não é bom. Não há futuro no exército. Vou achar algo melhor. Agora, que tenho de trabalhar para você, sinto que poderia fazer qualquer coisa. E farei.

Celia sentiu um arrepio com as palavras dele. Dermot era tão diferente de Peter. Ele não aceitava a vida. Ele tratava de mudá-la. E ela sentiu que ele teria êxito.

Ela pensou: "Eu estava certa em casar com ele. Não me importo com o que dizem. Algum dia vão admitir que eu estava certa".

Porque houve críticas, é claro. A senhora Luke, em especial, demonstrou profunda consternação.

– Mas Celia querida, sua vida será difícil demais. Veja, você não terá condições de ter sequer uma servente de cozinha. Você viverá no caos.

A imaginação da senhora Luke recusava-se a ir além da ausência de uma servente de cozinha. Para ela, isso era a catástrofe suprema. Celia, magnânima, absteve-se de contar que não teriam sequer uma cozinheira!

Cyril, que estava lutando na Mesopotâmia, também escreveu uma longa carta de desaprovação quando soube do noivado. Ele disse que era algo absurdo.

Mas Dermot era ambicioso. Ele teria êxito. Ele possuía uma qualidade, uma força propulsora, que Celia percebia e admirava. Era muito diferente de qualquer coisa que ela possuísse.

– Vamos ficar com esse apartamento – disse ela. – Gosto mais dele, realmente. E a senhorita Lestrange é muito mais agradável do que a senhorita Banks.

A senhorita Lestrange era uma mulher amistosa de trinta anos, com um olhar cintilante e um sorriso bondoso.

Se aquele jovem casal sisudo em busca de uma casa a divertiu, ela não demonstrou. Concordou com todas as sugestões deles, passou algumas informações diplomáticas e explicou o funcionamento do aquecedor a gás para uma Celia apreensiva, que jamais tinha se deparado com tal coisa antes.

— Mas vocês não podem tomar banho muito seguido — disse ela, alegre. — A cota de gás é de apenas 1.130 metros cúbicos, e lembrem-se de que vocês têm de cozinhar.

Assim, Celia e Dermot alugaram o apartamento nº 8 da Lanchester Terrace por seis meses, e Celia começou sua vida de dona de casa.

V

O que mais fazia Celia sofrer no início da vida de casada era a solidão.

Dermot ia para o Ministério da Guerra todas as manhãs, e Celia era deixada com um longo dia vazio em suas mãos.

Pender, o ordenança de Dermot, servia um desjejum de bacon com ovos, limpava o apartamento e saía para obter as rações. A seguir a senhora Steadman subia do porão para combinar a refeição da noite com Celia.

A senhora Steadman era afetuosa, conversadora e uma cozinheira bem-disposta, ainda que um tanto precária. Ela mesmo admitia que tinha "a mão pesada na pimenta". Parecia não haver um meio-termo entre uma comida completamente insípida e algo que trazia lágrimas aos olhos e fazia sufocar.

— Sempre fui assim, desde menina — dizia a senhora Steadman alegremente. — Curioso, não? E tampouco tenho mão para pastelaria.

A senhora Steadman assumiu um controle maternal de Celia, que estava ansiosa para ser econômica, mas incerta sobre como fazê-lo.

— É melhor você me deixar fazer as compras. Tirariam vantagem de uma jovem senhora como você. Você jamais pensaria em pegar um arenque pela cauda para verificar seu frescor. E alguns vendedores de peixe são bem astutos.

A senhora Steadman sacudiu a cabeça de modo sombrio.

Administrar uma casa era complicado em tempos de guerra. Os ovos custavam oito pence cada. Celia e Dermot viviam à base de "substitutos para os ovos", de caldos em cubinhos aos quais – não importava qual o sabor anunciado – Dermot sempre se referia como "caldos de areia escura" e de sua ração de carne.

A ração de carne empolgava a senhora Steadman mais do que qualquer outra coisa em muito tempo. Quando Pender trouxe o primeiro pedaço grande de carne de gado, Celia e a senhora Steadman caminharam em volta da peça admirando-a, enquanto a segunda soltava a língua sem parar:

– Não é uma bela visão? Me dá água na boca. Não tinha visto um pedaço de carne assim desde que a guerra começou. Quase uma pintura. Queria que Steadman estivesse em casa, eu o faria levantar-se para ver isso, se você não se opusesse, senhora. Seria um prazer para ele ver um pedaço de carne como esse. Se você está querendo assá-la, não creio que vá caber no forninho a gás. Vou cozinhá-la lá embaixo para você.

Celia insistiu que a senhora Steadman aceitasse alguns pedaços depois de pronta, e, após certa relutância, a senhora Steadman aceitou.

– Apenas dessa vez, embora não deseje abusar de você.

A admiração da senhora Steadman havia sido tão grande que Celia sentiu-se bastante animada quando o "corte" foi orgulhosamente colocado na mesa.

Para o almoço, Celia em geral saía e buscava algo na cozinha pública das redondezas. Ela procurava não gastar gás muito no início da semana. Usando o forno a gás apenas pela manhã e à noite e reduzindo os banhos a duas vezes por semana, eles conseguiam ficar dentro da cota e dispor de aquecimento na sala de estar.

Em matéria de manteiga e açúcar, a senhora Steadman era uma aliada poderosa, aparecendo sempre com suprimentos dessas mercadorias muito além dos bilhetes de ração.

– Eles me conhecem, sabe – ela confessou para Celia. – O jovem Alfred, ele sempre dá uma piscada de olho quando chego. "Bastante para você, mãe", diz ele. Mas ele não sai dando a mais para toda senhora fina que aparece. Eu e ele nos conhecemos.

Cuidada dessa forma pela senhora Steadman, Celia tinha o dia inteiro praticamente para si.

E ela achava cada vez mais difícil saber o que fazer com ele!

Em casa havia o jardim, as flores para tratar, o piano. Havia Miriam...

Ali não havia ninguém. As amigas dela em Londres estavam ou casadas, ou haviam ido para outros lugares, ou estavam alistadas no serviço de guerra. E, na verdade, a maioria também era rica demais para Celia acompanhar. Como moça solteira, ela era convidada graciosamente para frequentar casas, bailes, festas em Ranelagh e Hurlingham. Mas agora, como mulher casada, tudo havia acabado. Ela e Dermot não poderiam receber as pessoas em retribuição. As pessoas nunca haviam significado muito para Celia, mas ela sentia a ociosidade de seus dias. Ela propôs a Dermot começar um trabalho em hospital.

Ele repeliu a ideia com veemência. No fim, concordou que ela fizesse um curso de datilografia e taquigrafia. E também de contabilidade, que, como Celia destacou, seria útil caso ela quisesse um emprego mais adiante.

Ela achou a vida muito mais agradável agora que tinha uma tarefa para fazer. Obteve um prazer extremo com a contabilidade, cuja simplicidade e exatidão a agradavam.

E havia também a alegria de quando Dermot chegava em casa. Ambos estavam muito animados e felizes com a nova vida juntos.

O melhor de tudo era o tempo em que ficavam sentados diante da lareira antes de ir para a cama, Dermot com uma xícara de chocolate quente, Celia com uma xícara de caldo de carne.

Eles ainda mal podiam acreditar que era verdade, que estavam realmente juntos para sempre.

Dermot não era efusivo. Ele nunca dizia: "Eu te amo", não era de carícias espontâneas. Quando ele rompia sua reserva e dizia alguma coisa, Celia a guardava como um tesouro, como algo a ser lembrado. Para Dermot aquilo obviamente era tão difícil que ela valorizava essas palavras e frases imprevistas mais do que tudo. Elas sempre a sobressaltavam quando surgiam.

Eles estavam sentados falando das esquisitices da senhora Steadman, quando Dermot de repente se agarrou a ela e balbuciou:

– Celia, você é tão linda, tão linda. Prometa-me que sempre será linda.

– Você me amaria da mesma forma se eu não fosse.

– Não. Não exatamente. Não seria exatamente igual. Prometa. Diga que você sempre será linda...

VI

Três meses após se instalar, Celia foi para casa, para uma visita de uma semana. Encontrou a mãe com aparência enferma e cansada. Vovó, por outro lado, parecia saudável e tinha um repertório esplêndido de histórias de atrocidades alemãs.

Miriam estava como uma flor murcha colocada na água. No dia seguinte à chegada de Celia, ela havia revivido, era a mesma de antigamente.

— Você sentiu muito a minha falta, mãe?

— Sim, querida. Não vamos falar disso. Teria que acontecer um dia. E você está feliz. Você parece feliz.

— Sim, mãe, você estava totalmente errada sobre Dermot. Ele é gentil. Ninguém poderia ser mais gentil... E nos divertimos tanto! Você sabe o quanto eu adoro ostras. De brincadeira, ele pegou uma dúzia delas e colocou na minha cama, disse que era um leito de ostras. Ah, parece bobagem, mas rimos muito. Ele é tão querido. E tão bom! Creio que jamais tenha feito algo de mau ou desonroso na vida. Pender, seu ordenança, acha "o capitão" o máximo. Ele é bastante crítico a meu respeito. Tenho a impressão de que ele não me acha boa o suficiente para seu ídolo. Outro dia ele disse: "O capitão gosta muito de cebolas, mas parece que nunca as temos por aqui". Então buscamos e as fritamos na mesma hora. A senhora Steadman fica do meu lado. Ela sempre diz que eu devo ter a comida de que eu gosto. Ela diz que os homens são todos muito bons, mas que, se cedesse uma vez ao sr. Steadman, onde ela iria parar?... é o que ela gostaria de saber.

Celia sentou-se na cama da mãe, tagarelando feliz.

Era maravilhoso estar em casa. A casa parecia muito mais bonita do que ela lembrava. Era tão *limpa,* a toalha do almoço sem manchas, a prataria cintilante e os vidros polidos. Tanta coisa a que não se dá o devido valor!

A comida também, embora muito simples, era uma delícia, preparada e servida de forma apetitosa.

A mãe disse que Mary iria se juntar ao Waacs.*

— Acho muito certo. Ela é jovem.

Gregg havia se revelado difícil desde a guerra. Ela resmungava sem parar sobre a comida.

— Estou acostumada a preparar carnes. Esses miúdos e peixe... Não está certo e não é nutritivo.

---

* Women's Army Auxiliary Corps (Corpo Auxiliar de Mulheres do Exército). (N.T.)

Miriam tentava explicar em vão as restrições em tempo de guerra. Gregg estava velha demais para assimilar.

– Economia é uma coisa, alimentação deficiente é outra. Margarina eu nunca comi e jamais comerei. Meu pai se reviraria na sepultura se soubesse que a filha está comendo margarina, ainda mais em uma casa nobre e respeitável.

Miriam riu ao contar isso para Celia.

– No início eu tolerava e dava a manteiga para ela e comia a margarina. Então, um dia embrulhei a manteiga no papel da margarina, e a margarina no papel da manteiga. Peguei as duas e disse a ela que aquela era uma margarina especial, igual a manteiga, e perguntei se ela provaria. Ela provou e fez uma careta na mesma hora. Não, realmente não comeria mesmo uma coisa daquelas. Então peguei a verdadeira margarina no papel de manteiga e perguntei se ela preferia. Ela provou e disse: "Ah, sim, essa sim". Aí eu contei a verdade e fui muito veemente. Desde então dividimos a manteiga e margarina igualmente sem rebuliço.

Vovó também era inflexível na questão da comida.

– Celia, consuma bastante manteiga e ovos. Fazem bem para você.

– Bem, está difícil de conseguir manteiga, vovó.

– Bobagem, minha querida, se é bom para você. Se você precisa. Aquela moça linda, filha da senhora Riley, morreu um dia desses. Matou-se de fome. Trabalhando fora o dia inteiro, e todos aqueles refugos em casa. Pneumonia em cima de gripe. Eu poderia a ter aconselhado.

E a avó sacudiu a cabeça animadamente sobre as agulhas de tricô.

Pobre vovó, sua visão estava muito ruim. Agora ela só tricotava com agulhas grossas e, mesmo assim, com frequência deixava escapar um ponto ou errava no molde. Ela então ficava sentada chorando em silêncio, as lágrimas escorrendo pelas velhas bochechas rosadas.

— É a perda de tempo — dizia ela. — Me deixa furiosa.

Ela estava cada vez mais desconfiada do ambiente ao seu redor.

Quando Celia entrava em seu quarto de manhã, muitas vezes encontrava a velha senhora chorando.

— Meus brincos, querida, os brincos de diamante que seu avô me deu. Aquela moça os pegou.

— Que moça?

— Mary. Ela também tentou me envenenar. Ela pôs alguma coisa no meu ovo cozido. Eu senti.

— Não, vovó, não se pode colocar nada em um ovo *cozido*.

— Eu senti, minha querida. Um gosto amargo na língua. — Vovó fez uma careta. — Uma criada envenenou patroa um dia desses, li no jornal. Ela sabe que eu sei que ela pega minhas coisas. Perdi muitas coisas. E agora meus lindos brincos.

Vovó chorou de novo.

— Tem certeza, vovó? Talvez estejam na gaveta.

— Não adianta procurar, querida, eles sumiram.

— Que gaveta era?

— A da direita, onde ela passou com a bandeja. Eu os enrolei nas minhas luvas. Mas não adianta. Já procurei.

Celia apresentou os brincos enrolados em uma tira de renda, e a avó manifestou surpresa e, encantada, disse que Celia era uma moça boa e esperta, mas as suspeitas sobre Mary continuaram.

Ela então inclinava-se à frente na poltrona e sussurrava de forma agitada.

— Celia. Sua bolsa. Sua bolsa de mão. Onde está?

— No meu quarto, vovó.

— Elas estão lá em cima agora. Eu ouvi.

— Sim, estão arrumando o quarto.

— Estão lá há muito tempo. Estão procurando sua bolsa. Mantenha-a sempre com você.

Preencher cheques também era muito difícil para vovó. Ela fazia Celia ficar junto e dizer onde começar a escrever e onde o papel acabava.

Então, preenchido o cheque, com um suspiro ela o dava a Celia para ir ao banco sacar.

– Veja que eu pus dez libras, embora as contas fiquem abaixo de nove. Mas jamais faça um cheque de nove libras, Celia, lembre-se disso. É muito fácil de ser alterado para noventa.

Visto que era a própria Celia que sacaria o cheque, ela seria a única pessoa que teria a oportunidade de alterá-lo, mas a avó não percebia isso. Era apenas parte de sua luta pela autopreservação.

Outra coisa que a incomodou foi quando Miriam disse-lhe gentilmente que ela devia mandar fazer alguns vestidos.

– Sabe, mãe, esse que você está vestindo está quase rasgando.

– Meu veludo? Meu lindo veludo?

– Sim, você não consegue enxergar. Mas está em um estado terrível.

Vovó suspirava em lamento, e as lágrimas vinham-lhe aos olhos.

– Meu veludo. Meu bom veludo; comprei esse veludo em Paris.

Vovó sofria por ter sido arrancada de seu ambiente. Depois de Wimbledon, o interior passou a ser terrivelmente enfadonho. Aparecia tão pouca gente, e nada acontecia. Ela nunca saía para o jardim por medo do ar fresco. Sentava-se na sala de jantar como fazia em Wimbledon. Miriam lia os jornais para ela, e depois disso os dias passavam-se lentamente para as duas.

Praticamente a única diversão da avó eram as encomendas das grandes quantidades de gêneros alimentícios e, após a chegada destes, a discussão e a escolha de um bom esconderijo, para que elas não fossem acusadas de "acúmulo". Os topos das estantes estavam cheios de latas de sardinha e biscoitos; compotas e pacotes de açúcar eram escondidos em guarda-louças improvisados. Os baús de vovó estavam cheios de melado.

– Mas, vovó, você realmente não devia estocar comida.

– Rá! – Vovó dava uma risada bem-humorada. – Vocês jovens não sabem das coisas. No cerco de Paris as pessoas comiam ratos. *Ratos.* Previdente, Celia, fui educada para ser previdente.

E então o rosto de vovó ficava subitamente alerta.

– As criadas... *elas estão no seu quarto de novo. E as suas joias?*

VII

Celia vinha se sentindo levemente enjoada há alguns dias. Certo dia, foi para a cama e ficou prostrada com uma náusea violenta.

Ela disse:

– Mamãe, será que terei um bebê?

– Temo que sim.

Miriam parecia preocupada e deprimida.

– Teme? – Celia ficou surpresa. – Você não quer que eu tenha um bebê?

– Não, não queria. Ainda não. Você quer muito ter um?

– Bem – considerou Celia –, eu não havia pensado nisso. Nunca falamos sobre ter um bebê, Dermot e eu. Suponho que sabíamos que teríamos um. Não gostaria de não ter. Sentiria ter perdido alguma coisa...

Dermot foi para o fim de semana.

Aquilo não era nem um pouco parecido com o que os livros diziam. Celia ainda estava bastante enjoada o tempo todo.

— Você tem ideia de por que está tão enjoada, Celia?
— Bem, acho que terei um bebê.
Dermot ficou muito aborrecido.
— Não queria que você tivesse. Sinto-me um bruto, um completo bruto. Não suporto que você fique enjoada e nesse estado deplorável.
— Mas, Dermot, estou muito contente. Não gostaríamos de não ter um bebê.
— Eu não me importaria. Não quero um bebê. Você vai pensar nele o tempo todo e não em mim.
— Não vou. Não vou.
— Sim, vai. As mulheres fazem isso. Ficam em casa para sempre, embromando-se com um bebê. Esquecem por completo dos maridos.
— Não vou fazer isso. Vou amar o bebê porque é seu, você não entende? É excitante porque é o *seu* bebê, não porque seja *um* bebê. E cada vez o amarei mais. Mais, mais, mais...

Dermot afastou-se com lágrimas nos olhos.
— Não posso suportar. Fiz isso com você. Poderia ter evitado. Você pode até morrer.
— Não vou morrer. Sou bem forte.
— Sua avó diz que você é muito delicada.
— Ah, isso é o que ela acha. Ela não suporta acreditar que alguém desfrute de uma saúde de ferro.

Dermot ficou bastante reconfortado. A ansiedade e a aflição dele por causa de Celia comoveram-na profundamente.

Quando voltaram para Londres, ele a papparicava o tempo todo, insistindo para que consumisse alimentos de boa qualidade e remédios para acabar com o enjoo.
— Melhora depois dos três meses. É o que dizem os livros.
— Três meses é muito tempo. Não quero que você fique enjoada por três meses.

– É desagradável demais, mas não há como evitar.

A gestação, refletiu Celia, era nitidamente decepcionante. Era tão diferente nos livros. Ela havia se imaginado sentada a costurar roupinhas enquanto pensava coisas lindas sobre a criança que viria.

Mas como poderia pensar em coisas lindas quando se sentia como em um navio a vapor no Canal da Mancha? Náusea intensa acaba com qualquer fantasia! Celia não passava de um animal saudável, mas em sofrimento.

Ela tinha enjoo não só de manhã cedo, mas o dia inteiro, a intervalos irregulares. Além do desconforto, aquilo tornava a vida um pesadelo para ela, visto que Celia nunca sabia quando a sensação voltaria. Em duas ocasiões ela teve de sair do ônibus para vomitar. Sob tais circunstâncias, convites para a casa das pessoas não podiam ser aceitos em segurança.

Celia ficava em casa sentindo-se miseravelmente enferma, saindo de vez em quando para uma caminhada a fim de se exercitar. Teve que desistir do curso de secretariado. Costurar deixava-a tonta. Ela ficava em uma cadeira e lia, ou escutava as fartas reminiscências obstétricas da senhora Steadman.

– Lembro que foi quando eu esperava Beatrice. Aquilo tomou conta de mim de repente na quitanda (eu tinha ido buscar verduras). *Eu tinha que comer aquela pera!* Grande e suculenta... do tipo caro que gente rica come de sobremesa. Peguei-a e comi sem nem pensar! O rapaz que estava me atendendo ficou só olhando... e não é de espantar. Mas o proprietário era pai de família e ele soube do que se tratava. "Tudo bem, filho", disse ele. "Não repare". "Sinto muito", eu disse. "Tudo bem", disse ele. "Eu tenho sete, e da última vez a patroa queria porque queria porco com picles."

A senhora Steadman fez uma pausa para respirar e acrescentou:

– Gostaria que sua mãezinha estivesse com você, mas claro que há a velha senhora, sua avó, a ser levada em conta.

Celia também queria que a mãe viesse ficar com ela. Os dias eram um pesadelo. Era um inverno nevoento. Dia após dia de nevoeiro. Tão terrivelmente compridos até Dermot voltar.

Ele era muito meigo quando chegava. Tão preocupado com ela. Em geral trazia algum livro sobre gravidez. Depois do jantar ele costumava ler trechos.

– *As mulheres às vezes sentem desejo por comidas estranhas e exóticas nessa época. Nos velhos tempos achava-se que esses desejos deviam sempre ser satisfeitos. Hoje devem ser controlados quando de caráter nocivo.* Você tem algum anseio por comidas estranhas e exóticas, Celia?

– Não ligo para o que como.

– Andei lendo sobre anestesia. Parece a coisa certa a fazer.

– Dermot, quando você acha que eu vou parar de enjoar? Já passou dos quatro meses.

– Ah, vai parar em breve. Todos os livros dizem isso.

Mas, a despeito do que diziam os livros, não parou. Continuou sem cessar.

Dermot sugeriu que Celia devia ir para casa.

– É tão horrível para você aqui o dia inteiro.

Mas Celia recusou-se. Sabia que ele ficaria magoado se ela fosse. E ela não queria ir. Tudo daria certo, ela não morreria, como Dermot havia sugerido de forma tão absurda. Mas, por via das dúvidas... afinal, às vezes as mulheres morriam... ela não deixaria de aproveitar um minuto com Dermot...

Mesmo enjoada do jeito que estava, ela ainda amava Dermot. Mais do que nunca.

Ele era tão amável com ela. E tão engraçado.

– O que é isso, Dermot? O que está dizendo?

Dermot pareceu bastante acanhado.

– Estava imaginando se o médico me dissesse: "Não podemos salvar a mãe e nem a criança". E eu diria: "Cortem a criança em pedacinhos".

– Dermot! Que coisa brutal!

– Eu o odeio pelo que está fazendo com você. Se é que é ele. Quero que seja ela. Não me importo de ter uma filha de olhos azuis e pernas longas. Mas detesto a ideia de um garotinho peste.

– É um menino. Quero um menino. Um menino como você.

– Vou bater nele.

– Que estupidez!

– É dever dos pais bater nos filhos.

– Você é ciumento, Dermot.

Ele era ciumento, terrivelmente ciumento.

– Você é linda. Quero você toda para mim.

Celia riu e disse:

– Estou particularmente linda agora!

– Você ficará de novo. Olhe Gladys Cooper. Teve dois filhos e está adorável como sempre. Para mim é um grande consolo pensar nisso.

– Dermot, gostaria que você não insistisse tanto na beleza. Isso... me assusta.

– Mas por quê? Você será linda por anos e anos...

Celia fez uma caretinha e se mexeu, desconfortável.

– O que é? Dor?

– Não, uma espécie de pontada no meu flanco. Muito cansativo. Como alguma coisa batendo.

– Não acho que seja. No último livro diz que depois do quinto mês...

– Ah, mas Dermot, você se refere ao "bater de asas embaixo do coração"? Sempre soou tão poético e adorável. Pensei que seria uma sensação adorável. Não pode ser isso.

Mas era!

Para Celia seu filho deveria ser uma criança muito ativa. Passava o tempo chutando.

Devido à atividade atlética, batizaram-no de Punch.*

– Punch aprontou muito hoje? – Dermot perguntava ao chegar em casa.

– Terrivelmente – respondia Celia. – Nenhum minuto de paz, mas acho que agora ele está dormindo.

– Espero – dizia Dermot – que ele seja um pugilista profissional.

– Não, não quero que ele quebre o nariz.

O que Celia mais queria era que a mãe pudesse ficar com ela, mas a avó não andara bem, com uma pontada de bronquite (atribuída por ela a ter aberto uma janela no quarto inadvertidamente). E, embora ansiando estar com Celia, Miriam não gostaria de deixar a velha senhora.

– Sinto-me responsável por vovó e não devo deixá-la, principalmente porque ela desconfia das empregadas. Mas, minha querida, quero tanto estar com você. Você não pode vir para cá?

Mas Celia não deixaria Dermot. No fundo, aquele tênue medo sombrio: "Eu poderia morrer".

Foi vovó que se encarregou do problema. Ela escreveu para Celia em sua letra fina e comprida, que agora perdia-se pelo papel devido à visão ruim.

Querida Celia

Insisti com sua mãe para que fosse até você. É muito ruim em seu estado ter desejos não satisfeitos. Sua querida mãe quer ir, eu sei, mas ela não quer me deixar sozinha com as criadas. Não comentarei mais, já que não se sabe quem lê as cartas.

Querida criança, mantenha os pés para cima por bastante tempo, e lembre-se de não colocar sua mão

---
* Soco. (N.T.)

sobre a sua pele se estiver olhando para um pedaço de salmão ou lagosta. Minha mãe estava grávida e pôs a mão no pescoço na hora em que olhava para um pedaço de salmão, e por isso sua tia Caroline nasceu com uma marca semelhante a um pedaço de salmão na lateral do pescoço.

Mando junto uma nota de cinco libras (a metade; a outra metade segue em separado), e trate de comprar qualquer iguaria de que tenha vontade.

Com carinho e amor,
Sua amada vovó.

A visita de Miriam foi um grande prazer para Celia. Fizeram uma cama para ela no divã da sala, e Dermot foi particularmente encantador. É de duvidar que isso tenha afetado Miriam, mas com certeza o carinho dele para com Celia sim.

– Talvez fosse o ciúme que me fizesse não gostar de Dermot – ela confessou. – Sabe, querida, mesmo agora não consigo gostar de alguém que tenha tirado você de mim.

No terceiro dia da visita, Miriam recebeu um telegrama e apressou-se de volta para casa. Vovó tinha morrido na véspera; suas últimas palavras praticamente foram uma recomendação para que Celia nunca pulasse ao subir ou descer de um ônibus:

– Jovens casadas nunca pensam nessas coisas.

Vovó não tinha ideia de que estivesse morrendo. Ela se afligia por não estar indo adiante nos sapatinhos que tricotava para o bebê de Celia. Morreu sem que tivesse lhe passado pela cabeça que não viveria para ver o bisneto.

VIII

A morte de vovó fez pouca diferença para Miriam e Celia em termos financeiros. A maior parte de sua renda era um usufruto vitalício da propriedade de seu terceiro marido. Vários pequenos legados corresponderam a mais da metade do dinheiro restante. O saldo foi deixado para Miriam e Celia. Enquanto Miriam estava em pior situação (visto que a renda de vovó havia ajudado a manter a casa), Celia era possuidora de cem libras por ano. Com o consentimento e a aprovação de Dermot, ela entregou a quantia a Miriam para ajudar na manutenção da "casa". Agora, mais do que nunca, ela detestava a ideia de vendê-la, e a mãe concordava. Uma casa de campo aonde os filhos de Celia poderiam ir, imaginava Miriam.

– E além disso, querida, você mesma pode precisar dela quando eu não estiver mais aqui. Quero que ela seja um refúgio para você.

Celia achou refúgio uma palavra engraçada, mas gostava da ideia de um dia ir morar lá com Dermot.

Dermot, porém, via a questão de modo diferente.

– Naturalmente você gosta da sua casa, mas não creio que ela seja de muita utilidade para nós.

– Poderíamos ir morar lá algum dia.

– Sim, quando tivermos uns 101 anos de idade. É longe demais de Londres para ter qualquer utilidade prática.

– Nem mesmo quando você der baixa no exército?

– Aí sim que não vou querer sentar e estagnar. Vou querer um emprego. E não estou bem certo sobre permanecer no exército depois da guerra, mas não precisamos falar disso agora.

De que adiantava olhar adiante? Dermot ainda podia ser mandado para a França de novo, a qualquer momento. Podia ser morto...

"Mas eu terei essa criança", pensava Celia.

Mas ela sabia que criança nenhuma poderia substituir Dermot em seu coração. Dermot era mais do que qualquer um no mundo para ela, e sempre seria.

Capítulo 11

Maternidade

I

O filho de Celia nasceu em julho, no mesmo quarto onde ela havia nascido há 22 anos.

Do lado de fora, galhos verde-escuros da faia batiam contra a janela.

Deixando de lado seus temores (curiosamente intensos) por Celia, Dermot havia resolutamente considerado o papel de uma gestante muito divertido. Outra atitude não poderia ter ajudado tanto Celia durante o período maçante. Ela permaneceu firme e ativa, e sempre enjoada.

Ela foi para casa cerca de três semanas antes do nascimento do bebê. No final daquele período Dermot conseguiu uma folga de uma semana e juntou-se a ela. Celia esperava que o bebê nascesse enquanto ele estivesse lá. A mãe esperava que nascesse depois que ele partisse. Para Miriam, os homens não passavam de um estorvo em tais ocasiões.

A enfermeira havia chegado, e era tão animada e tranquilizadora que Celia foi devorada por terrores secretos.

Uma noite, ao jantar, Celia deixou cair a faca e o garfo e gritou:

– Enfermeira!

Saíram da sala juntas. A enfermeira voltou momentos depois. Ela fez sinal afirmativo com a cabeça para Miriam.

– Muito pontual – disse ela sorrindo. – Uma paciente modelo.

– Você não vai telefonar para o médico? – inquiriu Dermot impetuosamente.

– Ah, não há pressa. Ele ainda não será necessário por muitas horas.

Celia voltou e prosseguiu com o jantar. Mais tarde Miriam e a enfermeira saíram juntas. Murmuraram sobre a roupa de cama, e chaves tilintaram.

Celia e Dermot ficaram sentados olhando um para o outro em desespero. Haviam brincado e rido, mas agora o medo impunha-se sobre eles.

Celia disse:

– Vou ficar bem. Sei que vou ficar bem.

Dermot disse, veemente:

– Claro que vai.

Fitaram-se em agonia.

– Você é muito forte – disse Dermot.

– Muito forte. E mulheres têm bebês todos dias, não é?

Um espasmo de dor contorceu seu rosto. Dermot gritou:

– Celia!

– Está tudo bem. Vamos lá para fora. De algum modo a casa parece um hospital.

– É a maldita enfermeira que faz isso.

– Na verdade ela é muito boa.

Saíram para a noite de verão. Sentiam-se curiosamente isolados. Dentro de casa havia alvoroço, preparativos; ouviram a enfermeira ao telefone:

– Sim, doutor... não, doutor... Ah, sim, por volta das dez horas estará ótimo... Sim, bastante satisfatório.

Lá fora a noite estava fresca e verdejante... A faia farfalhava...

Duas crianças solitárias vagavam de mãos dadas. Sem saber como consolar uma à outra...

De repente Celia disse:

– Só quero dizer... não que vá acontecer alguma coisa, mas caso aconteça... que fui tão maravilhosamente feliz que nada no mundo importa. Você prometeu que me faria feliz, e fez... Não sonhava que ninguém pudesse ser tão feliz.

Dermot disse com a voz entrecortada:

– Causei isso a você...

– Eu sei. É pior para você... Mas estou terrivelmente feliz quanto a isso, quanto a tudo...

Ela acrescentou:

– E além do mais... sempre nos amaremos.

– Sempre, por toda nossa vida...

A enfermeira chamou de dentro de casa:

– É melhor você vir agora, minha querida.

– Estou indo.

Agora era iminente. Estavam sendo separados. Isso era o pior, pensou Celia. Ter que deixar Dermot para encarar isso tudo sozinha.

Agarram-se. O beijo conteve todo o terror da separação.

Celia pensou: "Jamais esqueceremos esta noite. Jamais...". Era 14 de julho.

Ela foi para dentro de casa.

II

Tão cansada... tão cansada... tão, mas tão cansada...

O quarto girando, nebuloso... Depois expandindo-se e voltando à realidade. A enfermeira sorrindo para ela, o médico lavando as mãos em um canto do quarto. Ele a conhecia desde sempre, e falou alto em tom de brincadeira:

– Bem, Celia, minha cara, você teve um bebê.

Ela havia tido um bebê, é? Não tinha importância. Ela estava tão cansada. Só isso... cansada... Pareciam esperar que ela fizesse ou dissesse alguma coisa... Mas ela não conseguia. Ela só queria ser deixada quieta... Repousar... Mas havia alguma coisa... alguém... Ela murmurou:

– Dermot?

III

Ela havia cochilado. Quando abriu os olhos, ele estava ali.

Mas o que havia acontecido com ele? Ele parecia diferente, tão estranho. Estava com problemas. Havia recebido más notícias ou algo assim.

Ela perguntou:

– O que é?

Ele respondeu com uma voz nada natural:

– Uma filhinha.

– Não, quero dizer, com você. Qual é o problema?

O rosto dele enrugou-se, franziu-se de modo estranho. Ele estava chorando. Dermot chorando!

Ele disse com a voz entrecortada:

– Foi tão horrível, tão demorado... Você não sabe o quanto foi horripilante...

Ele ajoelhou-se ao lado da cama, enterrando o rosto ali. Ela colocou a mão na cabeça dele.

Como ele se importava...

– Querido – disse ela. – Está tudo bem agora...

IV

Ali estava a mãe. À vista daquele rosto meigo e sorridente, Celia instintivamente sentiu-se melhor, mais forte. Como nos tempos do quarto de criança, quando ela sentia que "tudo ia ficar bem agora que mamãe estava ali."

– Não vá embora, mamãe.

– Não, querida. Vou ficar sentada aqui ao seu lado.

Celia adormeceu segurando a mão da mãe. Quando acordou, ela disse:

– Ah, mãe, é *maravilhoso* não estar enjoada!

Miriam riu.

– Você vai ver seu bebê agora. A enfermeira está trazendo.

– Tem certeza de que não é um menino?

– Absoluta. Meninas são muito mais amáveis, Celia. Você sempre significou muito mais para mim do que Cyril.

– Sim, mas eu estava certa de que era um menino... Bem, Dermot ficará contente. Ele queria uma menina. Conseguiu o que queria.

– Como sempre – disse Miriam secamente. – Aí vem a enfermeira.

A enfermeira chegou muito empertigada, rígida e altiva, carregando alguma coisa em um travesseiro.

Celia muniu-se de coragem. Bebês recém-nascidos eram muito feios, assustadoramente feios. Ela tinha de estar preparada.

– Oh! – disse ela em tom de grande surpresa.

Aquela criaturinha era seu bebê? Ela sentiu-se excitada e ao mesmo tempo assustada quando a enfermeira depositou-a gentilmente no ângulo de seu braço. Aquela indiazinha vermelha e engraçada, com um tufo de cabelo escuro? Nada de aspecto de carne crua. Um rostinho engraçado, adorável, cômico.

– Três quilos e oitocentos gramas – disse a enfermeira com grande satisfação.

Como muitas vezes na vida, Celia sentiu-se irreal. Ela agora estava definitivamente fazendo o papel da Jovem Mãe.

Mas ela não se sentia em absoluto esposa ou mãe. Ela sentia-se como uma garotinha que havia chegado em casa depois de uma festa excitante, mas cansativa.

V

Celia chamou o bebê de Judy, o que chegou mais próximo de Punch!

Judy era saudável. Adquiria o peso necessário a cada semana e chorava o mínimo necessário. Quando chorava, era o rugido irado de uma tigresa em miniatura.

Tendo, como vovó diria, "tirado seu mês", Celia deixou Judy com Miriam e foi para Londres procurar uma casa adequada.

Seu encontro com Dermot foi particularmente feliz. Foi como uma segunda lua de mel. Parte da satisfação de Dermot brotou do fato (descobriu Celia) de ela ter deixado Judy para encontrá-lo.

– Tive tanto medo de que você ficasse toda dona de casa e não me desse mais bola.

Com o ciúme abrandado, sempre que podia Dermot juntava-se a ela cheio de energia na busca pelo apartamento. Celia agora sentia-se bastante experiente na atividade de procurar apartamentos, não era mais a paspalha que havia sido afugentada pela praticidade da senhorita Banks. Ela poderia passar a vida alugando apartamentos.

Eles pegariam um apartamento sem mobília. Seria mais barato, e Miriam poderia supri-los facilmente com quase toda a mobília de que precisavam.

Entretanto, apartamentos não mobiliados eram poucos e esparsos. Quase sempre traziam consigo um empecilho na forma de um belo desconto. À medida que os dias se passavam, Celia ficava cada vez mais desanimada.

Foi a senhora Steadman que salvou a situação.

Certa manhã, ela apareceu na hora do café com um ar misterioso de envolvimento em uma conspiração.

– Peço desculpas, senhor, claro, pela invasão em tal horário, mas na noite passada chegou aos ouvidos de

Steadman que o nº 18 da Lauceston Mansions, dobrando a esquina, está disponível. Eles escreveram para os agentes na noite passada, de modo que seria bom você voar para lá agora, senhora, antes que alguém fareje, por assim dizer.

Não foi preciso mais nada. Celia pulou da mesa, colocou um chapéu e partiu com a avidez de um cachorro no rastro.

O café da manhã também estava em curso na Lauceston Mansions, 18. Mediante o anúncio de uma empregada desmazelada de "alguém para ver o apartamento, madame", Celia, parada no saguão, ouviu uma lamúria agitada:

– Mas nem podem ter recebido minha carta ainda. São apenas oito e meia.

Uma mulher jovem de quimono saiu da sala de jantar, limpando a boca no guardanapo. Um cheiro de arenque acompanhava-a.

– Você realmente quer ver o apartamento?
– Sim, por favor.
– Ah, bem, suponho...

Celia foi levada para dar uma olhada. Sim, era excelente. Quatro quartos, duas salas de estar, tudo bem sujo, claro. Aluguel de oitenta libras por ano (incrivelmente barato). Uma bonificação (ai, ai, ai) de 150 libras, e o "lino" (Celia abominava linóleo) a ser considerado na avaliação. Celia ofereceu uma bonificação de cem libras. A mulher de quimono recusou com desdém.

– Muito bem – disse Celia em tom firme. – Vou ficar com ele.

Ao descer as escadas, estava contente com a decisão. Duas mulheres subiram, cada uma delas com uma ordem do corretor em mãos para ver o apartamento!

Em três dias, ofereceram a Celia e Dermot uma bonificação de duzentas libras para abdicarem de seu direito.

Mas eles não largaram, pagaram as 150 libras e tomaram posse do apartamento nº 18 da Lauceston Mansions. Enfim tinham sua própria casa (uma casa muito suja).

Dentro de um mês mal dava para reconhecer o lugar. Dermot e Celia fizeram toda a reforma sozinhos; não podiam bancar mais nada. Aprenderam na prática sobre pintura e colocação de papel de parede. Consideraram o resultado final charmoso. Papéis de chintz barato iluminaram os longos corredores sombrios. Paredes com pintura fosca amarela deram um ar ensolarado aos quartos de frente norte. As salas de estar eram creme-claro, um plano de fundo para pinturas e porcelanas. Os linóleos foram arrancados e dados de presente para a senhora Steadman, que os recebeu cobiçosamente:

– Gosto mesmo de um pedaço de um belo lino, senhora...

VI

Nesse ínterim, Celia passou com sucesso por outra provação: a da agência da senhora Barman. A agência fornecia babás.

Ao chegar naquele estabelecimento que inspirava temor, Celia foi recebida por uma criatura insolente de cabelo amarelo, e solicitada de forma impositiva a responder 34 perguntas, que incutiam intensa humildade em quem as respondia. Depois foi conduzida a um pequeno cubículo de aspecto bastante hospitalar e ali, entre cortinas, foi deixada à espera das babás que a mulher de cabelo amarelo julgou adequadas para ela.

Quando a primeira entrou, o senso de inferioridade de Celia já havia se agravado em um completo rebaixamento, que não foi abrandado pela candidata, uma mulher grandona e empertigada, agressivamente limpa e de atitude majestosa.

— Bom dia — disse Celia em tom débil.

— Bom dia, senhora.

A majestosa tomou a cadeira defronte de Celia e fitou-a com firmeza; ao fazer isso, transmitiu de algum modo sua noção de que fosse improvável que a situação de Celia se adequasse a qualquer um que se desse ao respeito.

— Quero uma babá para um bebê recém-nascido — começou Celia, desejando não se sentir e (temia ela) não soar amadora.

— Sim, senhora. De meses?

— Sim, por pelo menos dois meses.

Aquilo já foi um erro; "de meses" era uma maneira de falar, não um período de tempo. Celia sentiu que havia caído no conceito da majestosa.

— Certo, senhora. Outra criança?

— Não.

— O primeiro bebê. Quantos na família?

— Er... eu e meu marido.

— E que tipo de estabelecimento você mantém, senhora?

Estabelecimento? Que palavra para descrever uma única criada ainda não contratada.

— Vivemos de forma muito simples — disse Celia, corando. — Uma empregada.

— Quarto de criança limpo e servido?

— Não, você teria que fazer o serviço.

— Ah! — A majestosa ergueu-se e disse mais com pesar do que com ira: — Temo, senhora, que sua situação não seja a que eu procuro. Na casa de sir Eldon West eu tinha uma babá, e os quartos de criança eram atendidos pela empregada.

Celia amaldiçoou a mulher de cabelo amarelo em silêncio. Para que preencher um formulário sobre suas exigências e sua casa e depois falar com alguém que com certeza só aceitaria um cargo com os Rothschild caso eles calhassem de satisfazer seus caprichos?

A seguir veio uma mulher carrancuda de sobrancelha negra.

– Um bebê? Recém-nascido? Entenda, senhora, eu assumo *controle total*. Não tolero interferência.

Ela lançou um olhar penetrante para Celia. "Vou dar uma lição na jovem mãe que venha me chatear", diziam seus olhos.

Celia disse que não interferiria.

– Sou devotada às crianças, senhora. Tenho adoração por elas, mas não posso ter uma mãe sempre a interferir.

A de sobrancelha negra foi dispensada.

A seguir veio uma velha muito desmazelada que se descreveu como "Babá".

Pelo que Celia conseguiu deduzir, ela não conseguia ver, nem ouvir, nem entender o que era dito.

Fora com a Babá.

Depois veio uma mulher jovem de aspecto genioso que escarneceu da ideia de ter que limpar o quarto, seguida por uma moça afável de bochechas vermelhas que havia sido empregada, mas achava que "se daria melhor com crianças".

Celia estava perdendo as esperanças quando entrou uma mulher de cerca de 35 anos. Usava pince-nez, era extremamente asseada e tinha olhos azuis agradáveis.

Ela não reagiu mal quando se chegou ao "limpar o quarto".

– Bem, não me oponho a isso, exceto a lareira. Não gosto de limpar lareira. Estraga as mãos, e não é bom ter mãos ásperas cuidando de um bebê. Mas quanto ao resto não me importo de tratar. Estive nas colônias, posso dar conta de qualquer coisa.

Ela mostrou várias fotos de seus pupilos, e Celia decidiu contratá-la caso as referências fossem satisfatórias.

Celia saiu da agência da senhora Barman com um suspiro de alívio.

As referências de Mary Denman mostraram-se das mais satisfatórias. Ema era uma babá cuidadosa, muito experiente. A seguir Celia tinha que contratar uma criada.

Isso mostrou-se quase mais penoso do que encontrar uma babá. Babás, pelo menos, havia aos montes. Criadas eram praticamente inexistentes. Estavam todas em fábricas de munição, ou nos Waacs ou Wrens.* Celia viu uma garota da qual gostou muito, uma donzela gorducha e bem-humorada chamada Kate. Ela fez de tudo para persuadir Kate a ir trabalhar para eles.

Como todas as outras, Kate relutava quanto ao quarto de bebê.

– Não é por causa do bebê que me oponho, senhora. Eu gosto de crianças. É por causa da babá. Depois de meu último emprego jurei jamais ir onde houvesse uma babá. Sempre que há uma babá, há problema.

Em vão Celia descreveu Mary Denman como um poço de virtudes. Kate repetia de modo inabalável:

– Sempre que há uma babá, há problema. Digo por experiência.

No fim foi Dermot que pesou na balança. Celia colocou-o em ação junto à renitente Kate, e Dermot, perito em conseguir as coisas do seu jeito, teve êxito em fazer Kate dar uma chance a eles:

– Não sei o que deu em mim, porque ir aonde há babás e bebês eu disse que nunca iria de novo. Mas o capitão falou de modo tão agradável, além de ele conhecer o regimento onde meu namorado está na França e tudo mais. Bem, eu disse, podemos ao menos tentar.

Assim Kate ficou garantida e, num dia triunfante de outubro, Celia, Dermot, Denman, Kate e Judy

---

* Woman's Royal Naval Service (Serviço Naval Real das Mulheres). (N.T.)

mudaram-se para a Lauceston Mansions, nº 18, e teve início a vida em família.

VII

Dermot era muito engraçado com Judy. Tinha medo dela. Quando Celia tentava fazer com que ele a segurasse, ele recuava, nervoso.

— Não, não posso. Simplesmente não posso. Não vou segurar a coisa.

— Você terá que fazê-lo um dia, quando ela ficar maior. E ela não é uma coisa!

— Ela ficará melhor quando for maior. Uma vez que saiba falar e andar, ouso dizer que gostarei dela. Ela é tão horrivelmente gorda agora. Você acha que ela vai se endireitar?

Ele se recusava a admirar as dobrinhas e covinhas de Judy.

— Quero que ela seja magra e ossuda.

— Não agora, com três meses de idade.

— Você realmente acha que ela será magra um dia?

— Com certeza. Somos ambos magros.

— Não suportaria se ela fosse gorda.

Celia tinha que recorrer à admiração da senhora Steadman, que caminhava ao redor do bebê como havia feito com o pedaço de carne de gloriosa memória.

— Ela é igual ao capitão, não é? Ah, dá para ver que foi feita em casa, com o perdão do velho ditado.

No geral, Celia achava a vida doméstica bastante divertida. E era divertida porque ela não levava a sério. Denman mostrou-se uma babá excelente, competente e dedicada ao bebê, e extraordinariamente agradável e disposta, contanto que houvesse muito trabalho para fazer e que tudo estivesse em desordem. No momento em que a casa ficou arrumada e as coisas passaram a transcorrer tranquilamente, Denman mostrou o outro lado de sua personalidade. Ela tinha um temperamento feroz, dirigido não a Judy, que ela adorava, mas a Celia e a Dermot. Para Denman, todos os patrões eram inimigos naturais. O comentário mais inocente gerava uma tempestade. Celia dizia:

– Vi que você acendeu a lâmpada elétrica na noite passada. Tudo bem com o bebê?

Denman inflamava-se na mesma hora.

– Acho que eu posso acender a luz para ver as horas, não? Posso ser tratada como uma escrava, mas há limites para tudo. Tive escravos sob meu comando na África, pobres selvagens ignorantes, mas suas necessidades não geravam desconfortos. Se você acha que estou desperdiçando luz, peço-lhe que me diga sem rodeios.

Na cozinha, Kate costumava rir quando Denman falava de escravos.

– Ela nunca estará satisfeita; não até ter uma dúzia de negros submetidos a ela. Está sempre falando dos negros na África; eu não teria um negro na minha cozinha... coisas pretas asquerosas.

Kate era um grande conforto. Bem-humorada, plácida e imperturbada pelas comoções, seguia em frente, cozinhando, limpando e entregando-se a reminiscências dos "serviços".

– Jamais esquecerei meu primeiro serviço. Não, nunca. Eu era um fiapo de garota, menos de dezessete anos. Me faziam passar fome. Um peixe defumado era tudo o que me davam de almoço, e margarina em vez de manteiga. Fiquei tão magra que dava para ouvir meus ossos roçando uns nos outros. Minha mãe ficou apavorada.

Comparando com a obesidade robusta de Kate, maior a cada dia, Celia mal podia acreditar na história.

– Espero que você tenha o bastante para comer aqui, Kate.

– Não se preocupe, senhora, está tudo bem. E a senhora não precisa fazer nada. Faça apenas a bagunça.

Mas Celia havia desenvolvido uma paixão por cozinhar. Tendo feito a sensacional descoberta de que cozinhar era basicamente seguir uma receita com atenção, ela mergulhou de cabeça no passatempo. A desaprovação de Kate forçou-a a restringir suas atividades culinárias aos dias de folga da empregada, quando ela fazia uma orgia na cozinha e produzia iguarias excitantes para o chá e o jantar de Dermot.

Como se fizesse parte da qualidade insatisfatória da vida, Dermot com frequência chegava em casa com indigestão nesses dias e pedia um chá fraco e torrada seca em vez de postas de lagosta e suflê de baunilha.

Kate mantinha-se com firmeza na comida trivial. Era incapaz de seguir uma receita porque não se dignava a medir quantidades.

– Um pouco disso e daquilo. É o que faço – dizia ela. – É assim que minha mãe fazia. Cozinheiras nunca medem.

– Talvez fosse melhor se medissem – sugeriu Celia.

– Você tem que medir a olho – dizia Kate com firmeza. – Era assim que minha mãe fazia.

Que divertido, pensava Celia.

Uma casa própria (ou melhor, um apartamento). Um marido. Um bebê. Uma criada.

Ela sentia que enfim estava sendo adulta, uma pessoa de verdade. Estava até mesmo aprendendo o jargão correto. Havia feito amizade com duas outras jovens esposas no prédio. Elas levavam muito a sério as qualidades do leite, as iniquidades das criadas e onde comprar as couves-de-bruxelas mais baratas.

– Olhei bem na cara dela e disse: "Jane, não permito insolência", bem assim. Ela me lançou um olhar daqueles.

Pareciam não falar nada além desses assuntos.

No fundo, Celia temia que jamais fosse verdadeiramente dona de casa.

Por sorte, Dermot não ligava. Ele dizia com frequência que detestava mulheres do lar. As casas delas, ele dizia, eram sempre desconfortáveis.

E parecia haver algum sentido no que ele dizia. As mulheres que só falavam das criadas viviam ouvindo "insolências" da parte destas, e seus "tesouros" iam embora em maus momentos e as deixavam com toda a comida e o serviço doméstico para fazer. E mulheres que passam a manhã inteira escolhendo e comprando alimentos têm uma comida pior do que qualquer outra.

Celia achava que faziam muito estardalhaço a respeito de toda essa função de assuntos domésticos.

Pessoas como ela e Dermot divertiam-se muito mais. Ela não era a dona da casa de Dermot, era sua companheira de diversão.

E um dia Judy correria por lá e falaria, e adoraria sua mãe como Celia adorava Miriam.

E no verão, quando Londres ficava quente e abafada, ela levaria Judy para casa, e Judy brincaria no jardim com princesas e dragões, e Celia leria para ela todos os velhos contos de fada da estante de livros do quarto de criança...

Capítulo 12

Paz

I

O armistício foi uma grande surpresa para Celia. Ela tinha ficado tão acostumada com a guerra que achava que jamais acabaria...

Era apenas uma parte da vida...

E agora a guerra tinha acabado!

Com a guerra em curso não adiantava nada fazer planos. Tinha que se deixar o futuro para o futuro e viver o agora, apenas esperando e rezando para que Dermot não fosse mandado para a França de novo.

Mas agora... era diferente.

Dermot estava cheio de planos. Ele não ficaria no exército. Não havia futuro no exército. Tão logo fosse possível, ele se desmobilizaria e iria para a cidade grande. Ele sabia de uma vaga em uma firma muito boa.

– Mas Dermot, não é mais seguro permanecer no exército? Quer dizer, há a pensão e tudo mais.

– Eu ficarei estagnado se continuar no exército. E o que há de bom em uma pensão miserável? Pretendo ganhar dinheiro. Um bom dinheiro. Você não se importa de correr riscos, não é, Celia?

Não, Celia não se importava. A disposição para correr riscos era o que ela mais admirava em Dermot. Ele não tinha medo da vida.

Dermot jamais fugia da vida. Ele a encarava e a submetia à sua vontade.

Miriam havia chamado-o certa vez de implacável. Bem, isso era verdade sob certo aspecto. Ele *era* implacável com a vida. Sentimentalismos jamais o influenciavam. Mas ele não era implacável com ela. Veja-se como ele havia sido carinhoso antes de Judy nascer...

II

Dermot correu o risco.

Deixou o exército e foi para a cidade grande, começando com um salário pequeno, mas com a perspectiva de um bom dinheiro no futuro.

Celia havia se perguntado se ele acharia a rotina de escritório maçante, mas ele não pareceu achar. Pareceu plenamente satisfeito com a nova vida.

Dermot gostava de fazer coisas novas.

Também gostava de gente nova.

Celia ficava chocada por ele nunca querer ir à Irlanda ver as duas velhas tias que o haviam criado.

Ele mandava presentes e escrevia uma vez por mês, mas nunca quis ir vê-las.

– Você não gostava delas?

– Claro que gostava. Especialmente da tia Lucy. Ela foi como uma mãe para mim.

– Bem, então não quer vê-las? Poderíamos trazê-las para cá, se você quisesse.

– Ah, isso seria um grande incômodo.

– Um incômodo? Se você gosta delas?

– Sei que elas estão bem. Muito felizes e tal. Não sei exatamente se quero *vê-las*. Afinal, quando você cresce, você se desliga de seus parentes. É algo natural. Tia Lucy e tia Kate não significam nada para mim agora. Me desliguei delas.

Dermot era extraordinário, pensava Celia.

Mas talvez ele também a achasse igualmente extraordinária por ser tão apegada a lugares e a pessoas que conhecia desde sempre.

Na verdade Dermot não a achava extraordinária. Ele simplesmente não pensava sobre isso. Dermot jamais pensava sobre como as pessoas eram. Falar de pensamentos e sentimentos era perda de tempo para ele.

Ele gostava da realidade, não de imaginação.

Às vezes Celia perguntava coisas do tipo: "O que você faria se eu fugisse com alguém?", ou: "O que você faria se eu morresse?".

Dermot nunca sabia o que faria. Como poderia saber até que acontecesse?

– Mas você não pode apenas imaginar?

Não, Dermot não podia. Imaginar coisas que não existiam era realmente uma grande perda de tempo para ele.

O que, claro, era bem verdade.

Não obstante, Celia não conseguia parar de fazer isso. Ela era daquele jeito.

III

Um dia Dermot magoou Celia.

Tinham ido a uma festa. Celia ainda ficava bastante nervosa com festas e com a possibilidade de ser acometida de um ataque de timidez e língua presa. Às vezes acontecia, às vezes não.

Mas aquela festa, assim pensou ela, tinha transcorrido extremamente bem. No começo ela havia ficado com a língua presa, e então se aventurou em um comentário que fez o homem com quem ela conversava rir.

Incentivada, Celia ganhou confiança e depois disso conversou razoavelmente. Todo mundo havia rido e conversado bastante, e Celia tanto quanto os outros. Ela havia dito coisas que tinham lhe soado bem espirituosas e que pareciam ter sido consideradas espirituosas pelas outras pessoas. Ela voltou para casa em uma felicidade fulgurante. "Não sou tão estúpida. Não sou tão estúpida afinal de contas", disse a si mesma, feliz.

Ela falou com Dermot através da porta do quarto de vestir.

– Achei a festa muito boa. Aproveitei. Que sorte que consegui segurar o fio puxado da minha meia a tempo.

– Não foi muito ruim.

– Dermot, você não gostou?

– Bem, tive um pouquinho de indigestão.

– Ah, querido. Sinto muito. Vou pegar um pouco de bicarbonato.

– Está tudo bem agora. Qual era o problema com você esta noite?

– Comigo?

– Sim, você estava muito diferente.

– Estava animada. Diferente de que jeito?

– Bem, você costuma ser tão sensata. Esta noite estava falando e rindo, e bastante diferente.

– Você não gostou? Achei que eu estivesse me saindo tão bem.

Uma sensação estranha e gélida começou a se formar dentro de Celia.

– Bem, só acho que você pareceu muito boba. Só isso.

– Sim – disse Celia lentamente. – Creio que estava sendo boba... Mas acho que as pessoas gostaram. Elas riram.

– As pessoas!

– E, Dermot, eu me diverti... É horrível, mas acho que gosto de ser boba às vezes.

– Ah, bom, então tudo bem.

– Mas não serei de novo. Não se você não gosta.

– Bem, eu de fato detesto quando você parece boba. Não gosto de mulheres bobas.

Aquilo a magoou. Sim, magoou.

Uma tola. Ela era uma tola. Claro que era tola, ela sempre soube disso. Mas de algum modo havia esperado...

que Dermot não ligasse. Que ele fosse... o que ela queria dizer exatamente?... que fosse carinhoso com ela quanto a isso. Se você ama uma pessoa, suas falhas e defeitos a tornam mais querida para você, e não menos. Você diz: "Ora, isso não *parece* tal e tal coisa?". Mas diz com carinho, não com exasperação.

Mas os homens não lidam muito com carinho...

Celia foi varada por uma pontinha de pavor.

Não, os homens não eram carinhosos... Não eram como as mães...

Ela foi tomada por uma apreensão. Ela realmente não sabia nada sobre os homens. Ela realmente não sabia nada sobre Dermot...

"Os homens!" A frase da avó veio-lhe à mente. Vovó parecia saber com exatidão do que os homens gostavam e do que não gostavam. Mas ela, claro, não era boba... Celia tinha rido da avó muitas vezes, mas vovó não era boba.

E ela, Celia, era... Ela sempre soube disso. Mas tinha pensado que, com Dermot, isso não importaria. Bem, importava, *sim*.

No escuro, as lágrimas escorreram livremente por suas bochechas.

Ela choraria por causa disso agora, de noite, sob o abrigo da escuridão. E de manhã ela seria diferente. Ela jamais seria boba em público outra vez. Ela havia sido mimada, era isso. Todo mundo sempre havia sido muito gentil com ela, incentivando-a. Mas ela não queria que Dermot ficasse com aquele ar que havia ficado por um rápido instante...

Aquilo a fazia lembrar de alguma coisa... algo há muito tempo.

Não, ela não conseguia lembrar.

Mas ela teria muito cuidado para não ser mais boba.

Capítulo 13

Companheirismo

I

Celia descobriu que havia muitas coisas de que Dermot não gostava nela.

Qualquer sinal de desamparo o incomodava.

– Por que quer que eu faça coisas para você quando pode você mesma fazê-las perfeitamente bem?

– Ah, Dermot, mas é tão bom ter você fazendo para mim.

– Bobagem, você ficaria cada vez pior se eu fizesse.

– Creio que sim – disse ela com tristeza.

– Não que você não possa fazer todas essas coisas perfeitamente. Você é sensata, inteligente e capaz.

– Creio – disse Celia – que isso combina com meus ombros ligeiramente inclinados, de estilo vitoriano. Preciso me agarrar, como hera.

– Bem – disse Dermot bem-humorado –, não poderá se agarrar em mim. Não vou deixar.

– Dermot, você se importa por eu ser sonhadora e fantasiar coisas que poderiam acontecer e imaginar o que eu faria se acontecessem?

– Claro que não me importo, se isso diverte você.

Dermot sempre era justo. Ele era independente e respeitava a independência das pessoas. Tinha opiniões bem específicas sobre as coisas, mas nunca as exprimia ou dividia com qualquer pessoa.

O problema era que Celia queria compartilhar tudo. Quando a amendoeira do pátio embaixo começava a florir, isso causava-lhe tanto êxtase que ela ansiava por pegar Dermot pela mão, arrastá-lo para a janela e fazê-lo sentir o mesmo. Mas Dermot detestava que pegassem-no pela mão. Ele detestava ser tocado de qualquer maneira a menos que estivesse em um estado de espírito nitidamente amoroso.

Quando Celia queimou a mão no forno e logo em seguida esmagou um dedo na janela da cozinha, ela ansiou por colocar a cabeça no ombro de Dermot e ser confortada. No entanto, sentiu que esse tipo de reação incomodaria Dermot, e estava completamente certa. Ele não gostava que encostassem nele e buscassem conforto nem que lhe pedissem para entender a emoção alheia.

Assim, Celia lutava contra o seu desejo de compartilhar, sua queda por carinhos, seu anseio por reafirmação.

Ela convencia-se de que era infantil e tola. Ela amava Dermot, e Dermot a amava. Ele talvez a amasse mais profundamente do que ela a ele, visto que ele precisava de menos manifestações de amor para se satisfazer.

Ela tinha a paixão e o companheirismo e dele. Era exagero esperar também afeição. Vovó sabia das coisas. "Os homens" não eram assim.

II

Nos finais de semana, Dermot e Celia iam para o campo juntos. Levavam sanduíches e iam de trem ou ônibus para o local escolhido, caminhavam pelo campo e voltavam para casa em outro trem ou ônibus.

Celia esperava ansiosamente pelo final de semana. Dermot voltava do centro todos os dias completamente cansado, às vezes com dor de cabeça, às vezes com indigestão. Após o jantar, ele gostava de sentar e ler. De vez em quando comentava com Celia sobre como havia sido o dia, mas na maioria das vezes preferia não conversar. Geralmente tinha algum livro técnico para ler, e não gostava de ser interrompido.

Mas aos finais de semana Celia tinha seu companheiro de volta. Caminhavam pelos bosques e faziam gracejos; às vezes, subindo um morro, Celia dizia: "Gosto muito de você, Dermot" e colocava a mão no braço dele. Isso porque Dermot corria morro acima, e Celia ficava sem fôlego. Dermot não se importava que ela segurasse seu braço se fosse apenas um gracejo ou para ajudá-la a subir o morro.

Um dia Dermot propôs que jogassem golfe. Dermot avisou que ele era ruim, mas que podiam jogar um pouquinho. Celia pegou os tacos e removeu a ferrugem deles. Lembrou de Peter Maitland. Peter querido. Peter querido, *querido*. A terna afeição que sentia por Peter permaneceria até o final de sua vida. Peter fazia parte das coisas...

Encontraram um campo de golfe razoável onde as tarifas não eram muito altas. Foi divertido jogar golfe de novo. Ela estava enferrujada demais, mas Dermot não estava muito melhor. Ele dava tacadas longas formidáveis, mas elas seguiam retas demais ou enviesadas demais.

Era divertido jogar juntos.

No entanto, não seguiu divertido por muito tempo. Dermot, tanto em jogos como no trabalho, era prático e meticuloso. Comprou um livro sobre o assunto e estudou a fundo. Praticava o manejo do taco em casa e comprou algumas bolas de cortiça para treinar.

No fim de semana seguinte não jogaram. Dermot não fez nada além de praticar tacadas. E fez Celia fazer o mesmo.

Dermot começou a viver para o golfe. Celia também tentou viver para o golfe, mas com pouco sucesso.

O jogo de Dermot melhorou a passos largos. O de Celia permaneceu quase a mesma coisa. Ela desejava ardentemente que Dermot fosse um pouco mais parecido com Peter Maitland...

Contudo, ela havia se apaixonado por Dermot atraída exatamente pelas qualidades que o diferenciavam de Peter.

III

Um dia Dermot disse:

– Olhe só, estou indo a Dalton Heath com Andrews no próximo domingo. Tudo bem?

Celia disse que claro, tudo bem.

Dermot voltou entusiasmado.

O golfe tinha sido maravilhoso, jogaram em um campo de primeira classe. Celia tinha que ir no próximo final de semana e conhecer Dalton Heath. Mulheres não podiam jogar nos finais de semana, mas ela poderia passear por lá com ele.

Eles foram mais uma ou duas vezes no campo barato, mas Dermot não tinha mais prazer. Disse que aquele tipo de lugar não servia para ele.

Um mês depois, ele disse a Celia que iria associar-se a Dalton Heath.

– Sei que é caro. Mas, afinal de contas, posso economizar de outras maneiras. Golfe é a única recreação que tenho, e para mim fará toda a diferença. Andrews e Weston são sócios de lá.

Celia falou lentamente:

– E eu?

– Não adianta nada você se associar. Mulheres não podem jogar nos finais de semana, e não creio que você queira ir sozinha durante a semana.

– O que quero saber é o que vou fazer nos finais de semana. Você estará jogando com Andrews e o pessoal.

– Bem, seria muita tolice associar-se a um clube de golfe e não usufruir dele.

— Sim, mas sempre passamos os finais de semana juntos, você e eu.

— Hum. Bem, você pode arranjar alguém para andar por aí, não pode? Quer dizer, você tem muitas amigas.

— Não, não tenho. Não agora. Minhas novas amigas que moravam em Londres casaram-se e foram embora.

— Bem, há a Dóris Andrews e a senhora Weston.

— Não são exatamente minhas amigas. São as esposas dos seus amigos. Não é a mesma coisa. Além do mais, não se trata disso. Você não entende. Eu gosto de estar com *você*. Gosto de fazer coisas com você. Eu gosto de nossos passeios e de nossos piqueniques, e de jogar golfe juntos, e de toda a diversão. Você está cansado durante a semana, e não o incomodo para que faça algo à noite, mas espero ansiosa pelos finais de semana. Eu adoro. Dermot, eu gosto de estar com você, e agora sinto que nunca mais faremos qualquer coisa juntos.

Ela desejou que sua voz não tremesse. Desejou conseguir manter os olhos sem lágrimas. Será que estava sendo por demais irracional? Será que Dermot ficaria chateado? Será que ela estava sendo egoísta? Ela estava se agarrando. Sim, sem dúvida estava se agarrando. Como uma hera de novo!

Dermot esforçava-se para ser paciente e razoável.

— Sabe, Celia, não acho justo. Nunca me meto no que você quer fazer.

— Mas eu não quero fazer coisas.

— Bem, eu não me importaria se quisesse. Se em qualquer final de semana você tivesse dito que queria sair com Dóris Andrews ou com alguma velha amiga, eu teria ficado bem feliz. Teria procurado alguém e iria a outro lugar. Afinal, quando casamos, concordamos que cada um seria livre e faria o que quisesse fazer.

– Não concordamos nem falamos nada a respeito – disse Celia. – Apenas amávamos um ao outro, queríamos casar e pensávamos que seria perfeito e magnífico estarmos sempre juntos.

– Bem, então é isso. Não é que eu não ame você. Amo você tanto quanto sempre amei. Mas um homem gosta de fazer coisas com outros homens. E precisa de exercício. Se eu estivesse querendo sair com outras mulheres, bem, aí sim você teria do que reclamar. Mas não quero ter outra mulher. Detesto mulheres. Quero apenas jogar um golfe decente com meus amigos. Acho que você está sendo bastante irracional quanto a isso.

Sim, provavelmente ela estava sendo irracional...

O que Dermot queria era tão inocente, tão natural... Ela sentiu-se envergonhada.

O que ele não percebeu foi o quanto ela sentiria falta dos finais de semana juntos... Ela não queria Dermot apenas em sua cama à noite. Ela amava Dermot como companheiro de diversão mais ainda do que como amante...

Será que era verdade o que ela ouvira muitas vezes, que os homens queriam mulheres apenas na cama e na cozinha?...

Será que era essa a tragédia do casamento, as mulheres quererem ser companheiras e os homens se chatearem com isso?

Ela falou algo do tipo. Dermot, como sempre, foi honesto.

– Acho que isso *é* verdade, Celia. As mulheres sempre querem acompanhar os homens; mas, para certas coisas, um homem sempre prefere outro homem.

Sim, ela ouviu com todas as letras. Dermot estava certo, e ela estava errada. Ela *tinha* sido irracional. Ela disse isso, e o rosto dele desanuviou-se.

– Você é tão meiga, Celia. Espero que no fim você realmente aproveite mais. Quero dizer, você vai encontrar pessoas que gostem de conversar e falar sobre sentimentos. Sei que sou péssimo com isso. Mesmo assim, seremos felizes da mesma forma. De fato, provavelmente só jogarei golfe no sábado ou no domingo. No outro dia sairemos como fazíamos antes.

No sábado seguinte ele saiu radiante. No domingo propôs espontaneamente que ele e ela deveriam dar uma volta.

Eles saíram, mas não foi a mesma coisa. Dermot estava muito afável, mas ela viu que o coração dele estava em Dalton Heath. Weston havia convidado Dermot para jogar, e ele recusara.

Ele estava muito orgulhoso por seu sacrifício.

No final de semana seguinte, Celia insistiu para que ele fosse jogar golfe nos dois dias, e ele foi, bem feliz.

Celia pensou: "Tenho que aprender a brincar sozinha de novo. Ou achar algumas amigas".

Ela havia desdenhado as "mulheres do lar". Tinha se orgulhado do companheirismo de Dermot. Aquelas mulheres do lar, envolvidas com filhos, empregadas e administrando a casa, ficavam aliviadas quando Tom ou Dick saíam para jogar no final de semana porque não havia rebuliço pela casa, "facilita tanto para as empregadas, minha cara". Os homens eram necessários como provedores, mas eram um estorvo dentro de casa.

Talvez, afinal de contas, a vida do lar valesse mais a pena.

Parecia que sim.

Capítulo 14

Hera

I

Que bom estar em casa. Celia estendeu-se por inteiro sobre a grama verde, deliciosamente cálida e viva...

A faia farfalhava acima de sua cabeça...

Verde, verde. O mundo inteiro era verde...

Arrastando um cavalo de madeira atrás de si, Judy esfalfava-se pelo aclive do gramado...

Judy era uma graça com suas pernas firmes, bochechas rosadas, olhos azuis e o cabelo cor de avelã basto e encaracolado. Judy era a sua garotinha, assim como ela havia sido a garotinha de sua mãe.

Só que Judy era bastante diferente, é claro...

Judy não queria que lhe contassem histórias, o que era uma pena, porque Celia criava montes de histórias sem esforço. Além disso, Judy não gostava de contos de fada.

Judy não era boa em faz de conta. Quando Celia contou a Judy como ela fingia que o gramado era um mar e que seu aro era um hipopótamo, Judy a olhou e disse:

– Mas é grama. E você girava um aro. Não podia montar nele.

Era tão óbvio que a filha achava que sua mãe devia ter sido uma garotinha muito boba que Celia ficou totalmente arrasada.

Primeiro Dermot havia descoberto que Celia era tola, e agora Judy!

Embora tivesse apenas quatro anos de idade, Judy muito convencional. E Celia achou que ser convencional era muito deprimente.

Além disso, o senso comum de Judy tinha um efeito ruim sobre Celia. Ela se esforçava para parecer sensata aos olhos de Judy, aqueles olhos azul-claros avaliadores, e o resultado era que com frequência tornava-se mais tola do que era.

Judy era um completo enigma para sua mãe. Tudo o que Celia adorava fazer quando criança entediava Judy. Ela não conseguia brincar sozinha no jardim por mais do que três minutos. Entrava em casa marchando e declarava que "não havia nada para fazer".

Judy gostava de fazer coisas reais. Nunca ficava entediada no apartamento. Limpava mesas com um espanador, participava da arrumação das camas e ajudava o pai a limpar os tacos de golfe.

Dermot e Judy haviam se tornado amigos de repente. Uma comunhão totalmente satisfatória havia crescido entre eles. Embora ainda deplorasse a estrutura reforçada de Judy, Dermot se encantava com o evidente deleite dela em sua companhia. Conversavam a sério um com o outro, como gente grande. Quando Dermot dava um taco de golfe para Judy limpar, esperava que ela o fizesse de modo adequado. Quando Judy perguntava: "Está bom?" a respeito de qualquer coisa – uma casinha de blocos que ela tivesse construído ou uma bola feita de lã ou uma colher que tivesse limpado – Dermot jamais dizia que estava bom a menos que achasse que sim. Ele apontava os erros ou defeitos.

– Você vai desestimulá-la – dizia Celia.

Mas Judy não ficava nem um pouco desestimulada, e seus sentimentos nunca eram magoados. Ela gostava mais do pai do que da mãe porque o pai era mais difícil de agradar. Ela gostava de coisas difíceis.

Dermot era bruto. Quando ele e Judy faziam travessuras juntos, Judy quase sempre acabava machucada. As brincadeiras com Dermot sempre terminavam com um galo, um arranhão ou um dedo apertado. Judy não ligava. As brincadeiras mais gentis de Celia pareciam-lhe insípidas.

Só quando estava doente Judy preferia a mãe ao pai.

– Não vá embora, mamãe. Não vá embora. Fique comigo. Não deixe papai vir. Não quero papai.

Dermot ficava muito satisfeito por sua presença não ser desejada. Ele não gostava de gente doente. Qualquer pessoa doente ou infeliz o constrangia.

Judy era igual a Dermot quanto a ser tocada. Ela também detestava ser beijada. Ela aguentava um beijo de boa noite da mãe, mas nada mais. O pai jamais a beijava. Quando davam boa noite, eles sorriam um para o outro.

Judy e a avó se davam bem. Miriam ficava encantada com o gênio e inteligência da criança.

– Ela é extraordinariamente rápida, Celia. Capta as coisas num instante.

O velho amor de Miriam pelo ensino reavivou-se. Ela ensinou as letras e pequenas palavras para Judy. Tanto a avó quanto a neta gostavam das aulas.

Às vezes Miriam dizia para Celia:

– Mas ela não é como você, minha preciosa...

Era como se estivesse se desculpando por seu interesse pela juventude. Miriam amava a juventude. Ela tinha a alegria de um professor com uma mente que desabrochava. Judy era uma fonte de excitação e interesse permanentes para ela.

Mas o coração de Miriam era todo de Celia. O amor entre elas estava mais forte do que nunca. Quando Celia chegava, encontrava a mãe parecendo uma velhinha. Cinzenta. Desbotada. Mas um dia ou dois depois ela revivia, a cor voltava-lhe às bochechas, os olhos brilhavam.

— Tenho minha menina de volta — ela dizia feliz.

Ela sempre convidava Dermot também, mas ficava feliz quando ele não vinha. Ela queria Celia só para si.

E Celia amava a sensação de voltar para sua antiga vida. Sentir aquela onda feliz de reafirmação engolfando-a. A sensação de ser amada, de ser *adequada*...

Para a mãe, ela era perfeita... A mãe não queria que ela fosse diferente... Celia podia simplesmente ser ela mesma.

Era tão tranquilizante ser ela mesma...

E então ela podia se soltar, ser terna, dizer coisas...

Ela podia dizer: "Estou tão feliz", sem ter que engolir as palavras diante da carranca de Dermot. Dermot detestava que fosse dito o que se sentia. Ele achava isso um tanto indecente.

Em casa Celia podia ser tão indecente quanto quisesse. Lá, ela conseguia perceber melhor o quanto era feliz com Dermot e o quanto amava Judy e ele. Após uma noite de amor e de sinceridade, ela podia voltar e ser uma pessoa sensata e independente, do tipo aprovado por Dermot.

Ah, lar querido. E a faia. E a grama... crescendo... crescendo até encostar no queixo dela. Ela pensava, sonhadora: "Está viva. É uma Grande Besta Verde. A terra inteira é uma Grande Besta Verde... é bondosa, cálida e viva... Sou tão feliz. Sou tão feliz... Tenho tudo o que quero no mundo...". Dermot vagava em seus pensamentos de uma maneira feliz. Ele era uma frase na melodia da vida dela. Às vezes ela sentia uma falta terrível dele.

Um dia ela perguntou a Judy:

— Você sente falta do papai?

— Não — disse Judy.

— Mas você gostaria que ele estivesse aqui?

— Sim, acho que sim.

— Você não tem certeza? Você gosta tanto dele.

– Claro que gosto, mas ele está em Londres.

Isso encerrou o assunto para Judy.

Quando Celia voltou, Dermot ficou muito contente ao vê-la. Tiveram uma noite feliz, como amantes. Celia murmurou:

– Senti muito a sua falta. Você sentiu a minha?

– Bem, não pensei nisso.

– Você não pensou em mim?

– Não. De que adiantaria? Pensar em você não a traria para cá.

Claro que isso era verdade, e também muito sensato.

– Mas você está contente agora que estou aqui?

A resposta dele a deixou satisfeita.

Mas mais tarde, quando ele adormeceu, acordada, sonhadora e feliz, Celia pensou: "É horrível, mas gostaria que Dermot tivesse contato uma *mentirinha*... Se ele tivesse dito: 'Senti muito a sua falta, querida', como teria sido reconfortante e caloroso, mesmo não sendo verdade".

Não, Dermot era Dermot. Engraçado, devastadoramente verdadeiro, esse era Dermot. Judy era igual a ele...

Talvez fosse mais sábio não fazer perguntas a eles se o interesse não fosse em ter a verdade como resposta.

Ela pensou sonolenta: "Será que terei ciúme de Judy um dia?... Ela e Dermot entendem-se tão melhor do que ele e eu".

Judy, Celia imaginava, às vezes tinha ciúme dela. Ela gostava que a atenção do pai fosse inteiramente dela.

Celia pensou: "Que estranho. Dermot tinha tanto ciúme dela antes do nascimento, e mesmo quando era um bebezinho. É engraçado como as coisas revelam-se o contrário do que se espera...".

Judy querida... Dermot querido... tão semelhantes. Tão engraçados. E tão meigos... e *dela*. Não, não dela. *Ela* era *deles*. Ficava melhor assim. Era mais caloroso, mais confortável. Ela pertencia a eles.

II

Celia inventou um novo jogo. Na verdade, pensou ela, era uma nova fase das "garotas". "As garotas" estavam moribundas. Celia tentou ressuscitá-las, deu-lhes bebês, casas imponentes em parques e carreiras interessantes, mas nada adiantou. "As garotas" recusaram-se a voltar à vida outra vez. Por isso, Celia inventou uma nova pessoa. O nome dela era Hazel. Celia seguiu sua trajetória da infância em diante com grande interesse. Hazel foi uma criança infeliz, uma parente pobre. Adquiriu uma reputação sinistra entre as babás pelo hábito de cantarolar: "Vai acontecer alguma coisa, vai acontecer alguma coisa", e, como em geral acontecia alguma coisa, mesmo que apenas uma alfinetada no dedo de uma babá, Hazel foi classificada como uma espécie de bruxa da família. Ela cresceu sabendo o quanto era fácil abusar dos crédulos...

Celia seguiu-a por um mundo de espiritualismo, leitura da sorte, sessões espíritas e por aí afora. Hazel acabou em um centro esotérico em Bond Street, onde adquiriu grande reputação, auxiliada por um pequeno círculo de "espiões" falidos da sociedade.

Ela então apaixonou-se por um jovem galês, oficial da marinha, e houve cenas em aldeias galesas, e lentamente começou a ficar claro (para todo mundo menos para Hazel) que, junto a suas práticas fraudulentas, havia um dom genuíno.

Hazel descobriu isso e ficou apavorada. Mas, quanto mais ela tentava enganar, mais ela acertava suas previsões... O poder havia tomado conta dela e não a largava.

Owen, o rapaz, era misterioso, mas no fim revelou-se um canalha trapaceiro.

Sempre que Celia tinha um tempinho vago ou quando estava levando Judy ao parque, a história prosseguia em sua mente.

Um dia ocorreu-lhe que poderia escrevê-la.

Poderia, de fato, escrever um livro.

Ela comprou seis cadernos baratos e um monte de lápis, pois era descuidada com lápis, e começou...

Não era tão fácil escrever. Sua mente estava sempre uns seis parágrafos adiante daquele que ela estava passando para o papel e, então, na hora em que ela chegava lá, o jeito exato havia sumido de sua cabeça.

Mesmo assim ela progrediu. Não era bem a história que ela tinha em sua cabeça, mas era algo que com certeza parecia com um livro. Tinha capítulos e tudo mais. Ela comprou mais seis cadernos.

Celia não contou nada para Dermot por um tempo, não até ter conseguido descrever uma assembleia revivalista onde Hazel havia sido "testemunha".

Aquele capítulo específico havia ficado muito melhor do que Celia esperava. Ela sentiu-se tão exuberante pela vitória que quis contar para alguém.

– Dermot – ela perguntou –, você acha que eu poderia escrever um livro?

Dermot disse em tom animado:

– Acho uma ótima ideia. Se fosse você, eu faria.

– Bem, na verdade, eu fiz. Isto é, comecei. Estou na metade.

– Bom – disse Dermot.

Ele havia deixado de lado um livro sobre economia enquanto Celia falava. Então pegou-o de novo.

– É sobre uma moça que é médium, mas que não sabe que é. Ela vai parar em um centro esotérico fraudulento e trapaceia nas sessões espíritas. Depois se apaixona por um rapaz galês e vai para Gales, e acontecem coisas estranhas.

– Suponho que haja uma história.

– Claro que sim. É isso que estou lhe contando.

– Você entende de médiuns, sessões espíritas e essas coisas?

— Não — disse Celia, chocada.

— Bem, então não é arriscado escrever a respeito? E você nunca esteve em Gales, esteve?

— Não.

— Bem, não seria melhor escrever sobre algo que você conhece? Londres ou interior? Parece-me que você está apenas dificultando as coisas para si mesma.

Celia ficou constrangida. Como sempre, Dermot estava certo. Ela havia agido como uma simplória. Por que escrever assuntos sobre os quais ela nada sabia? Aquela assembleia revivalista também. Ela nunca estivera em um encontro revivalista. Por que cargas d'água tentar descrever um?

Ao mesmo tempo, ela não podia desistir de Hazel e Owen agora... Eles estavam *ali*... Não, era preciso fazer alguma coisa.

Ao longo do mês seguinte, Celia leu tudo o que pôde sobre espiritualismo, sessões espíritas, mediunidade e práticas fraudulentas. Então, lenta e laboriosamente, reescreveu toda a primeira parte do livro. Ela não gostou da tarefa. Todas as frases pareciam hesitantes, e ela meteu-se até nos mais complicados enredamentos gramaticais sem motivo aparente.

Naquele verão, Dermot muito amavelmente concordou em ir a Gales na sua quinzena de férias. Celia poderia então ver a "cor local". Eles fizeram conforme o planejado, mas Celia considerou a cor local extremamente impalpável. Ela andava com um bloquinho de notas para registrar qualquer coisa que a impressionasse. Porém Celia não era de natureza muito observadora, e os dias se passaram sem que registrasse algo.

Ela ficou bastante tentada a abandonar Gales e transformar Owen em um escocês chamado Hector que vivia nas Highlands.

No entanto, Dermot ressaltou que haveria a mesma dificuldade. Ela também não sabia nada sobre as Highlands.

Desmotivada, Celia abandonou tudo. Não iria mais adiante. Além disso, sua mente já estava às voltas com uma família de pescadores na costa da Cornualha.

Amos Polridge já era bem conhecido dela.

Celia não contou para Dermot, pois se sentiu culpada ao perceber que não sabia nada sobre pescadores ou o mar. Seria inútil escrever, mas era divertido imaginar. Também haveria uma avó idosa, desdentada e bastante sinistra...

E em algum momento ela terminaria o livro de Hazel. Owen poderia ser um jovem canalha corretor de ações de Londres.

Só que Owen não queria ser isso... ou assim parecia a ela...

Ele amuou-se e tornou-se tão vago que deixou de existir por completo.

III

Celia já estava acostumada a ser pobre e a viver com parcimônia.

Dermot esperava ganhar dinheiro um dia. Estava certo disso. Celia nunca esperou ser rica. Estava contente em permanecer como estavam, e esperava que isso não fosse uma grande decepção para Dermot.

O que nenhum dos dois esperava era uma verdadeira calamidade financeira. Mas o boom pós-guerra acabou. E foi seguido pelo colapso.

A firma de Dermot fechou, e ele ficou sem emprego.

Eles tinham cinquenta libras anuais de Dermot e cem libras anuais de Celia, havia duzentas libras economizadas em bônus de guerra e havia o abrigo da casa de Miriam para Celia e Judy.

Foi uma fase ruim, que afetou Celia principalmente através de Dermot. Dermot lidava mal com a adversidade, em especial uma adversidade injusta como essa, pois ele havia trabalhado bem. A situação deixou-o amargo e mal-humorado. Celia demitiu Kate e Denman e se propôs a cuidar do apartamento até Dermot arranjar outro serviço. Denman, porém, recusou-se a ser demitida. Feroz e irada, ela disse:

– Vou parar por aqui. Não adianta discutir. Vou esperar meus honorários. Não vou deixar meu amorzinho agora.

E assim Denman ficou. Ela e Celia se revezavam no serviço de casa, na cozinha e no cuidado de Judy. Numa manhã Celia levava Judy ao parque, e Denman cozinhava e limpava. Na manhã seguinte, Denman ia, e Celia ficava.

Celia encontrou uma estranha diversão nisso. Gostava de estar ocupada. À noite achava tempo para seguir adiante com Hazel. Terminou o livro com esmero, consultando as poucas anotações de Gales, e mandou-o para uma editora. Poderia dar em alguma coisa.

Contudo, o livro foi prontamente devolvido, e Celia jogou-o em uma gaveta e não tentou de novo.

A principal dificuldade na vida de Celia era Dermot. Dermot estava totalmente irracional. Era tão sensível ao fracasso que ficava quase insuportável viver com ele. Se Celia estava animada, ele dizia que ela poderia mostrar um pouco mais de apreço pelas dificuldades dele. Se ela estava calada, ele dizia que ela poderia tentar alegrá-lo.

Celia tinha certeza de que, se Dermot ajudasse, eles poderiam fazer de tudo aquilo uma espécie de passatempo. Com certeza, rir do problema era o melhor jeito de lidar com ele.

Mas Dermot não conseguia rir. Seu orgulho estava envolvido.

Por mais grosseiro e irracional que ele fosse, Celia não se sentia magoada como havia ficado em relação ao episódio da festa. Ela entendia que ele estava sofrendo, e sofrendo por causa dela, mais do que dele mesmo.

Às vezes ele chegava perto de expressar isso.

– Por que você não vai embora? Você e Judy? Leve-a para a sua mãe. Não sou bom na dificuldade. Não suporto dificuldades.

Mas Celia não o deixaria. Ela queria facilitar as coisas para ele, mas nada havia que pudesse fazer.

À medida que os dias se passavam e Dermot não encontrava um emprego, seu humor ficava cada vez pior.

Quando Celia sentiu sua coragem falhar por completo e estava prestes a ir para a casa da mãe, como Dermot sugeriu que fizesse, a maré mudou.

Certa tarde Dermot chegou em casa como um homem transformado. Parecia de novo jovem e pueril como sempre. Os olhos azul-escuros dançavam e brilhavam.

– Celia, é esplêndido. Lembra de Tommy Forbes? Encontrei-o ao acaso, e ele só faltou pular em cima de mim. Estava à procura de um homem como eu. Oitocentas libras por ano para começar, e em um ou dois anos posso tirar algo acima de 1,5 mil ou duas mil. Vamos sair para celebrar.

Que noite feliz! Dermot tão diferente, tão infantil em seu entusiasmo e excitação. Insistiu em comprar uma roupa nova para Celia.

– Você fica adorável nesse azul-violeta. Eu... eu ainda amo você muitíssimo, Celia.

Amantes. Sim, ainda eram amantes.

Naquela noite, deitada sem dormir, Celia pensou: "Espero... Espero que as coisas sempre andem bem para Dermot. Ele se incomoda muito quando não é assim".

– Mamãe – disse Judy de repente na manhã seguinte –, o que é um amigo "das horas boas"? A babá disse que sua amiga em Peckham é uma dessas.

– Refere-se a alguém que está com você quando tudo está bem, mas que não fica a seu lado nas dificuldades.

– Ah – disse Judy. – Entendo. É como papai.

– Não, Judy, claro que não. Papai fica infeliz e mal-humorado quando está preocupado, mas se você ou eu estivéssemos doentes ele faria qualquer coisa por nós. Ele é a pessoa mais leal do mundo.

Judy olhou pensativa para a mãe e disse:

– Eu não gosto de pessoas doentes. Elas vão para a cama e não podem brincar. Ontem, entrou alguma coisa no olho de Margaret no parque. Ela teve que parar de correr e se sentar. Ela queria que eu sentasse com ela, mas eu não quis.

– Judy, isso foi muito insensível.

– Não, não foi. Não gosto de ficar sentada. Gosto de correr.

– Mas, se você tivesse com alguma coisa no olho, gostaria que ficassem com você, não que lhe deixassem.

– Eu não me importaria... E, de qualquer forma, não tive nada no olho. Foi Margaret.

Capítulo 15

Prosperidade

I

Dermot prosperou. Estava ganhando quase duas mil libras por ano. Celia e ele tiveram uma fase muito boa. Ambos concordaram que precisavam economizar, mas também concordaram que não seria de imediato.

A primeira coisa que compraram foi um carro usado.

Então Celia ansiou por morar no campo. Seria muito melhor para Judy, e ela mesma detestava Londres. Antes Dermot sempre havia rejeitado a ideia em razão dos gastos: bilhetes de trem para ele, o fato de os alimentos serem mais baratos na cidade etc.

Mas agora ele admitiu gostar da ideia. Encontrariam um chalé não muito longe de Dalton Heath.

Por fim, instalaram-se em um chalé de uma grande propriedade que estava sendo dividida em lotes. O campo de golfe de Dalton Heath ficava a dezesseis quilômetros. Também compraram um cachorro, um terrier adorável chamado Aubrey.

Denman recusou-se a acompanhá-los para o campo. Tendo sido um anjo durante toda a fase ruim, ela tornou-se o oposto com o advento da prosperidade. Era rude com Celia, andava pela casa sacudindo a cabeça em desdém e por fim pediu as contas, dizendo que, como certas pessoas que ela conhecia estavam ficando presunçosas, estava na hora de partir.

Eles se mudaram na primavera, e a coisa mais excitante para Celia foram os lilases. Havia centenas de lilases em vários tons de malva e púrpura. Vagando pelo jardim de manhã cedo com Aubrey em seus calcanhares, Celia sentia que a vida havia ficado quase perfeita. Aquele era o Lar.

Celia adorava a vida no campo e as longas caminhadas com Aubrey. Ali perto havia uma escolinha aonde Judy ia todas as manhãs. Ela se adaptou à escola como um pato à água. Era muito tímida com pessoas isoladamente, mas ficava completamente à vontade com muita gente.

— Posso ir para uma escola bem grande um dia, mamãe? Onde haja centenas e centenas e centenas de meninas? Qual é a maior escola da Inglaterra?

Celia teve um conflito com Dermot a respeito de sua pequena casa. Um dos quartos da frente seria deles. Dermot queria que o outro fosse seu quarto de vestir. Celia insistiu para que fosse o quarto de Judy.

Dermot ficou aborrecido.

— Suponho que você vá fazer do seu jeito. Serei a única pessoa da casa que nunca terá um fiapo de sol no quarto.

— Judy precisa de um quarto ensolarado.

— Bobagem, ela fica fora o dia inteiro. Aquele quarto dos fundos é bastante amplo. Tem espaço suficiente para ela correr.

— Não bate sol lá.

— Não vejo por que o sol para Judy é mais importante do que para mim.

Mas Celia pela primeira vez foi firme. Ela queria muito deixar Dermot com o quarto ensolarado, mas não o fez.

No fim, Dermot conformou-se com a derrota. Aceitou-a como uma injustiça, mas de modo bastante calmo, e fingiu ser um marido e pai oprimido.

II

Eles tinham muitos vizinhos nas redondezas, a maioria com crianças. Todos eram amistosos. A única dificuldade era a recusa de Dermot em sair para jantar.

– Olhe aqui, Celia, eu venho de Londres exausto, e você quer que eu me arrume, saia e vá para cama depois da meia-noite. Simplesmente não posso fazer isso.

– Não toda noite, claro. Mas não vejo problema em uma noite por semana.

– Bem, eu não quero ir. Vá você, se quiser.

– Não posso ir sozinha. As pessoas só convidam casais para jantar. E soaria estranho eu dizer que você nunca sai à noite, pois, afinal de contas, você é jovem.

– Estou certo de que você daria um jeito de ir sem mim.

Mas não era tão fácil. No campo, conforme Celia disse, as pessoas ou eram convidadas em casal ou não eram de forma alguma. Ainda assim, ela achou justa a posição de Dermot. Ele ganhava o dinheiro, tinha o direito de tomar as decisões da vida em comum. Assim, ela recusava os convites, e eles ficavam em casa, Dermot lendo livros sobre assuntos financeiros, e Celia às vezes costurando, às vezes sentada com as mãos unidas, pensando em sua família de pescadores da Cornualha.

III

Celia queria outro filho.

Dermot não.

– Você sempre dizia que não havia espaço em Londres – disse Celia. – E claro que éramos muito pobres. Mas agora temos o suficiente, há bastante espaço, e dois não dariam mais trabalho do que um.

– Bem, mas não vamos querer agora. Todo rebuliço, incomodação, choro e mamadeiras de novo.

— Creio que você sempre dirá isso.

— Não, não direi. Gostaria de ter mais dois filhos. Mas não agora. Temos muito tempo para isso. Ainda somos jovens. Será uma aventura para quando estivermos entediados. Agora vamos nos divertir. Você não vai querer enjoar de novo. — Ele fez uma pausa. — Vou lhe contar o que vi hoje.

— Dermot!

— Um carro! Esse trastezinho usado é imprestável. David me colocou nesse negócio. É um modelo esporte, com apenas treze mil quilômetros.

Celia pensou: "Como eu o amo! É um garoto. Tão ávido... E trabalhou tanto. Por que não teria as coisas de que gosta?... Teremos outro bebê um dia. Nesse ínterim, que ele tenha o carro... Afinal de contas, me importo mais com ele do que com qualquer bebê neste mundo...".

IV

Celia ficava intrigada por Dermot nunca querer receber seus velhos amigos.

— Mas você gostava tanto dos Andrew.

— Sim, mas perdemos o contato. Nunca mais nos encontramos. As pessoas mudam...

— E Jim Lucas? Você e ele eram inseparáveis quando estávamos noivos.

— Ah, não tenho interesse por ninguém da velha turma do exército.

Um dia Celia recebeu uma carta de Ellie Maitland — Ellie Peterson, como ela agora se chamava.

— Dermot, minha velha amiga Ellie Peterson chegou da Índia. Fui sua dama de honra. Posso convidá-la com o marido para o final de semana?

— Sim, claro, se você quer. Ele joga golfe?

— Não sei.

— Uma chateação se não joga. Entretanto, não importa, você não quer que eu fique em casa e os entretenha, quer?

— Não poderíamos jogar tênis?

Havia várias quadras para o uso dos moradores da propriedade.

— Ellie era muito hábil no tênis, e Tom joga, eu sei. Ele era bom.

— Olhe aqui, Celia, não posso jogar tênis. Arruína meu jogo por completo. E haverá a Copa Dalton Heath daqui a três semanas.

— Nada mais importa a não ser o golfe? Assim fica difícil.

— Celia, você não acha que é muito melhor quando cada um faz o que gosta? Eu gosto de golfe, você gosta de tênis. Você convida seus amigos se gosta deles. Você sabe que eu nunca me meto em nada que você queira fazer.

Era verdade. Tudo soava perfeitamente bem. Mas na prática as coisas eram mais complicadas. Quando você é casada, refletia Celia, fica de certo modo amarrada ao marido. Ninguém a considera uma unidade por si só. Seria ótimo se apenas Ellie viesse, mas com certeza Dermot teria que fazer algo com o marido de Ellie.

Afinal, quando Davis (com quem Dermot jogava quase todos os finais de semana) e sua esposa ficaram hospedados com eles, ela, Celia, teve que entreter a senhora Davis o dia inteiro. A senhora Davis era boa pessoa, mas muito chata. Ficava sentada e era preciso ficar puxando assunto.

Celia não disse essas coisas a Dermot porque sabia que ele detestava que discutissem. Ela convidou os Peterson e torceu pelo melhor.

Ellie havia mudado pouco. Ela e Celia divertiram-se falando dos velhos tempos. Tom estava um pouco calado. Havia ficado grisalho. Parecia um homenzinho bom, pensou Celia. Sempre foi um tanto distraído, mas muito agradável.

Dermot comportou-se como um anjo. Explicou que era obrigado a jogar golfe no sábado (o marido de Ellie não jogava), mas dedicou o domingo a entreter os convidados e os levou ao rio, uma forma de passar a tarde que Celia sabia que ele detestava.

Quando os Peterson foram embora, ele perguntou:

– E então, fui um cavalheiro ou não?

Cavalheiro era uma das palavras de Dermot. Sempre fazia Celia rir.

– Foi. Você foi um anjo.

– Bem, não me faça fazer isso de novo por um bom tempo, sim?

Celia não fez. Ela quis muito convidar outra amiga e o marido duas semanas depois, mas sabia que o marido não era golfista e não quis que Dermot fizesse um sacrifício pela segunda vez...

Era tão difícil, pensou Celia, viver com uma pessoa que se sacrificava. Dermot era bastante exasperante como mártir. Era muito melhor viver com ele quando ele estava se divertindo...

Além disso, ele não era simpático nem em relação a velhos amigos. Velhos amigos, na opinião de Dermot, em geral eram uns chatos.

Judy obviamente concordava com o pai, pois uns dias depois, quando Celia mencionou sua amiga Margaret, Judy apenas ficou olhando.

– Quem é Margaret?

– Você não se lembra de Margaret? Você costumava brincar com ela no parque em Londres.

– Não, não brincava. Nunca brinquei com nenhuma Margaret em lugar nenhum.

– Judy, você tem que lembrar. Faz só um ano.

Mas Judy não lembrou de Margaret. Não conseguiu lembrar de ninguém com quem brincava em Londres.

— Só conheço as meninas da escola — disse Judy placidamente.

V

Aconteceu uma coisa muito emocionante. Celia recebeu um telefonema e foi convidada de última hora para tomar o lugar de alguém em um jantar festivo.

— Sei que você não vai se importar, minha cara...

Celia não se importou. Ficou encantada e desfrutou da noite.

Não ficou tímida. Achou fácil conversar. Não havia necessidade de vigiar se estava sendo "tola" ou não. Os olhos críticos de Dermot não estavam em cima dela. Ela sentiu como se de repente tivesse deslizado de volta para a mocidade.

O homem à sua direita havia viajado muito pelo Oriente. Mais do que tudo no mundo, Celia ansiava por viajar.

Ela às vezes achava que, se tivesse uma chance, deixaria Dermot, Judy, Aubrey e tudo mais e zarparia para o mar... Sem rumo...

O homem a seu lado falou de Bagdá, Kashmir, Isfahan, Teerã e Shiraz (palavras tão adoráveis, boas de dizer mesmo sem que tivessem qualquer significado conhecido). Ele também contou das andanças pelo Baluquistão, onde poucos viajantes estiveram.

O homem à sua esquerda era uma pessoa idosa e gentil. Ele gostou daquela jovem criatura radiante que sentou a seu lado e enfim virou-se para ele com um rosto extasiado, ainda cheio do glamour de terras distantes.

Ela concluiu que ele tinha algo a ver com livros e contou, rindo um bocado, de seu desafortunado empreendimento. Ele disse que gostaria de ver o manuscrito. Celia disse que era muito ruim.

— Mesmo assim eu gostaria de ver. Você me mostra?

– Sim, se você quiser, mas ficará decepcionado.

Ele realmente achou que ficaria. Ela não parecia uma escritora, aquela jovem criatura de alvura escandinava. Mas, como ela o atraíra, ele tinha interesse em ver o que ela havia escrito.

Celia chegou em casa à uma da madrugada para encontrar Dermot dormindo feliz. Ela estava tão agitada que o acordou.

– Dermot, tive uma noite tão boa. Ah! Me diverti! Havia um homem que me contou tudo sobre a Pérsia e o Baluquistão, e havia também um editor muito simpático. Me fizeram cantar após o jantar. Cantei muito mal, mas parece que não se importaram. E aí fomos para o jardim, e eu fui com o viajante ver o tanque de nenúfares, e ele tentou me beijar, mas de forma muito agradável, e foi tudo tão adorável, com a lua e os nenúfares e tudo mais, que eu teria gostado que ele me beijasse, mas não deixei porque sabia que você não teria gostado.

– Muito bem – disse Dermot.

– Mas você não se importa, não é?

– Claro que não – disse Dermot em tom gentil. – Estou contente por você ter se divertido. Mas não sei por que tem que me acordar para contar.

– Porque me diverti muito. – Ela acrescentou em tom de desculpa – Sei que você não gosta que eu diga isso.

– Não me importo. Só que para mim parece muito tolo. Quer dizer, a pessoa pode se divertir sem ter que *contar* isso.

– Eu não posso – disse Celia, honestamente. – Tenho que falar muito, do contrário eu explodiria.

– Bem – disse Dermot virando-se –, agora você me contou.

E foi dormir de novo.

Dermot era assim, pensou Celia, um pouco mais calma enquanto se despia, um desmancha-prazeres, mas bastante gentil...

VI

Celia havia esquecido completamente da promessa de mostrar o livro ao editor. Para sua grande surpresa, ele foi até ela na tarde seguinte e recordou-a.

Celia desenterrou um fardo de manuscritos empoeirados de um armário no sótão, reiterando a afirmação de que era muito estúpido.

Duas semanas depois, recebeu uma carta dele pedindo que fosse à cidade vê-lo.

Detrás de uma mesa muito desarrumada com montes de manuscritos ele piscou para ela através de seus óculos.

– Olhe – disse ele –, pelo que entendi isto deveria ser um livro. Há apenas pouco mais da metade dele aqui. Onde está o resto? Você perdeu?

Intrigada, Celia pegou o manuscrito.

Seu queixo caiu em consternação.

– Dei o errado para você. Este é a versão antiga, que nunca terminei.

E então ela explicou. Ele escutou com atenção, depois disse que lhe mandasse a versão revisada. Ele ficaria com o inacabado por enquanto.

Uma semana mais tarde ela foi chamada de novo. Dessa vez os olhos de seu amigo estavam piscando mais que nunca.

– A segunda versão não é boa – ele disse. – Você não vai achar um editor que aceite isso, com toda certeza. Mas a história original não é nada ruim. Você acha que pode terminá-la?

– Mas está toda errada. Está cheia de erros.

– Ora essa! Escute aqui, minha querida, vou lhe falar de forma bem franca. Você não é um gênio de outro mundo. Não creio que você vá escrever uma obra-prima. Mas você *é*, com certeza, uma contadora de histórias.

Você pensa em espiritualismo, médiuns e encontros de revivalismo galês com uma pitada de romantismo. Você pode estar totalmente errada a respeito deles, mas você os vê como 99% do público leitor, que também não sabem nada sobre essas coisas. Esses 99% não vão se divertir lendo sobre fatos meticulosamente estudados, eles querem ficção, que é uma inverdade plausível. Tem que ser plausível, preste atenção. Você verá que é a mesma coisa com os pescadores da Cornualha sobre os quais me falou. Escreva o livro sobre eles, mas, pelo amor de Deus, não chegue perto da Cornualha ou de pescadores até ter terminado. Senão você escreverá o tipo de obra penosamente realista que as pessoas esperam quando leem sobre os pescadores da Cornualha. Você não quer ir lá e descobrir que os pescadores da Cornualha não são uma estirpe, mas algo intimamente próximo de um encanador de Walworth. Você jamais escreverá bem sobre nada que realmente conheça, porque tem uma mente honesta. Você pode ser desonesta em termos de imaginação, mas não desonesta na prática. Você não consegue escrever mentiras sobre algo que conhece, mas é capaz de contar as mentiras mais esplêndidas sobre algo que não conhece. Você tem que escrever sobre o fabuloso (fabuloso para você) e não sobre o real. Agora vá e faça isso.

Um ano depois, o primeiro romance de Celia foi publicado. Foi chamado de *Porto solitário*. Os editores corrigiram as incorreções crassas.

Miriam achou esplêndido, e Dermot achou terrível.

Celia sabia que Dermot estava certo, mas ficou grata à mãe.

Celia pensou: "Agora estou fingindo ser escritora. Creio que seja quase mais estranho do que fingir ser esposa ou mãe".

Capítulo 16

Perda

I

Miriam estava doente. Cada vez que Celia via a mãe, seu coração apertava.

A mãe parecia miúda e patética. Estava muito solitária naquela casa grande.

Celia queria que a mãe fosse morar com eles, mas Miriam recusou-se energicamente.

– Nunca dá certo. Não seria justo com Dermot.

– Pedi a Dermot. Ele está de acordo.

– Bonito da parte dele. Mas não penso em fazer isso. Gente jovem *tem* que ser deixada em paz.

Ela falou com veemência. Celia não insistiu.

Pouco depois Miriam disse:

– Queria lhe dizer... faz algum tempo. Eu estava errada quanto a Dermot. Quando você casou com ele, eu não confiava nele. Não achava que fosse honesto ou leal... Pensei que haveria outras mulheres.

– Ah, mãe, Dermot não olha para nada a não ser uma bola de golfe.

Miriam sorriu.

– Eu estava errada... Fico contente... Agora sei que vou deixar você com alguém que irá se encarregar e cuidar de você.

– Ele vai. Ele faz isso.

– Sim. Estou satisfeita... Ele é muito atraente. Ele é atraente para as mulheres, Celia, lembre-se disso...

– Ele é extremamente caseiro, mãe.

– Sim, por sorte. E acho que ele realmente ama Judy. Ela é igualzinha a ele. Ela não é como você. Ela é filha de Dermot.

– Eu sei.

– Contanto que eu sinta que ele será amável com você... De início eu não achava isso. Pensei que ele fosse cruel. Implacável.

– Ele não é. Ele é muito amável. Foi carinhoso antes de Judy nascer. Ele apenas é daquelas pessoas que detestam dizer as coisas. Ele guarda tudo, é como uma rocha.

Miriam suspirou.

– Fui ciumenta. Não fui capaz de reconhecer as qualidades dele. Quero muito que você seja feliz, minha querida.

– Eu sou, mãe, eu sou.

– Sim, acho que é...

Momentos depois Celia disse:

– Não há nada que eu queira mais neste mundo do que outro bebê. Queria um menino, além de uma menina.

Ela esperava que a mãe a apoiasse, mas um leve franzido cruzou a fronte de Miriam.

– Não sei se isso seria sábio de sua parte. Você gosta tanto de Dermot... e filhos afastam a mulher do homem. Supõe-se que eles aproximem, mas não é assim... não, não é assim.

– Mas você e o papai...

Miriam suspirou.

– Era difícil. Eu vivia dividida... com dois corações.

– Mas você e ele foram muito felizes...

– Sim. Mas eu ficava atenta... Havia várias coisas às quais eu ficava atenta. Desistir de algo em favor dos filhos às vezes o incomodava. Ele amava vocês, mas éramos mais felizes quando eu e ele saíamos juntos para umas pequenas férias... Jamais deixe seu marido sozinho por muito tempo, Celia. Lembre-se: um homem esquece...

– O papai jamais olharia para alguém a não ser você.

A mãe respondeu em tom pensativo.

– Não, talvez não. Mas eu estava sempre de guarda. Houve uma copeira, uma moça grandona e vistosa, do tipo que eu muitas vezes ouvi seu pai elogiar. Ela estava alcançando o martelo e alguns pregos para ele. Ao fazer isso, ela colocou sua mão sobre a dele. Eu vi. Seu pai mal notou, ele apenas pareceu surpreso. Não creio que ele tenha pensado nada, provavelmente imaginou que fosse sem querer... os homens são muito simplórios... Mas eu mandei a moça embora. Na mesma hora. Apenas dei uma boa carta de referência e disse que ela não me servia.

Celia ficou chocada.

– Mas ele jamais...

– Provavelmente não. *Mas eu não iria correr nenhum risco.* Eu já vi de tudo. Uma esposa que está mal de saúde, e uma governanta ou acompanhante assume o comando... alguém jovem, radiante. Celia, prometa que será muito cuidadosa com o tipo de governantas que tiver para Judy.

Celia riu e beijou a mãe.

– Não terei moças grandonas e bonitas – ela prometeu. – Serão magricelas, velhas e de óculos.

II

Miriam morreu quando Judy tinha oito anos de idade. Na ocasião, Celia estava no exterior. Dermot havia tirado uma licença de dez dias na Páscoa e quis que Celia fosse à Itália com ele. Celia estava um tanto relutante em sair da Inglaterra. O médico havia dito que o estado de sua mãe era grave. Miriam tinha uma acompanhante que cuidava dela, e Celia ia vê-la uma vez por semana.

Miriam, porém, não quis saber de Celia ficar e deixar Dermot ir sozinho. Ela foi para Londres e ficou com a prima Lottie (agora viúva), e Judy e sua governanta também foram para lá.

Em Como, Celia recebeu um telegrama avisando-a que voltasse. Ela pegou o primeiro trem assim que possível. Dermot queria ir também, mas Celia persuadiu-o a ficar e a terminar suas férias. Ele precisava de uma mudança de ares e de paisagem.

Enquanto Celia estava sentada no vagão-restaurante em seu trajeto pela França, uma curiosa e fria certeza invadiu seu corpo.

Ela pensou: "Claro que jamais a verei de novo. Ela morreu...".

Ao chegar, Celia descobriu que Miriam havia morrido bem por volta daquela hora.

III

Mãe... sua elegante mãezinha... Deitada ali, tão rígida e estranha, com flores, brancura e um rosto frio, pacífico... Sua mãe, com seus acessos de alegria e depressão, sua encantadora inconstância de ponto de vista...

Celia pensou: "Agora estou sozinha...". Dermot e Judy eram estranhos... "Não há mais ninguém a quem recorrer..." O pânico tomou conta dela. E depois o remorso.

Como sua mente estivera ocupada com Dermot e Judy todos aqueles anos! Ela pensava tão pouco na mãe... sua mãe apenas estivera *ali*... sempre *ali*... por trás de tudo... Ela conhecia a mãe intimamente, e sua mãe a conhecia.

Quando criancinha, ela achava a mãe maravilhosa e suficiente... E maravilhosa e suficiente sua mãe havia permanecido... Agora ela se fora... A base do mundo de Celia havia desmoronado. Sua mãezinha...

Capítulo 17

Desastre

I

Dermot queria ser gentil. Ele detestava problemas e infelicidade, mas queria ser gentil. Escreveu de Paris sugerindo a Celia que fosse para lá por um ou dois dias para se animar.

Talvez fosse gentileza, talvez fosse o temor de voltar para uma casa de luto...

Entretanto, foi o que ele teve que fazer.

Dermot chegou em casa pouco antes do jantar. Celia estava na cama. Ela aguardava sua chegada com ansiedade. A tensão do funeral havia acabado, e ela tentara não incomodar Judy com uma atmosfera de pesar. A pequena Judy, tão novinha, animada e cheia de si nos próprios assuntos. Judy chorou por causa da avó, mas logo esqueceu. As crianças têm que esquecer.

Em breve Dermot estaria ali, e ela então poderia relaxar.

Ela pensava com ardor: "Como é maravilhoso ter Dermot. Se não fosse Dermot, eu iria querer morrer também...".

Dermot estava nervoso. Foi por puro nervosismo que ele entrou no quarto e disse:

— Bem, como vão todos, alegres e contentes?

Em outra ocasião Celia teria reconhecido o motivo que o fazia falar de modo leviano. Naquele momento foi como se ele a tivesse esbofeteado.

Ela retraiu-se e explodiu em lágrimas.

Dermot pediu desculpas e explicou-se.

Celia adormeceu segurando a mão dele, que Dermot retirou com alívio quando viu que ela realmente havia dormido.

Ele saiu e se juntou a Judy no quarto de brinquedos. Ela acenou animada para ele com uma colher. Estava tomando uma xícara de leite.

– Olá, papai. Vamos brincar?

Judy não perdia tempo.

– Não podemos fazer barulho – disse Dermot. – Sua mãe está dormindo.

Judy assentiu em sinal de compreensão.

– Vamos jogar mico preto.

Eles jogaram mico preto.

II

A vida seguiu como sempre. Talvez não exatamente.

Celia não exibia sinais externos de pesar. Mas toda energia havia se esvaído dela. Celia era como um relógio parado por falta de corda. Tanto Dermot quanto Judy sentiram a mudança e não gostaram.

Duas semanas depois, Dermot quis hospedar algumas pessoas, e Celia não se conteve:

– Agora não! Não vou aguentar ter que aturar uma estranha o dia inteiro.

Em seguida, arrependeu-se e disse a Dermot que não queria ser tola. Claro que ele devia trazer os amigos. Eles vieram, mas a visita não foi um grande sucesso.

Poucos dias depois Celia recebeu uma carta de Ellie. O conteúdo surpreendeu-a e afligiu-a muito.

Minha cara Celia
Tive vontade de lhe contar eu mesma (visto que você provavelmente ouvirá uma versão deturpada)

> *que Tom foi embora com uma moça que conhecemos no navio de volta para casa. Foi um choque terrível para mim. Éramos tão felizes juntos, e Tom amava as crianças. Parece um pesadelo. Estou com o coração despedaçado, não sei o que fazer. Tom era um marido perfeito, nunca sequer discutíamos.*

Celia ficou perturbada com o problema da amiga.
– Como há coisas tristes no mundo – ela disse a Dermot.
– Aquele marido dela deve ser um grande canalha – disse Dermot. – Sabe, Celia, você pode achar que sou egoísta, mas você poderia passar por coisas muito piores. Em todo caso, *sou* um bom marido, direito e honesto, não sou?

Havia algo de cômico no seu tom. Celia beijou-o e riu.

Três semanas depois ela foi para a casa da mãe, levando Judy consigo. A casa tinha de ser esvaziada e avaliada. Era uma tarefa da qual ela tinha pavor. Mas ninguém mais poderia fazê-la.

A casa sem o sorriso de boas-vindas da mãe era impensável. Se ao menos Dermot pudesse ter ido com ela.

Dermot tentou animá-la do jeito dele:
– Você realmente vai aproveitar, Celia. Encontrará várias coisas antigas das quais tinha esquecido por completo. E lá é maravilhoso nesta época do ano. Uma mudança fará bem a você. Aqui eu tenho que labutar em um escritório o dia inteiro.

Dermot era tão desagradável! Ele ignorava completamente o significado de estresse emocional. Fugia disso como um cavalo assustado.

Celia gritou, uma vez na vida zangada:
– Você fala como se fossem férias!
Ele desviou o olhar.
– Bem – disse ele –, de certa forma serão...

Celia pensou: "Ele *não* é amável... ele *não* é...".
Uma grande onda de solidão assolou-a. Ela sentiu medo.
Como o mundo era frio... sem sua mãe.

III

Celia passou por momentos difíceis nos meses seguintes.

Teve de tratar com advogados, e todo o tipo de assunto de negócios para resolver.

Claro que a mãe não havia deixado quase nada de dinheiro. Havia a questão da casa a considerar, se a manteria ou a venderia. Estava em péssimas condições, e não havia dinheiro para consertos. Um valor considerável teria de ser investido para que ela não caísse aos pedaços. Seria difícil um comprador se interessar por ela no atual estado.

Celia foi dilacerada pela indecisão.

Ela não suportava a ideia de desfazer-se da casa, muito embora o bom-senso sussurrasse que era o melhor a fazer. Era longe demais de Londres para ela e Dermot morarem, mesmo que a ideia fosse atraente a Dermot (e Celia tinha certeza de que não seria). Campo, para Dermot, significava um gramado de golfe de primeira classe.

Não era então apenas sentimentalismo dela insistir em manter o lugar?

Contudo, ela não suportava ter de abrir mão. Miriam havia se esforçado tanto para deixar a casa para ela. Ela mesma dissuadira a mãe de vendê-la, há muito tempo... Miriam permaneceu com a casa por ela. Para ela e seus filhos.

Será que Judy se importava como ela havia se importado? Celia achava que não. Judy era tão distante, tão desapegada... como Dermot. Pessoas como Dermot e Judy viviam em lugares que fossem convenientes. No fim, entretanto, Celia perguntou à filha. Muitas vezes Celia sentia que Judy, aos oito anos de idade, era muito mais sensata e prática do que ela própria.

– Você vai ganhar um monte de dinheiro se vender, mãe?

– Não, temo que não. Veja, é uma casa antiga. E fica muito no interior... não tem uma cidade tão perto.

– Bem, então talvez seja melhor mantê-la – disse Judy. – Podemos vir para cá no verão.

– Você gosta de estar aqui, Judy? Ou prefere nossa casinha?

– Nossa casa é muito pequena – disse Judy. – Gostaria de morar numa mansão. Gosto de casas grandes, grandes.

Celia riu.

O que Judy tinha dito era verdade, ela conseguiria pouco pela casa se a vendesse naquele momento. Com certeza, mesmo como uma questão de negócios, seria melhor esperar até as casas de campo serem um artigo menos encalhado no mercado. Ela dedicou-se aos consertos mínimos indispensáveis. Talvez quando estivessem concluídos ela conseguisse achar um inquilino para a casa mobiliada.

O lado objetivo das coisas foi preocupante, mas manteve sua mente longe dos pensamentos tristes.

Agora viria a parte da qual ela tinha pavor: a arrumação. Se tivesse que se desfazer da casa, deveria primeiro esvaziá-la. Alguns dos quartos estavam trancados há anos. Havia baús velhos, gavetas e armários, todos abarrotados de memórias.

IV

Memórias... Era tão solitário, tão estranho na casa. Sem Miriam... Apenas baús cheios de roupas velhas.

Gavetas cheias de cartas e fotografias... Doeu. Doeu horrivelmente.

Uma caixa laqueada com uma cegonha, que ela adorava quando criança. Dentro, cartas dobradas. Uma de sua mãe: "Minha ovelhinha preciosa, minha pombinha amada...". Lágrimas escaldantes precipitaram-se pelas bochechas de Celia.

Um vestido de noite cor-de-rosa com botõezinhos de rosa socado dentro de um baú, para a eventualidade de ser "reformado". E lá esquecido. Um de seus primeiros vestidos de noite... Ela lembrava da última vez que o usara. Uma criatura tão ingênua, ansiosa, idiota.

Cartas da avó. Um baú inteiro. Ela deveria ter trazido quando se mudou. Fotografia de um antigo cavalheiro em uma carruagem para inválidos: "Sempre seu admirador devotado", e algumas iniciais rabiscadas. Vovó e "os homens". Sempre "os homens", mesmo quando reduzidos a carruagens para inválidos à beira-mar...

Uma caneca com uma imagem de dois gatos, que Susan deu a ela como presente de aniversário...

De volta, de volta ao passado. Por que doía tanto? Por que doía de modo tão abominável? Se ao menos ela não estivesse sozinha na casa... Se ao menos Dermot pudesse estar com ela! Mas ele diria: "Por que não queimar tudo de uma vez?". Muito sensato, mas de modo algum ela podia.

Mais gavetas trancadas agora abertas.

Poemas. Folhas de poemas em letra graciosa e desbotada. A letra de sua mãe quando moça. Celia leu-os.

Sentimentais. Afetados. Bem típicos da época. Sim, mas havia algo... uma reviravolta no pensamento, uma originalidade súbita no estilo... isso era essencialmente sua mãe. A mente de Miriam... rápida, esvoaçante, como um pássaro.

Poema para John em seu aniversário...

Seu pai. Seu pai barbudo, jovial...

Ali estava um retrato dele, um menino solene e barbeado.

Ser jovem. Ficar velho. Que misterioso. Que amedrontador era tudo isso. Haveria algum momento no qual você era mais você do que em qualquer outro momento?

O futuro... Para onde ela, Celia, estava indo no futuro?

Bem, estava ficando claro. Dermot um pouco mais rico... uma casa grande... outro filho... dois talvez. Enfermidades. Doenças infantis. Dermot cada vez mais difícil, ainda mais impaciente com qualquer coisa que interfira no que ele queira fazer... Judy crescendo, vivaz, decidida, intensamente vívida... Dermot e Judy juntos... Ela mesma um tanto mais gorda... desbotada... tratada com um toque de um divertido desdém por aqueles dois. "Mãe, você *é* bastante tola, sabe..." Sim, fica difícil disfarçar que você é tola quando a beleza a abandona. (Um lampejo na memória: "Nunca fique menos bela, está bem, Celia?") Sim, mas agora tudo isso estava acabado. Eles viviam juntos há tempo suficiente para que coisas como a beleza do rosto perdessem a relevância. Dermot estava em seu sangue, e ela no dele. Eles se *pertenciam*. Essencialmente estranhos um ao outro, mas se pertenciam. Ela o amava por ele ser tão diferente. Porque, embora a essa altura ela soubesse exatamente como ele reagia às coisas, ela não sabia e jamais saberia *por que* ele reagia desse modo. Provavelmente ele sentia o mesmo em relação a ela. Não, Dermot aceitava as coisas como eram. Jamais pensava sobre elas. Para ele, isso era perda de tempo. Celia pensou um dia: "Está certo, está completamente certo casar com a pessoa que se ama. Dinheiro e coisas externas não contam. Eu sempre seria feliz com Dermot, mesmo que tivéssemos que morar em um chalezinho, e eu tivesse que cozinhar e tudo mais". Mas Dermot não seria pobre. Ele era um sucesso. Ele continuaria tendo êxito. Ele era esse tipo de pessoa. Sua digestão, é claro, *essa* iria piorar. Ele continuaria a jogar golfe... E eles iriam em frente, provavelmente em Dalton Heath ou algum lugar parecido... Ela jamais iria a locais longínquos, Índia, China, Japão, as vastidões do Baluquistão, Pérsia, onde os nomes eram como música: Isfahan, Teerã, Shiraz...

Pequenos arrepios percorreram-na. Se pudesse ser livre... totalmente livre. Nada, nada de pertences, nada de casa, marido ou filhos, nada para prender e amarrar, e segurar pelo coração...

Celia pensou: "Quero fugir...". Miriam havia se sentido assim. Apesar de todo o amor do marido e dos filhos, ela às vezes havia desejado escapar.

Celia abriu outra gaveta. Cartas. Cartas de seu pai para sua mãe. Ela pegou a de cima. Estava datada do ano anterior à morte dele.

Querida Miriam

Espero que você possa juntar-se a mim em breve. Minha mãe parece muito bem e está de bom humor. Sua visão está falhando, mas ela tricota muitas meias de dormir para seus amigos!

Tive uma longa conversa com Armour sobre Cyril. Ele disse que o garoto não é estúpido. Apenas é indiferente. Falei com Cyril também, e espero ter causado alguma impressão.

Tente estar comigo na sexta-feira, minha querida, nosso 22º aniversário de casamento. Acho difícil pôr em palavras tudo o que você significa para mim: a mais querida, a mais devotada esposa que qualquer

*homem poderia querer. Sou humildemente grato a
Deus por você, minha querida.*

*Amor para nossa bonequinha.
Seu marido devotado,
John.*

As lágrimas vieram de novo aos olhos de Celia.

Algum dia ela e Dermot estariam casados há 22 anos. Dermot não escreveria uma carta como aquela, mas no fundo talvez ele sentisse o mesmo.

Pobre Dermot. Havia sido horrível para ele tê-la tão arrasada e abatida no último mês. Ele não gostava de infelicidade. Bem, uma vez que tivesse terminado essa tarefa, ela deixaria o luto para trás. Viva, Miriam nunca se interpôs entre ela e Dermot. Morta, Miriam não deveria fazê-lo...

Ela e Dermot iriam em frente juntos, felizes e desfrutando da vida.

Era isso que mais agradaria sua mãe.

Ela tirou todas as cartas do pai da gaveta, empilhou-as na lareira e ateou fogo. Elas pertenciam aos mortos. Celia guardou a que havia lido.

No fundo da gaveta havia uma carteira velha e desbotada com bordado em fio de ouro. Dentro dela, uma folha de papel bastante surrada. Nela estava escrito: "Poema enviado por Miriam em meu aniversário".

Sentimentos...

O mundo de hoje desprezava os sentimentos.

Mas para Celia, naquele momento, foi algo insuportavelmente encantador.

V

Celia sentiu-se doente. A solidão da casa estava atacando seus nervos. Ela desejava ter alguém com quem conversar. Havia Judy e a senhorita Hood, mas elas pertenciam a um mundo tão distante que estar com elas mais gerava tensão do que alívio. Celia estava ansiosa para que nenhuma sombra nublasse a vida de Judy. Judy era tão vívida, tão cheia de contentamento por tudo. Quando estava com Judy, Celia fazia questão de ser alegre. Jogavam até cansar com bolas, raquetes e petecas.

Era depois que Judy ia para a cama que o silêncio da casa envolvia Celia como uma mortalha. A casa parecia tão vazia. Tão vazia...

Com o silêncio, lembrava-se muito vividamente daquelas noites felizes e aconchegantes passadas em conversas com a mãe sobre Dermot, sobre Judy, sobre livros, pessoas e ideias. Agora não havia ninguém com quem conversar.

As cartas de Dermot eram esporádicas e breves. Ele tinha feito uma volta em 72 tacadas, tinha jogado com Andrews, Rossiter tinha aparecido com a sobrinha. Ele havia levado Marjorie Connell para fazer um quarteto. Jogaram em Hillborough, um campo ordinário. Mulheres são uma incomodação no golfe. Ele esperava que Celia estivesse se divertindo. Ela poderia agradecer a Judy pela carta?

Celia começou a dormir mal. Cenas do passado surgiam e a mantinham acordada. Às vezes ela despertava assustada, sem saber o que a havia assustado. Ela se olhou no espelho e viu que estava doente.

Escreveu a Dermot e suplicou que ele viesse para o final de semana.

Ele escreveu de volta:

Querida Celia
Olhei os horários do trem e realmente não vale a pena. Eu teria que voltar na manhã de domingo ou então chegar na cidade por volta das duas da manhã.

O carro não está muito bom, mandei-o para uma revisão. Sei que você vai entender, me sinto esgotado por trabalhar a semana inteira. Estou exausto no fim de semana e não quero embarcar em jornadas de trem.

Daqui a três semanas tiro minhas férias. Sua ideia de Dinard é ótima. Vou escrever perguntando sobre os quartos. Não faça coisas demais e não se esgote. Saia bastante.

Lembra-se de Marjorie Connell, uma garota morena, muito afável, sobrinha dos Barrett? Ela acaba de perder o emprego. Talvez eu consiga algo para ela aqui. Ela é bastante eficiente. Levei-a ao teatro uma noite quando ela estava mal.

Cuide-se e vá com calma. Acho que você está certa em não vender a casa agora. As coisas devem melhorar e você pode obter um preço melhor mais adiante. Não creio que vá ser de muito uso para nós, mas, se você é sentimental a respeito, suponho que não custe muito caro deixá-la fechada com um zelador. E você poderia deixá-la mobiliada. O dinheiro que você recebe dos livros deve pagar os impostos e um jardineiro, e vou ajudar, se você quiser. Estou dando um duro danado no trabalho e chego em casa com dor de cabeça na maioria das noites.

Será bom viajar logo.

Amor para Judy.
Seu amado,
Dermot.

Na última semana, Celia foi ao médico e pediu algo que a fizesse dormir. Ele a conhecia desde sempre. Fez perguntas, examinou-a e então disse:

— Você não tem alguém para ficar com você?

— Meu marido está vindo em uma semana. Vamos para o exterior juntos.

– Ah, excelente! Sabe, minha cara, você está se encaminhando para um colapso. Você está acabada. Você sofreu um choque e andou se afligindo. Muito natural. Sei o quanto você era apegada à sua mãe. Assim que sair com seu marido para novos ambientes você ficará ótima.

Ele deu um tapinha no ombro de Celia, passou uma receita e a liberou.

Celia contou os dias um a um. Quando Dermot chegasse, tudo ficaria bem. Ele chegaria na véspera do aniversário de Judy. Iriam festejar a data e a seguir partiriam para Dinard.

Uma vida nova. Luto e memórias deixados para trás... Ela e Dermot em direção ao futuro.

Em quatro dias Dermot estaria lá...

Em três dias...

Em dois dias...

Hoje!

VI

Algo estava errado... Dermot tinha vindo, mas não era Dermot. Era um estranho que olhava para ela. Olhava de relance, de esguelha... e desviava o olhar de novo...

Havia algum problema...

Ele estava doente...

Em dificuldades...

Não, era diferente.

Ele era... um estranho...

VII

– Dermot, há algum problema?

– O que haveria de problema?

Estavam sozinhos no quarto de Celia. Ela estava embrulhando os presentes de Judy com papel de seda e fita.

Por que ela estava tão apavorada? Por que essa sensação doentia de terror?

Os olhos dele. Olhos estranhos e evasivos, que desviavam dela e voltavam. Esse não era Dermot, o Dermot honesto, elegante, risonho. Era uma pessoa furtiva, retraída. Ele parecia... quase... um criminoso.

Ela disse de repente:

– Dermot, aconteceu alguma coisa com dinheiro... Quero dizer, você fez alguma coisa?

Como pôr em palavras? Dermot, que era a personificação da honra, um fraudador? Incrível. Incrível!

Mas aquele olhar evasivo...

Como se ela se importasse com o que quer que ele tivesse feito!

Ele pareceu surpreso.

– Dinheiro? Não, tudo certo com o dinheiro. Está... tudo indo muito bem.

Ela ficou aliviada.

– Pensei... esqueça, foi um absurdo de minha parte.

Ele disse:

– Há uma coisa... Espero que você possa imaginar.

Mas ela não imaginava. Se não era dinheiro (ela tivera um medo súbito de que a firma tivesse falido), não fazia ideia do que fosse.

Ela disse:

– Conte-me.

Não era... não podia ser *câncer*.

Câncer às vezes atacava gente saudável, gente jovem.

Dermot levantou-se. A voz dele soou estranha e rígida.

– É... bem, é Marjorie Connell. Eu a vi muitas vezes, estou muito afeiçoado a ela.

Que alívio! *Não* era câncer. Mas Marjorie Connell... por que cargas d'água Marjorie Connell? Dermot teria... Dermot, que nunca olhava para uma moça...

Ela disse em tom gentil:

– Não importa, Dermot, se você foi um tanto tolo...

Um flerte. Dermot não estava acostumado a flertar. Mesmo assim, ela ficou surpresa. Surpresa e magoada. Enquanto ela estivera tão desconsolada, ansiando tanto pela presença e conforto de Dermot, ele andara flertando com Marjorie Connell. Marjorie era uma moça muito agradável e bastante bonita. Celia pensou: "Vovó não ficaria surpresa". E concluiu que a avó talvez *conhecesse* os homens muito bem, afinal de contas.

Dermot disse em tom arrebatado:

– Você não entende. Não é o que você está pensando. Não houve nada. Nada...

Celia corou.

– Claro. Não pensei que tivesse...

Ele prosseguiu:

– Não sei como explicar. Não é culpa dela... Ela está muito aflita com isso... com você... Ah, Deus!

Ele sentou-se e enterrou o rosto entre as mãos...

Celia disse em tom especulativo:

– Você se importa mesmo com ela. Percebo. Ah, Dermot, sinto muito...

Pobre Dermot, subjugado por sua paixão. Ele seria muito infeliz. Ela não devia... simplesmente não devia desagradá-lo. Tinha que ajudá-lo a superar. Não repreendê-lo. Não havia sido culpa dele. Ela não estava lá. Ele sentiu-se solitário. Era natural...

Ela disse de novo:

– Sinto muitíssimo por você.

Ele levantou-se.

– Você não entende. Você não precisa lamentar por *mim*... Sou um canalha. Um patife. Não fui decente com você. Não sirvo mais para você e Judy... É melhor você me abandonar logo...

Ela olhou-o fixamente...

– Você quer dizer – ela perguntou – que não me ama mais? Não mesmo? Mas éramos tão felizes... Sempre tão felizes juntos.

– Sim, de uma forma tranquila. Isso é muito diferente.

– Ser feliz de modo tranquilo é a melhor coisa do mundo.

Dermot fez um gesto.

Ela falou em tom indagativo:

– Você quer nos deixar? Não quer mais ver Judy nem eu? Mas você é pai de Judy... Ela ama você.

– Eu sei... Preocupo-me muito com ela. Mas não adianta. Não presto para nada quando sou obrigado a fazer algo que não quero... Não consigo me comportar de maneira decente quando estou infeliz... Sou um bruto.

Celia perguntou lentamente:

– Você vai embora... com *ela*?

– Claro que não. Ela não é desse tipo. Jamais sugeriria uma coisa dessas para ela.

Ele soou magoado e ofendido.

– Não entendo. Você quer apenas *nos* deixar?

– Não sirvo para vocês... Seria simplesmente infame.

– Mas fomos tão felizes. Tão felizes...

Dermot disse impaciente:

– Sim, claro que fomos. No passado. Mas estamos casados há onze anos. Depois de onze anos precisa-se de uma mudança.

Ela estremeceu.

Ele prosseguiu com voz persuasiva, mais do jeito dele:

– Tenho uma ótima renda, vou dar o bastante para você e para Judy. E você está ganhando dinheiro agora.

Poderia ir para o exterior. Viajar. Fazer o que sempre quis fazer...

Ela ergueu as mãos como se ele a tivesse golpeado.

– Tenho certeza de que você irá aproveitar. Você com certeza será muito mais feliz do que comigo...

– Pare com isso!

Momentos depois, ela disse calmamente:

– Foi nessa noite, há nove anos, que Judy nasceu. Você lembra? Isso não significa nada para você? Não há nenhuma diferença entre eu e... uma amante que você tentasse despachar?

Ele disse em tom aborrecido:

– Já falei que lamento por Judy... Mas, afinal, ambos concordamos que seríamos perfeitamente livres...

– É mesmo? Quando?

– Tenho certeza de que sim. É a única forma decente de considerar o casamento.

Celia disse:

– Penso que, quando se coloca uma criança no mundo, seria mais decente persistir nele.

Dermot disse:

– Todos meus amigos pensam que o ideal do casamento deveria ser a liberdade...

Ela riu. Seus amigos. Como Dermot era extraordinário. Só ele para meter os amigos no assunto.

Ela disse:

– Você é livre... Pode nos deixar se quiser... se de fato quiser... mas não vai esperar um pouco? Não vai esperar ter certeza? Há onze anos de felicidade para lembrar. Contra uma paixonite de um mês. Espere um ano. Certifique-se das coisas... antes de rebentar tudo...

– Não quero esperar. Não quero a tensão da espera...

De repente Celia estendeu a mão e pegou a maçaneta da porta.

Isso tudo não era real. Não podia ser real... Ela gritou:

– Dermot!

O quarto ficou escuro e rodopiou ao redor dela.

Ela deu por si deitada na cama. Dermot estava parado ao lado dela com um copo d'água. Ele disse:

– Eu não pretendia perturbá-la.

Ela conteve-se de gargalhar histericamente... pegou a água e bebeu...

– Estou bem – ela disse. – Está tudo bem... Você deve fazer o que acha conveniente... Pode ir agora. Estou bem... Faça como quiser. Mas deixe Judy ter seu aniversário amanhã.

– Claro... – Ele disse: – Se você tem certeza de que está bem...

Ele saiu lentamente para seu quarto e fechou a porta.

O aniversário de Judy amanhã...

Há nove anos, ela e Dermot tinham perambulado pelo jardim. Tinham se separado. Ela havia mergulhado em dor e medo. E Dermot tinha sofrido...

Com certeza... com certeza ninguém no mundo podia ser tão cruel ao escolher essa data para contar.

Sim, Dermot podia...

Cruel... cruel... cruel...

O coração dela bradava: "Como ele pôde... como ele pôde ser tão cruel *comigo?*".

VIII

Judy tinha que ter seu aniversário.

Presentes. Café da manhã especial. Piquenique. Jantar. Jogos.

Celia pensou: "Nunca tive um dia tão longo. Tão longo! Vou enlouquecer. Se ao menos Dermot disfarçasse um pouco melhor".

Judy não notou nada. Ela notou seus brinquedos, sua diversão, a prontidão de todos para fazer o que ela quisesse.

Ela estava tão feliz. Tão inconsciente. Aquilo despedaçou o coração de Celia.

IX

No dia seguinte Dermot partiu.

— Escreverei de Londres, está bem? Você ficará aqui por enquanto?

— Aqui não. Não, aqui não.

Ali, no vazio, na solidão, sem Miriam para confortá-la?

Ah, mãe, mãe, volte para mim, mãe...

Ah, mãe, se você estivesse aqui!

Ficar ali sozinha? Naquela casa tão cheia de lembranças felizes? De lembranças de Dermot?

Ela disse:

— É melhor eu ir para casa. Iremos para casa amanhã.

— Como queira. Eu ficarei em Londres. Achei que você gostasse deste lugar.

Ela não respondeu. Às vezes não é possível. Ou as pessoas percebem, ou não percebem.

Depois que Dermot partiu, ela brincou com Judy. Disse que não iriam mais para a França. Judy recebeu a notícia calmamente, sem interesse.

Celia sentiu-se terrivelmente doente. As pernas doíam, a cabeça girava. Ela sentiu-se uma velha, uma mulher velha. A dor de cabeça aumentou a ponto de dar vontade de gritar. Ela tomou um analgésico, não adiantou. Sentia-se enjoada, e só pensar em comida causava-lhe repugnância.

X

Celia tinha medo de duas coisas: de ficar louca e de que Judy percebesse.

Ela não sabia se a senhorita Hood havia notado alguma coisa. A senhorita Hood era tão quieta. Era um conforto ter a senhorita Hood. Calma e desprovida de curiosidade.

A senhorita Hood tratou da volta para casa. Ela achou natural que Celia e Dermot decidissem não ir para a França.

Celia ficou contente de voltar para casa. Ela pensou: "É melhor. Talvez eu não fique louca".

Ela sentiu-se melhor da cabeça, mas pior do corpo. Era como se tivesse levado uma surra. Sensação de pernas fracas demais para caminhar... Isso e o enjoo terrível deixavam-na mole e sem resistência...

Ela pensava: "Vou ficar doente. Por que a mente afeta tanto o corpo?".

Dermot veio dois dias após a volta dela.

Ainda não era Dermot... Estranho. E apavorante. Encontrar um estranho no corpo do marido...

Aquilo apavorou Celia de tal forma que ela tinha vontade de gritar.

Dermot falou formalmente sobre assuntos básicos. "Como alguém que vem fazer uma visita", pensou Celia.

Então ele disse:

– Você não concorda que essa é a melhor coisa a fazer... quero dizer, a separação?

– A melhor coisa para quem?

– Bem, para todos nós.

– Não acho que seja a melhor coisa para Judy ou para mim. Você sabe que não acho.

Dermot disse:

– Nem todos podem ser felizes.

– Você quer dizer que você vai ser feliz, e Judy e eu não... Realmente não entendo por que você é prioridade. Ah, Dermot, você não pode ir embora e fazer o que quer sem insistir em falar disso? Você tem que escolher entre Marjorie e eu. Não, não é isso. Você está cansado de mim e a culpa é minha, eu deveria ter notado, deveria ter tentado mais, mas tinha certeza de que você me amava. Acreditava em você como acredito em Deus. Isso foi estúpido; vovó teria me dito. Não, o que você tem que fazer é escolher entre Marjorie e Judy. Você *ama* Judy, ela tem o seu sangue, e eu nunca serei para ela o que você é. Entre vocês dois existe um laço que não existe entre mim e ela. Eu a amo, mas não a entendo. Não quero que você abandone Judy. Não quero que a vida dela seja destroçada. Não vou lutar por mim, mas lutarei por Judy. Abandonar a própria filha é algo desprezível. Acredito que você não terá paz se fizer isso. Dermot, Dermot querido, você não vai *tentar*? Não vai ceder um ano de sua vida? Se ao final de um ano você sentir que deve ir com Marjorie... bem, então vá. E eu ficaria feliz por você ter tentado.

Dermot disse:

– Não quero esperar... Um ano é muito tempo.

Celia fez um gesto desanimado.

(Se ela ao menos não se sentisse tão doente.)

Ela disse:

– Muito bem. A escolha é sua. Mas, se um dia quiser voltar, vai nos encontrar esperando, e não irei recriminá-lo. Vá e seja feliz. Talvez um dia você volte para nós. Acho que voltará. Sei que no fundo você realmente ama Judy e eu... E também sei que no fundo você é honesto e leal.

Dermot pigarreou. Pareceu embaraçado.

Celia queria que ele fosse embora. Toda essa conversa... Ela o amava tanto. Era uma agonia olhar para ele. Se ele apenas fosse embora e a deixasse em paz. Sem prolongar aquela agonia em Celia.

– A questão é – disse Dermot – em quanto tempo posso ter minha liberdade?

– Você é livre. Pode ir agora.

– Acho que você não entendeu do que estou falando. Todos os meus amigos acham que o divórcio deve acontecer tão logo seja possível.

Celia encarou-o.

– Pensei que você tivesse me dito que não havia... Não havia... bem, motivo para divórcio.

– Claro que não há. Marjorie é honestíssima.

Celia foi tomada por um desejo louco de rir. Ela se reprimiu.

– Bem, e então?

– Jamais sugeri nada desse tipo a ela – disse Dermot em voz chocada. – Mas acredito que, se eu fosse livre, ela se casaria comigo.

– Mas você é casado comigo – disse Celia, intrigada.

– Por isso tem que haver o divórcio. Tudo pode ser arranjado muito rápido e facilmente. Não será incômodo para você. E as despesas serão todas por minha conta.

– Quer dizer que você e Marjorie *vão* embora juntos depois de tudo?

– Você acha que eu arrastaria uma moça como ela para o tribunal de divórcio? Não, a coisa toda pode ser tratada com bastante facilidade. O nome dela não precisa aparecer.

Celia levantou-se. Seus olhos faiscavam.

– Você quer dizer... quer dizer... ah, repulsivo! Se eu amasse um homem, iria embora com ele mesmo que fosse errado. Eu poderia tirar um homem de sua esposa;

não acho que pudesse tirar um homem de seu filho, mas nunca se sabe. Mas eu o faria de maneira *honesta*. Não me esconderia nas sombras, deixando alguém fazer o trabalho sujo sem me arriscar. Você e Marjorie são repulsivos. Repulsivos! Se realmente se amassem e não pudessem viver um sem o outro eu pelo menos os respeitaria. Eu me divorciaria se você quisesse, embora ache divórcio errado. Mas não quero me envolver em mentira e fingimento.

– Bobagem, todo mundo faz.

– Não me interessa.

Dermot foi até ela.

– Olhe aqui, Celia. Eu terei o divórcio. Não vou esperar, e não vou arrastar Marjorie para dentro disso. E você terá que concordar.

Celia olhou-o bem no rosto.

– Não vou – disse ela.

Capítulo 18

Medo

I

Foi ali que Dermot cometeu um erro, é claro.

Se tivesse apelado a Celia, se tivesse se colocado à mercê dela, se tivesse dito que amava Marjorie e a queria e não podia viver sem ela, Celia teria amolecido e concordado com qualquer coisa que ele quisesse, não importando o quanto fossem repugnantes para seus próprios sentimentos. Ela não teria resistido ao vê-lo infeliz. Ela sempre satisfez as vontades dele, e não evitaria fazer isso de novo.

Ela estava ao lado de Judy contra Dermot, mas, se ele tivesse manipulado melhor a situação, Celia teria sacrificado Judy a Dermot, embora fosse se odiar por isso.

Mas Dermot tomou o rumo oposto. Alegou que era um direito dele e tentou intimidá-la para que consentisse.

Celia sempre foi tão suave, tão maleável, que ele se surpreendeu com sua resistência. Ela não comia, não dormia, a sensação de fraqueza nas pernas era tanta que ela mal caminhava, ela sofria a tortura da nevralgia e dor de ouvido, mas ficou firme. E Dermot tentando intimidá-la.

Ele disse que ela estava agindo de forma vergonhosa, que era uma mulher vulgar, pegajosa, que devia ter vergonha de si mesma, que ele tinha vergonha dela. Não teve efeito.

Ou melhor, efeito externo. Por dentro, as palavras dele abriam feridas. Que Dermot... Dermot... pudesse pensar que ela fosse isso tudo.

Ela estava cada vez mais preocupada com sua condição física. Às vezes se perdia no que estava falando. Até seus pensamentos ficaram confusos...

Ela acordava no meio da noite em um terror completo. Tinha certeza de que Dermot estava envenenando-a para tirá-la do caminho. De dia ela sabia que isso era puro delírio noturno, mas, mesmo assim, escondeu o pacote de veneno para ervas daninhas que ficava na estufa. Enquanto fazia isso, pensava: "Isso não é normal. Não posso enlouquecer. Simplesmente não posso enlouquecer...".

Ela acordava à noite e vagava pela casa procurando algo. Um dia ela soube o que era. Estava procurando sua mãe.

Ela tinha que encontrar a mãe. Vestiu-se, colocou um casaco e um chapéu. Pegou uma fotografia da mãe. Iria à delegacia de polícia e pediria que achassem sua mãe. Ela havia desaparecido, mas a polícia a encontraria. E, uma vez que ela encontrasse sua mãe, tudo ficaria bem.

Celia caminhou por muito tempo. Estava chovendo. Ela não conseguia lembrar por que estava caminhando. Ah, sim, a delegacia de polícia, onde ficava a delegacia de polícia? Com certeza em uma cidade, não no campo aberto.

Ela deu a volta e caminhou em sentido contrário.

A polícia seria bondosa e prestativa. Ela daria o nome de sua mãe. Qual era o nome de sua mãe? Não conseguia lembrar... Como era seu próprio nome?

Que estranho, não conseguia lembrar... Sybil, não era? Ou Yvonne. Que horror ser incapaz de lembrar. Ela *tinha* que lembrar do próprio nome. Tropeçou em uma vala. A vala estava cheia d'água... Dava para se afogar na água. Seria melhor se afogar do que se enforcar. Se você deitasse n'água...

Ah, como estava frio! Ela não podia, não, ela não podia. Ela encontraria a mãe. Sua mãe endireitaria tudo. Ela contaria: "Quase me afoguei em uma vala", e a mãe diria: "Teria sido uma coisa muito tola, querida".

Tola. Sim, tola. Dermot a achava tola. Há muito tempo. Ele havia dito isso, e o rosto dele a fizera lembrar de algo.

Claro! Do Pistoleiro! Aquele era o horror do Pistoleiro. O tempo todo Dermot na verdade havia sido o Pistoleiro! Ela ficou doente de medo. Tinha que chegar em casa, tinha que se esconder. O Pistoleiro estava à sua procura... Dermot estava caçando-a.

Ela enfim chegou em casa. Eram duas horas, todos dormindo. Ela esgueirou-se escada acima.

Que horror, o Pistoleiro estava ali, atrás daquela porta. Ela podia ouvi-lo respirar. Dermot, o Pistoleiro.

Ela não ousou voltar para o quarto. Dermot queria livrar-se dela. Poderia entrar furtivamente.

Ela subiu mais um lance de escadas correndo loucamente. A senhorita Hood, governanta de Judy, estava lá. Ela entrou de supetão no quarto.

– Não deixe ele me achar... não deixe ele...

A senhorita Hood, muito tranquila acalmou-a.

Desceu junto até o quarto de Celia e ficou com ela.

Quando estava pegando no sono, Celia disse de repente:

– Que estupidez, eu não poderia ter encontrado minha mãe. Lembrei... *ela está morta.*

II

A senhorita Hood chamou o médico. Ele foi bondoso e enfático. Celia tinha que se entregar aos cuidados da senhorita Hood.

Ele conversou com Dermot. Disse com todas as letras que o estado de Celia era muito grave. Advertiu-o do que poderia acontecer se ela não fosse inteiramente poupada de preocupações.

A senhorita Hood desempenhou seu papel com eficiência. Tanto quanto possível, jamais deixava Celia e Dermot a sós. Celia agarrou-se a ela. Sentia-se segura com a senhorita Hood. Ela era *bondosa*.

Um dia Dermot veio até a beirada da cama.

Ele disse:

– Lamento que esteja doente...

Foi Dermot que falou com ela, não o estranho.

Celia sentiu um nó na garganta.

No dia seguinte, a senhorita Hood chegou com um rosto bastante preocupado.

Celia disse em tom calmo:

– Ele foi embora, não foi?

A senhorita Hood assentiu com a cabeça. Ficou aliviada por Celia aceitar tão calmamente.

Celia permaneceu lá, imóvel. Não sentiu desgosto, nem dor excruciante... Estava entorpecida e em paz.

Ele tinha ido embora. Um dia ela deveria levantar-se e começar a vida de novo. Com Judy... Estava tudo acabado. Pobre Dermot.

Ela dormiu. Dormiu por quase dois dias.

III

E então ele voltou. Foi Dermot que voltou. Não o estranho.

Disse que lamentava, que tão logo foi embora sentiu-se péssimo. Disse que Celia estava certa, que ele tinha de permanecer com ela e com Judy. Em todo caso, ele tentaria. Ele disse:

– Mas você tem que ficar bem. Não suporto doença nem infelicidade. Em parte foi por você estar naquele estado que travei amizade com Marjorie. Queria alguém com quem me divertir.

– Eu sei. Eu tinha que ter "permanecido linda", como você sempre disse.

Celia hesitou, mas disse:

– Você... você realmente pretende nos dar uma chance? Quero dizer, eu não aguento mais... Se você tentar honestamente... por três meses. Ao final, se não conseguir, então é isso. Mas... mas... tenho medo de ficar assim de novo.

Ele disse que tentaria por três meses. Ele nem mesmo veria Marjorie. Ele disse que lamentava.

IV

Mas não foi bem assim que se seguiu.

Celia sabia que a senhoria Hood lamentava o retorno de Dermot.

Mais tarde ela reconheceu que a senhorita Hood estava certa.

Começou gradualmente.

Dermot ficou soturno.

Celia lamentava por ele, mas não ousava dizer nada.

Lentamente, as coisas ficavam cada vez piores.

Se Celia entrava em um cômodo, Dermot saía.

Se ela falava com ele, ele não respondia. Ele conversava apenas com a senhorita Hood e Judy.

Dermot nunca falava com ela ou olhava para ela. Às vezes saía de carro com Judy.

– Mamãe vai junto? – perguntava Judy.

– Sim, se ela quiser.

Quando Celia estava pronta, Dermot dizia:

– É melhor mamãe levar você. Estou ocupado.

Às vezes Celia dizia que não, que ela estava ocupada, e então Dermot e Judy saíam.

Incrivelmente, Judy não notava nada, ou era o que Celia pensava.

Mas em certas ocasiões Judy dizia coisas que a surpreendiam.

Elas haviam conversado sobre serem boas para Aubrey, que àquela altura era o cachorro adorado da casa, e de repente Judy disse:

– Você é amável. Você é muito amável. Papai não é amável, mas ele é muito, muito alegre.

E uma vez ela disse em um tom reflexivo:

– Papai não gosta muito de você... – E acrescentou com grande satisfação: – Mas gosta *de mim*.

Um dia Celia conversou com ela.

– Judy, seu pai quer nos deixar. Ele acha que será mais feliz vivendo com uma outra pessoa. Você acha que é melhor deixá-lo ir?

– Não quero que ele vá – disse Judy ligeiro. – Por favor, por favor, mamãe, não deixe ele ir. Ele é muito feliz brincando comigo. E além disso... além disso, ele é meu pai.

"Ele é meu pai!" Tanto orgulho, tanta certeza naquelas palavras!

Celia pensou: "Judy ou Dermot? Tenho que escolher um lado... E Judy é apenas uma criança, *tenho* que ficar do lado dela".

No entanto, Celia ponderou: "Não posso aguentar a rudeza de Dermot por muito mais tempo. Estou perdendo o controle de novo. Estou ficando apavorada".

Dermot havia desaparecido de novo. O estranho estava no lugar de Dermot. Ele a olhava com olhos duros e hostis.

É horrível quando a pessoa que você mais ama no mundo olha para você daquele jeito. Celia podia entender a infidelidade, mas não podia entender o afeto de onze anos transformando-se de repente... da noite para o dia, por assim dizer... em aversão.

A paixão podia esmaecer e morrer, mas nunca havido existido outra coisa? Ela havia amado-o, vivido com ele e tido sua filha, e enfrentado a pobreza com ele. E ele estava calmamente preparado para jamais vê-la de novo. Que apavorante! Horrivelmente apavorante...

Ela era o Obstáculo. Se ela morresse...

Ele desejava que ela morresse...

Ele só podia desejar que ela morresse; do contrário, ela não estaria tão amedrontada.

V

Celia olhou para dentro do quarto de criança. Judy dormia profundamente. Celia fechou a porta sem fazer barulho, desceu para o saguão e foi até a porta de entrada.

Aubrey saiu apressado da sala de estar.

"Olá", disse Aubrey: "Uma caminhada? A essa hora da noite? Bem, não me incomodo se for..."

Mas sua dona pensava diferente. Ela pegou a cabeça de Aubrey entre as mãos e o beijou no focinho.

– Fique em casa. Cachorro bonzinho. Não venha atrás de mim.

Não pode vir comigo. Não! Ninguém podia ir aonde a dona estava indo...

Ela sabia que não aguentaria mais... Tinha que escapar...

Sentia-se exausta depois da longa cena com Dermot... Mas também sentia-se desesperada... Tinha que escapar...

A senhorita Hood tinha ido a Londres ver uma irmã vinda do exterior. Dermot aproveitou a oportunidade para "tirar tudo a limpo".

Ele admitiu na mesma hora que andava vendo Marjorie. Ele havia prometido, mas não fora capaz de cumprir a promessa.

Nada disso importava, desde que ele não começasse a maltratá-la de novo. Mas ele havia recomeçado...

Ela não conseguiu lembrar-se de muita coisa. Palavras cruéis, que feriram... aqueles olhos estranhos hostis... Dermot, que ela amava, odiava-a.

E ela não podia suportar...

Portanto, aquela era a saída mais fácil.

Quando ele explicou que estava indo embora, mas voltaria em dois dias, ela disse:

– Você não me encontrará aqui.

Pelo pestanejar dele, Celia teve certeza de que ele entendeu a que ela se referia.

Ele disse depressa:

– Bem, claro, se você quer ir embora.

Ela não respondeu. Mais tarde, quando estivesse tudo acabado, ele teria como dizer para todo mundo – e convencer a si mesmo – que não havia entendido o recado. Seria mais fácil para ele.

Ele havia entendido... ela viu aquele pestanejar momentâneo... de esperança. Ele mesmo talvez não soubesse disso. Ele ficaria chocado de admitir tal reação... *mas havia acontecido.*

Claro que ele preferia outra solução. Ele teria adorado se ela acolhesse "uma mudança" com prazer. Ele queria que ela também quisesse ser livre. Ou seja, ele queria fazer o que bem entendesse e ao mesmo tempo sentir-se confortável com isso. Ele queria ela feliz e contente viajando pelo exterior, de modo que ele pudesse sentir que havia sido uma solução excelente para os dois.

Ele queria se sentir feliz e ter a consciência tranquila. Ele não aceitava os fatos como eram: as coisas tinham de ser como ele gostaria que fossem.

A morte *era* uma solução. Ele não se culparia por isso. Logo se persuadiria de que Celia estava mal desde a morte da mãe. Dermot era bom em convencer a si próprio.

Ela fantasiou por um minuto que ele lamentaria, que sentiria um remorso terrível. Por um momento, ela pensou, como uma criança: "Quando eu estiver morta, ele vai lamentar...".

Mas ela sabia que não era assim... Uma vez que admitisse para si mesmo que era culpado de alguma forma pela morte dela, Dermot ficaria em pedaços... A salvação dele dependia de ele enganar a si mesmo... E ele faria isso...

Não, ela estava indo embora. Saindo disso tudo. Não podia aguentar mais. Doía demais...

Ela não pensava mais em Judy, estava além disso. Agora nada mais importava a não ser sua própria agonia e o anseio por escapar...

O rio... Há muito tempo havia um rio em um vale. E prímulas... Há muito tempo, antes de acontecer qualquer coisa. Ela caminhou rápido. Chegou ao ponto onde a estrada cruzava por uma ponte. O rio, veloz, corria por baixo dela. Não havia ninguém por ali.

Ela indagou-se onde andaria Peter Maitland. Ele estava casado. Havia se casado depois da guerra. Peter teria sido bom. Ela teria sido feliz com Peter... feliz e a salvo...

Mas ela jamais poderia amá-lo como ela amava Dermot... Dermot, Dermot... Tão cruel...

Na verdade o mundo inteiro era cruel. Cruel e traiçoeiro...

O rio era melhor...

Ela subiu no parapeito e pulou...

Livro Três

A Ilha

Capítulo 1

Rendição

Esse, para Celia, era o fim da história.

Tudo o que aconteceu depois não importava para ela. Houve os devidos procedimentos legais, o rapaz que a retirou do rio, a crítica do magistrado, as notas na imprensa, a contrariedade de Dermot, a lealdade da senhorita Hood. Para Celia, tudo isso era insignificante, como um sonho, enquanto ela me contava sentada na cama.

Ela não pensou em tentar suicídio de novo.

Reconheceu que havia sido muito perverso de sua parte. Ela estaria fazendo exatamente o que havia acusado Dermot de fazer: abandonando Judy.

– Senti – disse ela – que a única coisa que podia fazer como reparação era viver apenas para Judy e nunca mais pensar em mim outra vez. Fiquei envergonhada.

Ela, a senhorita Hood e Judy viajaram para a Suíça.

Dermot escreveu para ela, anexando os documentos necessários para o divórcio.

Ela não fez nada a respeito por um tempo.

– Veja bem – disse ela –, fiquei aturdida demais. Eu faria o que ele pedisse, desde que me deixasse em paz. Estava com tinha medo de que me acontecessem mais coisas. Tive medo desde então.

"Eu não sabia o que fazer... Dermot pensou que não fiz nada porque eu queria me vingar. Não. Eu tinha prometido a Judy não deixar o pai dela ir embora. E ali estava eu pronta a ceder por pura e repugnante covardia. Desejei, ah, como desejei que ele e Marjorie fossem embora juntos, então eu poderia me divorciar. Mais tarde poderia dizer a Judy: 'Não tive escolha...' Dermot escreveu dizendo que todos os seus amigos achavam que eu estava agindo de forma vergonhosa. Todos seus amigos... sempre o mesmo!

"Esperei... Eu queria apenas descansar. Em um lugar seguro. Onde Dermot não pudesse me alcançar. Ficava aterrorizada com a ideia de ele investir contra mim outra vez... Você não pode ceder a uma coisa porque está aterrorizada. Não é decente. Sei que sou covarde, sempre fui covarde. Detesto gritaria, cenas. Eu faria qualquer coisa, *qualquer coisa* para ser deixada em paz. Mas *não* cedi ao medo. Aguentei.

"Me revigorei outra vez na Suíça... Não posso dizer o quanto foi maravilhoso. Não querer chorar cada vez que subia um morro. Não ter enjoo cada vez que via comida. E aquela nevralgia horrorosa em minha cabeça sumiu. Tormento mental e físico ao mesmo tempo é demais. Você até suporta um *ou* outro. Não ambos.

"No fim, quando me senti realmente melhor, voltei à Inglaterra. Escrevi para Dermot. Disse que não acreditava em divórcio... Acreditava (embora pudesse ser antiquado e errado aos olhos dele) em ficar junto e tolerar coisas pelo bem dos filhos. Já ouvi que é melhor para as crianças que pais que não se dão bem se separem. Eu disse que não concordava com isso. Crianças precisam dos pais, de ambos os pais, porque são do seu sangue. Para as crianças, brigas e bate-boca não importam nem a metade do que os adultos imaginam. Talvez até seja bom. Ensinam a elas como é a vida. Minha casa era feliz, feliz *demais*. Eu cresci como uma tola. Disse também que ele e eu jamais havíamos brigado. Sempre nos demos bem.

"Disse que casos com outras pessoas não importavam. Ele poderia ser livre, contanto que fosse carinhoso com Judy e um bom pai para ela. E disse mais uma vez que sabia que ele significava mais para Judy do que eu poderia significar. Ela me queria apenas fisicamente, como um bichinho quando estava doente, mas em termos de intelecto eram ele e ela que tinham vínculo.

"Disse que, se ele voltasse, eu não o repreenderia, nem jamais jogaria coisas na cara dele. Perguntei se não podíamos apenas ser bons um com o outro porque ambos havíamos sofrido.

"Disse que a escolha cabia a ele, mas que ele devia lembrar que eu não queria nem acreditava em divórcio e que, se ele optasse por isso, a responsabilidade recairia apenas sobre ele.

"Ele escreveu de volta e mais uma vez mandou os papéis para o divórcio.

"Me divorciei...

"Foi horrível, o divórcio é horrível.

"Ficar diante de um monte de pessoas... responder perguntas... perguntas íntimas... camareiras.

"Detestei tudo aquilo. Me deu nojo.

"Divorciar-se deveria ser mais fácil. Você não tem que ir *lá*...

"Veja então que, no fim das contas, eu cedi. Dermot conseguiu fazer do jeito dele. Eu poderia muito bem ter recuado no início e me poupado de muita dor e sofrimento.

"Não sei se fico ou não contente por não ter cedido mais cedo.

"Nem sei por que cedi. Porque estava cansada e queria paz, ou porque fiquei convencida de que era a única coisa a fazer, ou porque no fim quis ceder a Dermot...

"Às vezes, acho que foi a última opção...

"É por isso que, desde então, me sinto culpada quando Judy me olha.

"No fim, eu traí Judy em favor de Dermot."

Capítulo 2

Reflexão

Dermot casou-se com Marjorie Connell poucos dias depois de o divórcio estar homologado.

A atitude de Celia em relação à outra mulher era curiosa. Ela falou pouco nisso em sua história, quase como se a outra mulher não existisse. Ela nunca adotou a ideia de que um Dermot fraco havia sido desencaminhado, embora esse seja o argumento mais comum de uma mulher traída.

Celia respondeu minha pergunta rápida e honestamente.

– Não acho que ele tenha sido... desencaminhado. Marjorie? O que pensei dela? Não lembro... Não importava. Era Dermot e eu que importávamos, não Marjorie. O que eu não conseguia assimilar era ele ser cruel comigo.

E nisso eu vejo o que Celia jamais conseguirá ver. Celia era sensível demais ao sofrimento. Uma borboleta presa no chapéu jamais incomodaria Dermot quando criança. Ele teria presumido que a borboleta gostava!

Foi essa a linha que ele adotou com Celia. Ele tinha afeição por ela, mas queria Marjorie. Ele era um rapaz ético. Para que Dermot pudesse se casar com Marjorie, era preciso livrar-se de Celia. Visto que ele tinha afeto por Celia, ele queria que ela também gostasse da ideia. Como Celia não gostou, ele se enfureceu. Ao se sentir mal por feri-la, ele a feriu ainda mais e foi desnecessariamente brutal. Eu entendo... Posso quase ser solidário a ele...

Se ele percebesse o quanto estava sendo cruel com Celia, não o faria. Como muitos homens brutalmente honestos, ele era desonesto consigo mesmo. Ele se achava um sujeito melhor do que realmente era.

Ele queria Marjorie, e tinha que consegui-la. Ele sempre conseguia o que queria. E a vida com Celia não mudou isso.

Acho que ele amava Celia por sua beleza, e apenas por isso...

Ela amou-o de forma permanente e pelo resto da vida. Conforme ela declarou, ele estava em seu sangue...

Além disso, ela se agarrou. E Dermot era o tipo de homem que não suporta que se agarrem nele. Celia tinha pouquíssima malícia, e uma mulher com pouca malícia tem pouca chance com os homens.

Miriam tinha malícia. A despeito de todo seu amor por John, não creio que ele tenha tido uma vida sempre fácil com ela. Ela o adorava, mas também exasperava. O homem tem dentro de si um animal que gosta de ser desafiado.

Miriam tinha algo que faltava em Celia. Talvez o que vulgarmente se chame de peito.

Quando Celia enfrentou Dermot, era tarde demais.

Ela reconheceu que passou a pensar diferente a respeito de Dermot quando já não estava aturdida pela aparente desumanidade súbita dele.

– De início – disse ela – foi como se eu sempre o tivesse amado e feito qualquer coisa que ele quisesse e, então, na primeira vez em que *realmente* precisei dele e estive em dificuldades, foi como se ele tivesse se virado e me apunhalado pelas costas. Isso é um tremendo clichê, mas expressa o que senti. Há uma passagem na Bíblia que diz exatamente isso.

Ela fez uma pausa e então citou:

– *Não foi um inimigo declarado que me fez tal desonra; eu teria suportado. Foste tu, meu companheiro, meu guia e meu amigo íntimo.*

"Foi isso que feriu, entende? *Meu amigo íntimo*.

"Se *Dermot* podia ser traiçoeiro, então qualquer um podia ser traiçoeiro. O mundo em si tornou-se inseguro. Eu não podia mais confiar em nada nem em ninguém.

"E isso é apavorante. Você não imagina o quanto é apavorante. Nada é seguro em lugar nenhum.

"Você vê... bem, você vê o Pistoleiro por toda parte.

"Mas claro que o erro foi meu por confiar demais em Dermot. Não se deve confiar tanto assim em ninguém. É injusto.

"Em todos esses anos, enquanto Judy crescia, tive tempo para pensar. Pensei um bocado... E vi que o verdadeiro problema foi *eu* ter sido estúpida. Estúpida e arrogante!

"Eu amava Dermot. E não o mantive. Eu deveria saber do que ele gostava e o que queria e ter sido assim. Devia ter percebido (como ele mesmo disse) que ele 'queria uma mudança'. Minha mãe disse para eu não ir embora e deixá-lo sozinho. E eu o deixei sozinho. Fui tão arrogante que jamais imaginei que isso pudesse acontecer. Estava certa de que eu era a pessoa que ele amava e sempre amaria. Como eu disse, não se deve confiar tanto assim nas pessoas, testá-las demais, colocá-las em pedestais só porque você as quer ali. Eu nunca vi Dermot com clareza... podia ter visto... Se não tivesse sido tão arrogante, pensando que o que acontecia com outras mulheres jamais aconteceria comigo... Fui uma estúpida.

"Desse modo, hoje não culpo Dermot. Ele era daquele jeito. Eu deveria ter entendido e ficado em guarda, e não ter sido tão presunçosa e satisfeita comigo mesma. Se uma coisa lhe interessa mais do que tudo na vida, você tem que ser esperta a respeito... Eu não fui esperta...

"É uma história muito comum. Agora eu sei. Basta ler os jornais, em especial os de domingo, sempre há desses casos. Mulheres que colocam a cabeça dentro do forno ou que tomam altas doses de remédios para dormir. O mundo é assim, cheio de crueldade e dor, porque as pessoas são estúpidas.

"Eu fui estúpida. Vivia no meu próprio mundo. Sim, eu fui estúpida."

Capítulo 3

Fuga

I

– E desde então? – perguntei a Celia. – O que você fez desde então? Isso aconteceu há alguns anos.

– Sim, há dez anos. Bem, eu viajei. Conheci os lugares que desejava. Fiz muitos amigos. Tive aventuras. Acredito que realmente me diverti um bocado.

Ela pareceu bastante imprecisa a respeito de tudo aquilo.

– Houve as férias de Judy, claro. Sempre me senti culpada quanto a Judy. Acho que ela havia notado. Ela nunca disse nada, mas eu achava que no fundo ela me culpava pela perda do pai. E ela estava certa, é claro. Uma vez ela disse: "Era de *você* que ele não gostava. Ele gostava de *mim*". Eu falhei com ela. Uma mãe tem que manter o pai de seu filho afeiçoado a ela. Faz parte da tarefa de mãe. Eu não fiz isso. Judy sem querer às vezes era cruel, mas ela me fez bem. Ela era honesta de uma maneira intransigente.

"Não sei se fracassei ou tive êxito com Judy. Não sei se ela me ama ou não. Dei coisas materiais a ela. Não consegui dar mais, dar o que para mim realmente interessa, porque ela não quis. Fiz o que podia fazer. Por amá-la, deixei-a em paz. Não impus minhas ideias e crenças. Deixei claro que eu estava ali, se ela quisesse. Mas ela não quis, sabe. O tipo de pessoa que eu sou não é bom para o tipo de pessoa que ela é. Exceto, como eu disse antes, para coisas materiais. Eu a amo, assim como amava Dermot, mas não a entendo. Tentei deixá-la livre, e, ao mesmo tempo, não ceder a ela por covardia. Nunca saberei se tive serventia para ela. Espero que sim. Ah, como espero ter servido... Eu a amo tanto...

– Onde ela está agora?

– Está casada. Por isso vim para cá. Quer dizer, antes eu não era livre. Tinha que cuidar de Judy. Ela casou-se aos dezoito anos. Ele é um homem muito bom. Mais velho do que ela. Correto, afável, bem de vida, tudo o que eu poderia desejar. Eu queria que ela esperasse para ter certeza, mas ela não quis. Não se pode argumentar com gente como ela e Dermot. Eles têm que fazer do jeito deles. Além disso, como se pode julgar uma outra pessoa? Eu poderia arruinar a vida dela pensando que estava ajudando. Não se deve interferir.

"Ela está no leste da África. Escreve de vez em quando, cartas curtas e felizes. São como as de Dermot, não contam nada além de fatos, mas dá para sentir que está tudo bem."

II

– E então – eu disse – você veio para cá. Por quê?

Ela disse lentamente:

– Não sei se posso fazê-lo entender... Algo que um rapaz me disse certa vez impressionou-me. Eu havia contado um pouco do que havia acontecido. Ele era uma pessoa compreensiva. Ele perguntou: "O que você vai fazer da sua vida? Você ainda é moça". Eu disse que havia Judy e as viagens e coisas e lugares para ver. Ele disse: "Não será o bastante. Você terá que ter um amante ou mais de um. Você terá que decidir".

"E aquilo me assustou, mas eu sabia que ele estava certo.

"Algumas pessoas, pessoas comuns que não pensam, disseram: 'Ah minha cara, um dia você se casará de novo com algum homem bom que irá compensá-la por tudo'.

"Casar? Eu ficaria aterrorizada em casar. Ninguém pode feri-la exceto um marido. Ninguém chega tão perto...

"Eu nunca mais quis nada com os homens.

"Mas aquele rapaz me apavorou... Eu não era velha... não era velha o bastante.

"Poderia haver um... um amante? Um amante não seria tão aterrorizante quanto um marido. Não se depende tanto de um amante. São as pequenas intimidades cotidianas que tanto prendem você a um marido e a despedaçam quando você se separa. Com um amante você só tem encontros ocasionais. Sua vida é só sua...

"Amante. Ou amantes...

"Seria melhor amantes. Ficaria quase a salvo com amantes!

"Mas eu esperava não chegar a isso. Esperava aprender a viver sozinha. Eu tentei."

Ela não falou por alguns instantes. "Eu tentei", ela havia dito. Aquelas duas palavras encobriam um bocado de coisas.

– E? – enfim perguntei.

Ela disse lentamente:

– Quando Judy tinha quinze anos conheci alguém... Ele era bastante parecido com Peter Maitland. Afável, e não muito esperto. Ele me amava.

"Ele disse que eu precisava que fossem gentis comigo. Ele era... muito bom para mim. A esposa morreu quando seu primeiro bebê nasceu. O bebê também morreu. Desse modo, como você vê, ele também havia sido infeliz. Ele sabia como era.

"Aproveitamos juntos... parecíamos aptos a compartilhar coisas. E ele não se importava que eu fosse eu mesma. Quer dizer, eu podia dizer que estava me divertindo e ficar entusiasmada sem ele me achar tola... Ele era... é estranho dizer isso, mas ele realmente era... como uma *mãe* para mim. Uma mãe, não um pai! Era tão gentil..."

A voz de Celia ficou mais suave. Seu rosto parecia o de uma criança: feliz, confiante...

– E?

– Ele quis casar comigo. Eu disse que jamais me casaria de novo. Eu havia perdido a coragem. Ele também entendeu isso.

"Isso foi há três anos. Ele foi um amigo. Um amigo maravilhoso. Estava sempre ali quando eu precisava. Me senti *amada*. É uma ótima sensação.

"Depois do casamento de Judy, ele me pediu de novo em casamento. Ele dizia que eu podia confiar nele. Ele queria cuidar de mim. Disse que voltaríamos para casa. Para a *minha* casa. Ela esteve fechada com um zelador por todos esse anos. Não suportava ir lá, mas sempre senti que ela estava esperando por mim. Apenas me esperando... Ele disse que iríamos viver naquele lugar, e que toda essa desgraça seria apenas um sonho ruim.

"E eu... eu senti que era isso o que queria fazer.

"Mas não consegui. Eu disse que seríamos apenas amantes se ele quisesse. Agora que Judy estava casada, não importava. Então, se ele quisesse ser livre, poderia me deixar a qualquer momento. Eu jamais seria um obstáculo, e, assim, ele nunca me detestaria por eu ficar no caminho caso tivesse vontade de casar com outra pessoa.

"Ele não aceitou. Foi muito gentil, mas firme. Ele havia sido médico, sabe, cirurgião, e bastante famoso. Ele disse que eu tinha que superar esse medo. Disse que, uma vez que eu estivesse casada com ele, tudo ficaria bem.

"Por fim, eu disse sim."

III

Eu não falei nada, e depois de alguns instantes Celia prosseguiu:

– Me senti feliz. Feliz de verdade.

"Em paz de novo, como se estivesse a salvo.

"E então aconteceu *aquilo*. Foi na véspera do dia em que casaríamos.

"Saímos de carro para jantar fora da cidade. Era uma noite quente. Estávamos sentados em um jardim à beira do rio. Ele me beijou e disse que eu era bonita. Tenho 39 anos, estou desgastada e cansada, mas ele disse que eu era bonita.

"E então ele disse aquilo que me apavorou, que despedaçou meu sonho."

– O que ele disse?

– Ele disse: "Nunca deixe de ser bonita...". Disse com a mesma voz que Dermot havia dito...

IV

– Não acho que você possa entender. Ninguém entende.

"Era o Pistoleiro mais uma vez.

"Tudo está feliz e em paz, e então você sente que *Ele* está ali...

"Voltou tudo outra vez. O terror...

"Não consegui suportar. Não podia passar por tudo aquilo de novo... ser feliz por alguns anos. E então ficar doente ou algo assim... e toda desgraça voltar.

"*Não podia correr o risco de passar por aquilo outra vez.*

"O que quero dizer é que não podia encarar o medo de passar por aquilo de novo. Ficar aterrorizada porque a mesma experiência poderia se aproximar cada vez mais.

Cada dia de felicidade a tornaria mais apavorante. Eu não podia encarar a expectativa.

"Desse modo, fugi...

"Simplesmente isso.

"Deixei Michael. Não acho que ele saiba por que fui embora. Inventei uma desculpa. Entrei na pequena estalagem e perguntei onde ficava a estação. Eram uns dez minutos de caminhada. Simplesmente peguei um trem.

"Quando cheguei em Londres, fui para casa, peguei meu passaporte e fui para Victoria e fiquei lá na sala de espera até a manhã seguinte. Tive medo de que Michael pudesse me encontrar e persuadir. Eu poderia ser persuadida, sabe, porque eu o amava. Ele era sempre muito meigo comigo.

"Mas não posso sequer pensar em passar por tudo de novo.

"*Não posso...*

"É horripilante demais viver com medo.

"E é medonho não conseguir confiar...

"Eu simplesmente não conseguia confiar em *ninguém*... nem mesmo em Michael.

"Seria um inferno para ele, bem como para mim."

V

– Isso foi há um ano.

"Nunca escrevi para Michael.

"Nunca lhe dei nenhuma explicação.

"Tratei-o de maneira vergonhosa.

"Não me importo. Desde Dermot, fiquei durona... Não me importo se machuco as pessoas ou não. Quando você foi ferida demais, você passa a não se importar...

"Viajei por aí, tentando me interessar pelas coisas e refazer minha vida.

"Bem, fracassei...

"Não consigo viver sozinha. Não consigo mais inventar histórias sobre pessoas, parece que a coisa não vem...

"Ou seja, isso significa estar sozinha o tempo todo, mesmo no meio de uma multidão.

"E eu não posso viver sem alguém... Sou desgraçadamente medrosa...

"Estou arrasada...

"Não posso encarar a perspectiva de viver mais uns trinta anos. Não sou corajosa o bastante, entende?"

Celia suspirou. Suas pálpebras caíram.

– Lembrei desse lugar, e vim aqui com um objetivo. É um lugar belíssimo...

Ela acrescentou:

– É uma história longa e sem graça... Parece que falei um bocado... já deve ter amanhecido...

Celia adormeceu.

Capítulo 4

O começo

I

Bem, veja, ficamos nisso, exceto pelo incidente a que me referi no início da história.

A grande questão é: aquilo é significativo ou não?

Se estou certo, toda a vida de Celia a conduziu a esse clímax e ela o atingiu naquele momento.

Aconteceu quando eu estava dando adeus a ela no barco.

Ela estava morta de sono. Acordei-a e ajudei-a a se vestir. Queria tirá-la da ilha depressa.

Ela parecia uma criança cansada: obediente, muito meiga e completamente confusa.

Pensei... Posso estar enganado, mas achei que o perigo havia passado...

E então, de repente, enquanto eu dava adeus, ela pareceu acordar. Ela me *viu* pela primeira vez, por assim dizer.

Ela disse:

– Eu nem mesmo sei seu nome...

Eu disse:

– Não importa. Você não o reconheceria. Eu era um pintor de retratos bastante conhecido.

– E não é mais?

– Não – eu disse –, aconteceu algo comigo na guerra.

– O quê?

– Isso...

Estendi o coto onde minha mão deveria estar.

II

A sirene soou e tive que correr...
Desse modo, tenho apenas minha impressão...
Mas é uma impressão muito clara.
Horror. E então *alívio*.
Alívio é uma palavra pobre. Foi mais do que isso. *Libertação* exprime melhor.
Veja bem, era o Pistoleiro de novo, símbolo dela para o medo.
O Pistoleiro havia perseguido Celia durante todos aqueles anos.
E agora enfim ela o encontrara cara a cara...
E ele era apenas um qualquer.
Eu...

III

É assim que percebo.
Tenho a crença inabalável de que Celia voltou para o mundo para começar uma nova vida.
Voltou aos 39 anos de idade, para crescer...
E deixou sua história e seu medo comigo...
Não sei para onde ela foi. Não sei sequer seu nome. Chamei-a de Celia porque esse nome parecia combinar com ela. Suponho que pudesse descobrir perguntando nos hotéis. Mas não posso fazer isso. Creio que jamais hei de vê-la outra vez...

Coleção L&PM POCKET

281. **Da Terra à Lua** – Júlio Verne
282. **Minhas galerias e meus pintores** – Kahnweiler
283. **A arte do romance** – Virginia Woolf
284. **Teatro completo v. 1: As aves da noite** *seguido de* **O visitante** – Hilda Hilst
285. **Teatro completo v. 2: O verdugo** *seguido de* **A morte do patriarca** – Hilda Hilst
286. **Teatro completo v. 3: O rato no muro** *seguido de* **Auto do ciúme de Camiri** – Hilda Hilst
287. **Teatro completo v. 4: A empresa** *seguido de* **O novo sistema** – Hilda Hilst
289. **Fora de mim** – Martha Medeiros
290. **Divã** – Martha Medeiros
291. **Sobre a genealogia da moral: um escrito polêmico** – Nietzsche
292. **A consciência de Zeno** – Italo Svevo
293. **Células-tronco** – Jonathan Slack
294. **O fim do ciúme e outros contos** – Proust
295. **A jangada** – Júlio Verne
296. **A ilha do dr. Moreau** – H.G. Wells
297. **Ninho de fidalgos** – Ivan Turguêniev
298. **Jane Eyre** – Charlotte Brontë
299. **Sobre gatos** – Bukowski
300. **Sobre o amor** – Bukowski
301. **Escrever para não enlouquecer** – Bukowski
302. **222 receitas** – J. A. Pinheiro Machado
303. **Reinações de Narizinho** – Monteiro Lobato
304. **O Saci** – Monteiro Lobato
305. **Memórias da Emília** – Monteiro Lobato
306. **O Picapau Amarelo** – Monteiro Lobato
307. **A reforma da Natureza** – Monteiro Lobato
308. **Fábulas** *seguido de* **Histórias diversas** – Monteiro Lobato
309. **Aventuras de Hans Staden** – Monteiro Lobato
310. **Peter Pan** – Monteiro Lobato
311. **Dom Quixote das crianças** – Monteiro Lobato
312. **O Minotauro** – Monteiro Lobato
313. **Um quarto só seu** – Virginia Woolf
314. **Sonetos** – Shakespeare
315. (35). **Thoreau** – Marie Berthoumieu e Laura El Makki
316. **Teoria da arte** – Cynthia Freeland
317. **A arte da prudência** – Baltasar Gracián
318. **O louco** *seguido de* **Areia e espuma** – Khalil Gibran
319. **O profeta** *seguido de* **O jardim do profeta** – Khalil Gibran
320. **Jesus, o Filho do Homem** – Khalil Gibran
321. **A luta** – Norman Mailer
322. **Sobre o sofrimento do mundo e outros ensaios** – Schopenhauer
323. **Epidemiologia** – Rodolfo Sacacci
324. **Japão moderno** – Christopher Goto-Jones
325. **A arte da meditação** – Matthieu Ricard
326. **O adversário secreto** – Agatha Christie
327. **Pollyanna** – Eleanor H. Porter
328. **Espelhos** – Eduardo Galeano
329. **A Vênus das peles** – Sacher-Masoch

1330. **O 18 de brumário de Luís Bonaparte** – Karl Marx
1331. **Um jogo para os vivos** – Patricia Highsmith
1332. **A tristeza pode esperar** – J.J. Camargo
1333. **Vinte poemas de amor e uma canção desesperada** – Pablo Neruda
1334. **Judaísmo** – Norman Solomon
1335. **Esquizofrenia** – Christopher Frith & Eve Johnstone
1336. **Seis personagens em busca de um autor** – Luigi Pirandello
1337. **A Fazenda dos Animais** – George Orwell
1338. **1984** – George Orwell
1339. **Ubu Rei** – Alfred Jarry
1340. **Sobre bêbados e bebidas** – Bukowski
1341. **Tempestade para os vivos e para os mortos** – Bukowski
1342. **Complicado** – Natsume Ono
1343. **Sobre o livre-arbítrio** – Schopenhauer
1344. **Uma breve história da literatura** – John Sutherland
1345. **Você fica tão sozinho às vezes que até faz sentido** – Bukowski
1346. **Um apartamento em Paris** – Guillaume Musso
1347. **Receitas fáceis e saborosas** – José Antonio Pinheiro Machado
1348. **Por que engordamos** – Gary Taubes
1349. **A fabulosa história do hospital** – Jean-Noël Fabiani
1350. **Voo noturno** *seguido de* **Terra dos homens** – Antoine de Saint-Exupéry
1351. **Doutor Sax** – Jack Kerouac
1352. **O livro do Tao e da virtude** – Lao-Tsé
1353. **Pista negra** – Antonio Manzini
1354. **A chave de vidro** – Dashiell Hammett
1355. **Martin Eden** – Jack London
1356. **Já te disse adeus, e agora, como te esqueço?** – Walter Riso
1357. **A viagem do descobrimento** – Eduardo Bueno
1358. **Náufragos, traficantes e degredados** – Eduardo Bueno
1359. **Retrato do Brasil** – Paulo Prado
1360. **Maravilhosamente imperfeito, escandalosamente feliz** – Walter Riso
1361. **É...** – Millôr Fernandes
1362. **Duas tábuas e uma paixão** – Millôr Fernandes
1363. **Selma e Sinatra** – Martha Medeiros
1364. **Tudo o que eu queria te dizer** – Martha Medeiros
1365. **Várias histórias** – Machado de Assis
1366. **A sabedoria do Padre Brown** – G. K. Chesterton
1367. **Capitães do Brasil** – Eduardo Bueno
1368. **O falcão maltês** – Dashiell Hammett
1369. **A arte de estar com a razão** – Arthur Schopenhauer
1370. **A visão dos vencidos** – Miguel León-Portilla

lepmeditores
www.lpm.com.br
o site que conta tudo

IMPRESSÃO:

PALLOTTI
GRÁFICA

Santa Maria - RS | Fone: (55) 3220.4500
www.graficapallotti.com.br